杨骏 著

图书在版编目（CIP）数据

盲区 / 杨骏著 . —南京：江苏凤凰文艺出版社，2025.3
 ISBN 978-7-5594-7256-4

Ⅰ.①盲… Ⅱ.①杨… Ⅲ.①长篇小说-中国-当代 Ⅳ.①I247.5

中国版本图书馆 CIP 数据核字（2022）第 207543 号

盲　区

杨　骏　著

出 版 人	张在健
责任编辑	张　倩
责任印制	杨　丹
特约编辑	朱翼帆
装帧设计	徐芳芳
封面题字	邰　劲
出版发行	江苏凤凰文艺出版社
	南京市中央路 165 号，邮编：210009
网　　址	http://www.jswenyi.com
印　　刷	南京新洲印刷有限公司
开　　本	880 毫米×1230 毫米　1/32
印　　张	10.25
字　　数	238 千字
版　　次	2025 年 3 月第 1 版
印　　次	2025 年 3 月第 1 次印刷
标准书号	ISBN 978-7-5594-7256-4
定　　价	58.00 元

江苏凤凰文艺版图书凡印刷、装订错误，可向出版社调换，联系电话 025-83280257

以罪为食者,食罪而活,这是他们的宿命,直至灭亡;猎食罪人者,食天下罪人,甚至替罪人食罪,以为牺牲,成就自己!

目录

第一章　梦中惊醒 /1

第二章　大屋暗影 /15

第三章　疑云重重 /29

第四章　突发案件 /39

第五章　不速之客 /61

第六章　不明火情 /79

第七章　隐匿暗流 /96

第八章　塌天大祸 /113

第九章　神秘身影 /134

第十章　遗迹重现 /156

第十一章 惊心一刻 / 173

第十二章 关键线索 / 189

第十三章 暗藏玄机 / 201

第十四章 风暴来临 / 210

第十五章 孤岛危局 / 230

第十六章 荒山踪迹 / 247

第十七章 追捕之憾 / 263

第十八章 悬而未决 / 281

第十九章 真相大白 / 296

第二十章 金头之谜 / 310

第一章————梦中惊醒

1

如果在梦里杀了人，你肯定腿脚抽筋，被自己吓醒。

惊魂之后，如果发现……

凶杀真的发生了！

怎么办？

丁小雪在噩梦中惊醒，猛地从床上坐起来，浑身上下湿漉漉的。她惊恐地四下张望，窗外漆黑一片，连山涧里的鸟雀都还在梦中，黎明尚早。自己也好端端地躺在卧室里，什么都没发生。

她摸索着端起床头的水杯，大口灌下满满一杯凉开水，眼前又浮现出房客马汉淫邪的笑容。

马汉这个畜生！

小雪打了个冷战，在梦中，她一刀捅进了马汉的心窝，鲜血像水管爆裂一样飞溅。她猛地倒在枕头上，裹紧被子，紧闭双眼，不去想这个荒唐的梦。很快，她又进入了香甜的睡眠。

鸟雀开始鸣唱了。

晨曦照亮了桃花涧，照亮了桃花涧葱郁的植被和劈山而下的蜿蜒的涧溪,包括涧溪左边俗称大屋的连绵逶迤的古建筑群和右边凌乱破旧的灰土瓦屋。全村被这条跳跃下山的小溪分为两部分,左边的大屋绵延几里路么长,里面居住的杜氏家族超过三千人,却很难听到大家族应有的欢声笑语;溪水的右边,散落在山坳各处的人家,是丁氏家族的成员,更听不到他们生活里应有的声响。倒是两岸的鸡犬们常常互相唱和,此起彼伏,让这座薄雾中的山坳,增加了些人间烟火气。

四季不管这些,风雨不管这些,该来的照来。今天的太阳也如约而至,驱散了雾霭,照亮了山坳,还有村口这座"桃花旅馆"。

当初,村主任就不赞成旅馆取名叫桃花,怕旅馆的主人命犯桃花。但小雪依旧坚持,她说游客到桃花涧来玩,肯定愿意记住旅馆的名字,而且旅馆门前就是一棵百年高龄的桃花树,来此观光的游客无一例外,都会在此树下合影留念,所以以此为名正合适。丁小雪在城里的大专进修过旅游学,懂一点营销知识。

桃花涧的大屋始建于六百多年前,陆陆续续修建到清朝中叶,十几年前被定为国家级文物保护单位后,就开始不断有人来此旅游、考察、访古。据说丛山环抱的深处,山民的祖坟陵区更有价值,甚至藏有宝物。当地政府雄心勃勃想打造桃花涧的旅游,可惜居民们毫无兴趣,而且害怕政府的开发,坏了他们的风水。这里的居民很是奇怪,虽然时间已进入二十一世纪,但他们中的绝大多数人从没有走出过大山,一直信仰他们老祖宗流传下来的什么风水。于是政府出资,在村口不远处修建了这个小旅馆,最大限度地满足一些游客的需求。旅馆竣工后,唯一符合条件的经理人选就是丁小雪。留在村里的年轻人本来就不多,还要能够委曲求全、沟通好两个家族关系的,大概也就是这个柔弱的姑娘了。

旅馆经理丁小雪恬静地睡着。晨光透过缤纷的桃花照到床边，她的脸上泛起红霞。

房客马汉再也没有进入过她的梦乡。几个小时前，她已经在梦中杀了他。

几十公里外的城区。建筑工地。

自卸车将大大小小的石块翻倒进土坑，眼尖的工人惊叫起来，自卸车司机吓得腿软。

石块中有一具硬邦邦的男尸，像一枚象形文字。

男尸的裤兜里有一张薄得几近透明的收据——桃花旅馆的押金收据。

也许，男尸生前叫马汉。

小雪起床后依然有点恍惚，她尽力不去想那个噩梦，飞快地抹了一把脸，拉开房门，看见店里的帮工唐虎正奋力拖地，粗大的拖把在走道上滑来滑去发出声响。丁小雪终于松弛了，一直以来，憨厚的唐虎始终令她有安全感，看见唐虎，她的心就踏实了。

"小雪姐，起来了？"唐虎发现了她，连忙放下拖把，"我去厨房帮你拿点吃的。"不等小雪回应，就消失在走道里。

小雪的办公室兼卧室在旅馆一楼，左侧是向上的楼梯和一个简单的接待厅，走道对面是一排客房，马汉就住在进门的头一间客房，此时房门紧闭。她心有余悸地看了一眼空无一人的走道，快步向餐厅走去，她不想一个人在寂静中等着唐虎送早饭。

小雪的紧张不是没有来由的。她已经多次发现，在梦里想的事，第二天居然匪夷所思地实现了。最近的一次，她在梦里把门前那棵桃花树斜长的枝杈锯掉，她认为这一根斜横在旅馆门前的树杈挡住了丁飞回家的路。第二天早起，她跑到门前验证，那根树枝果然不翼而飞，只剩权间断裂的伤口。问唐虎，唐虎一脸茫然，根本不知她在说什么。

今天，小雪不敢验证，万一马汉真的死了，那该怎么办？

另一边，市公安局大案队队长赵胖到了现场就后悔，昨天就不该批了丁飞的假。

目前，除了知道男尸有可能叫马汉，尸源、死因、第一现场等等都没有答案。赵胖习惯性的神经痛又犯了。他知道如果丁飞在，他的头疼马上会缓解，因为丁飞没有一次令他失望，哪怕是比这次还要离谱的疑难案件。赵胖立即打电话召丁飞回办公室议事，昨天批给他的假期看来要收回，因为除了本案棘手，丁飞还是桃花涧人，是桃花涧两大家族之一丁家的子弟。

丁飞看到男尸身上那张旅馆押金条，连连摇头，坚决不肯接下这个案子。第一，赵胖已经批了假，领导的决定若轻易更改会严重影响领导的权威；第二，整个支队不止丁飞一名刑警，如果丁飞一味逞能可能会严重影响其他同志的工作热情；第三，桃花涧丁家和另一望族杜家在历史上曾经结下血海深仇，至今两家人依旧互相敌视，老死不相往来，本案由丁飞来办，恐怕以后在村中寸步难行；第四，工作以来，丁飞长年无休，朱丽叶式的女朋友杜鹃已经忍无可忍提出分手，此次他休年假就是为了挽回这段感情。作为哥们儿兼上司，赵胖无论如何也不该强人所难。

赵胖无奈地挥手赶他走，说你这副头痛药一走，我可这么办？还说什么哥们儿？

丁飞大笑说，你这叫药物依赖，纯粹心理作用。

2

小雪吃了几口稀饭就觉得一阵阵反胃，她放下筷子站了起来。

唐虎见她脸色不好，关切地询问："怎么了？""没事，吃不下。"小雪摇摇头，向唐虎要了客房的钥匙，走出餐厅。她实在忍受不了眼前总是闪现的马汉那浮肿的脸，她想打开他的房门看一看。

已经早晨8点钟了，店里几名旅客居然都没起来，没有一个人去餐厅吃饭。旅店里安静极了，像从来不曾有人来过，昨天晚上究竟发生了什么怪事？小雪越想越紧张，拿着钥匙串的手失控地颤抖起来。马汉的房门突然变得狰狞，像张开的血盆大口。

隔壁的门突然打开。

小雪吓了一跳。门里的苗青和许佳更像白日见鬼，惊得面无人色。

苗青和许佳是美术学院油画系的学生，她们是来此写生的。吸引她们的不仅是这里山清水秀的自然风光、数里的杜氏大屋，还有旅馆门前那棵已颇为有名的灿烂桃树。这里早已是远近闻名的自然文化遗迹，每年都有不少游客来观光。但小雪不明白，她们见到自己怎么像见到鬼一样。许佳回过神来，礼貌地向小雪问个早，拉着脸色蜡黄的苗青向餐厅走去。

小雪看了一眼她们有些诡异的神情，马上转身走回自己的办公室，因为她瞥见二楼楼梯上出现的更为诡异的身影——她的姐姐丁小霜。

苗青一夜都没有睡好，恐惧已经攫取她每一寸皮肤，即使在弥漫山谷的阳光照耀下她依然手脚冰凉。她不肯去餐厅吃饭，许佳只得和她来到茂如华盖的桃花树下，呼吸清新淡雅的花香。浪漫的女孩子有时候靠星星和露水就可以活下去。在奢侈的醺风下，苗青似乎回过魂来了。

唐虎凑过来递上一条丝巾，那分明是苗青的，瓦伦蒂诺牌，不便宜。昨天半夜突然刮起一阵狂风，撞开了她们房间的窗户，悬挂在窗口的丝巾被吹向漆黑的夜空。两人费了不少劲儿去找，没想到却在唐虎这里。唐虎指指树上，诡秘一笑："早晨，挂在上面的。"

苗青看着唐虎的背影，心里泛起寒意："回房，我想离开这儿。"

丁飞虽然回绝了赵胖的任务，但还是忍不住去现场看了一眼。那具硬邦邦的男尸依然怪异地趴在一堆大大小小的石块间，不肯"透露"任何一丝真相。岩石块在太阳下泛起一片浮光，显得这个世界很不真实。真是个好活儿啊！他最喜欢的就是从死人口中撬出线索，在绝望的现场找到铁证。这具男尸真的叫马汉吗？他身上为什么会有桃花旅馆的押金条？要不是为了挽回女朋友的心，丁飞真想马上就飞回桃花涧，尽管这需要莫大的勇气，其中就包括面对旅馆经理丁小雪。

小雪此刻正捧着丁飞的照片，独自伤感。

丁飞和丁小雪是同宗，但究竟算隔了多少代的亲戚，至少在残缺的家谱上找不到答案，所以，这就不妨碍同族的长辈打小就给他们订下娃娃亲。自懂事开始，小雪就认定自己是丁飞的家属，小时候他们也没少玩过娶新娘拜天地之类的儿童游戏。可自从丁飞进城读高中之后，一切就变了。他根本就不承认这门娃娃亲，甚至他还大逆不道地和世仇杜家的大小姐杜鹃谈起了恋爱。他们双双留在城里工作，再也没回过桃花涧。去年就听说他们打算结婚，也不知现在怎么样了。

"笃笃"的敲门声把小雪从幽思中惊醒，小霜站在门前。

见小雪沉下脸来，小霜勉强地笑一下："小雪，我想问一下，昨天夜里，你……"话没说完，夏文涛就冲进屋里将小霜拉走，说："小雪，你忙你的，我找小霜谈点事。"

夏文涛在旅馆登记簿上的身份是省电视台导演，小霜成了这次拍摄桃花涧专题片的导演助理，鬼知道这个助理是干什么的。小雪亲眼看到小霜每天晚上都在导演的房里过夜。一想到这个长年在城里鬼混、被家族不耻的亲姐姐，小雪的心里就如同针刺。

丁飞记不清自己被杜鹃警告过多少次，作为一名刑警，也许他是整个市局最优秀的，但作为男朋友，他一点都不合格。按她的话来讲，她有和没有男朋友是一样的：伤心的时候无人安慰，喜悦的时候无人分享，有压力的时候无人鼓励，出成绩的时候无人喝彩……流着委屈的眼泪还被要求去理解丁飞。他说他是一名刑警，可刑警又怎么样？全世界的人都该让着刑警是吗？人家杜鹃还是市招商局的干部呢！警察不也得给经济工作保驾护航吗？丁飞惭愧且紧张着。

杜鹃的手机打不通，从昨天打到现在。这丫头真的说到做到，断交就是断交。丁飞无奈地摇头，说心里话，杜鹃为了这份情感付出的比丁飞要多得多：首先，她毕竟是个女孩子，面对感情会更敏感、细腻；其次，杜鹃的哥哥是杜氏家族的现任族长杜天成，他将妹妹与仇家子弟的恋爱视作一种背叛，这令他感到耻辱；最后，杜鹃甚至把原名中代表辈分的"天"字舍弃，表示和旧宗法决裂，杜天成公开宣布其为叛逆永不许回山朝宗。罗密欧焉不知朱丽叶之痛？丁飞不顾一切地争取了年假，并在旅行社报名海南游，正是为了挽救情感危机。

终于,从招商局的"内线"处打听到杜鹃正在"西凉宾馆"接待一名美籍华裔投资客,丁飞连忙驾车赶往"西凉宾馆"。这时,距离旅行团出发,仅剩一个小时。

3

小雪在接待处给几位进山的驴友办理完退房手续,笑脸送客之后又面现愁容——马汉的屋门紧闭,毫无生机;画画的女大学生神情慌张;小霜和夏文涛言辞诡异;他们带来的摄影师黑子好像也失踪了……一切都预示着,昨晚肯定发生了什么!

小霜也同样紧张,她在夏文涛的房间内来回踱步,眉头紧锁:"我们要在这里待多少天?""很快。"夏文涛吐了一口烟,"先把后山拍个遍,然后就拍大屋。"小霜发愁了:"后山可是人家老杜家世代的祖坟,看守得很紧,从不许外人进入他们的地盘。""废话,现在都是政府的地盘,难不成他们还想当土豪劣绅?"夏文涛不屑地说。"我只是担心。文涛,昨天等到很晚也没见黑子回来,我怕他会出事。"夏文涛看看手表:"再过一会儿敲他的门,看看他是不是在睡觉。"小霜依偎在夏文涛的怀里,搂他的脖子:"这里没有一个人理我,包括我的族人。"夏文涛的手开始不老实了,在她身上摸索:"别怕,不是有我吗!小霜,来之前我们不是讲好了?一切按计划行事。"小霜的身体开始扭动:"也包括这个计划?"

小雪的目光死死地盯着马汉的房门。

因为要打扫房间,唐虎敲了房门,却半天无人应声。唐虎拿出当当作响的钥匙串,打开门,一步迈了进去。

小雪猛吸一口气，提心吊胆地走到房间门口，大着胆子向里面望去。

唐虎指指空无一人的床，回身说："这家伙是不是一早出去了？对了，他该不会欠了房钱跑了吧？"

小雪悬着的心持续拎高，整齐的床铺说明马汉一夜未归。她脸色苍白地指指床下的旅行箱："不会的，他的行李还在呢。"

唐虎弯下腰："我看看他的包里装了什么东西。"

"不要！"小雪尖叫一声，"别动客人的东西。"

小雪仿佛看见了旅行箱里血渍斑斑，肉骨分离。

唐虎见她神情异样，连忙走出房间，轻声说："小雪姐，我去熬药，一会儿给你送来。"自从小雪住院看过精神科大夫后，就按医嘱服中药，每顿饭后吃。

小霜紧张地敲黑子的门。黑子是夏文涛找来的摄影师，住在小霜隔壁。小霜的敲门声让唐虎很是好奇，他端着热气腾腾的中药，打量着鬼鬼祟祟的小霜，怎么又一个夜不归宿的旅客？这帮家伙，看起来没一个像好人。

房门猛地被拉开，黑子像个困极了的野狗，翻着白眼，不耐烦地叫："想死啊？喊什么喊！""不喊怕你会死！"小霜恼火地回骂，"你老板叫你吃午饭。""不吃，烦死了。"关门的动静震得地板颤抖。

餐厅在旅馆的最外侧，窗口正对着顺山而下的涧溪。

越过涧溪便是蔚为壮观的古建筑群。封锁在重重山峦中的桃花涧之所以每年都能吸引不少的游客前来，很大程度上得益于杜氏大屋的建筑奇观和人文效应。

夏文涛望着窗外的大屋："宝贝，真是老祖宗留下的宝贝。"

邻桌的许佳放下筷子，咯咯地笑起来："导演讲的宝贝是什么？是古建筑还是里面的文物？"

夏文涛饶有兴趣地打量了一下两名美貌的女大学生："二位姑娘昨天刚来吧？谁也讲不清大屋里究竟有多少宝贝呢！有兴趣下午和我们一起去看看？"

许佳笑着摇头："我们昨天晚上就进去过了，没见到什么宝贝。"

"晚上进去？也不怕恶鬼吃了你们。"小霜冷冷地说，她不能容忍夏文涛的目光在两个漂亮姑娘身上搜寻。

苗青吓得一激灵："真有鬼啊？"

小霜冷笑："不但有鬼，而且还是无头鬼，是杜家祖上的恶人变的，专门吃漂亮的女学生。"

"杜家的恶鬼是喜欢吃人，但我听说它只跟丁家人有仇，只吃丁家的女人，我们又不姓丁，怕什么？"许佳狠狠地瞪了小霜一眼，拉着苗青起身就走。

夏文涛连忙解围说："二位小妹妹，小霜跟你们开玩笑呢，坐下聊会儿天嘛。"

小霜生气地推开饭碗，说："着急了？上人家屋里聊去啊，最好晚上也别回来。"

"胡说什么？我是想问问昨晚发生过什么事。"夏文涛不满地瞪她，"住1号房的马汉好像到现在都没回来。今晚，我想让黑子去大屋看看。"

厨房里的小雪差点将手中的汤碗摔到地上，她听到了外面人的所有对话。此刻，她心里无助极了。

小雪没想到的是，丁飞正以最快的速度赶往桃花涧。

4

午饭后，一直守在"西凉宾馆"的丁飞终于看到了陪同外商用完午餐的杜鹃。

见到大堂内的丁飞，语笑嫣然的杜鹃立即沉下了脸："汤米，你先回房收拾一下，我有些私事要处理。"

被叫作汤米的美籍华裔是个外形不错的小伙子。他看看丁飞，马上就明白他和杜鹃之间的关系，不由得打量了丁飞片刻，这才转身走向电梯间。

丁飞被打量得很不舒服，一个阅人无数的刑警很容易从对方的眼神里读出不善的信号。可惜还没等他琢磨清楚这个帅小伙子凭什么这样审视自己，杜鹃就已经走到他面前，让他心神收敛。

不管丁飞怎么道歉，杜鹃都不为所动。作为市招商局的业务骨干，她承担着一项重要市政工程的引资任务，只能对丁飞说抱歉。丁飞明白，这才叫以其人之道还治其人之身呢！只能说自己活该，甚至你都不能不佩服人家报复的巧妙。旅行社定金损失了倒不可惜，那个华裔的眼神却不由得让人分外警惕。更重要的是，杜鹃将陪着这个投资商去桃花涧！一条从本市至省城的快速通道据说要穿过桃花涧，汤米有意投资这个城建项目。

赵胖在会议室里布置侦办抛尸案的任务，丁飞敲敲门把他叫了出去。丁飞说他改主意了，放弃休假回来办案。这下轮到赵胖为难了，说："专案组刚刚成立，一个萝卜一个坑，想干活你早说啊，现在回来，真让人以为全世界就你丁飞牛逼，其他刑警都是饭桶？这不是成心找兄弟们的不自在嘛。"丁飞无奈地说："我没想抢别人的活，桃花涧是我老家嘛，反正我也几年没回去了，算我这次休假回趟老家不行吗?"赵胖说:"你休假回老家关我屁事?这还要汇报?对了,法医初步查明,死者周身多处遭钝器击打,惨不忍睹,致命伤是头颅遭重创,凶器待查;还有,如果回家不方便,可以将队里一台旧夏利车借去,也算是组织上的关心吧。"丁飞恼火地骂,好你个赵胖,得了便宜还卖乖,老子用假期干活,连声谢字都不说!

丁飞收拾完行李心里却嘀咕起来,他想起了小雪。假如他一直在桃花涧里成长至今,也许小雪早就成为他的妻子了。这个柔弱、善良、隐忍的小妹妹,是自己绝情的受害者。去年,小雪精神上有些异常住进了市里的脑科医院,医生说她有轻度的精神分裂,为情字所困。这些年,丁飞从未回过桃花涧,固然是因为他无法面对杜、丁两族人,但从内心深处来讲,他更怕见到猫一样柔顺的小雪。

无论如何,丁飞决定先去一趟商场给小雪买几瓶香水,因为每次他托人带香水,小雪都打电话来说很喜欢。

小雪打开橱门,里面放着一排几十瓶相似的香水,这些都是丁飞托人送来的。其实她有些过敏,根本不敢用这些香水,但她喜欢,每天都要打开橱门,像清点战利品一样清点自己拥有的来自丁飞的关切。蓦然,她看见唐虎的影子从门前闪过。

唐虎鬼鬼祟祟地拧开了马汉的房门。

小雪紧张地跟过去,发现他正在奋力地拖地,这才松了一口气,但仍旧有些不放心,终于问出来:"马汉呢?怎么一直没见他回来?"

"也许让杜家的无头鬼给吃了。"唐虎幸灾乐祸地说。

小雪摇头说:"唐虎,以后不许和客人胡言乱语,讲鬼故事吓人家。"

"活该!"唐虎不屑地说,"一看他们就不是好东西,吓死他们算轻的。"

"胡说。"小雪真的生气了。

唐虎连忙赔上笑脸:"我胡说,以后再也不敢了!小雪姐,你别生气。"

5

从市区到桃花涧虽然只有几十公里的路程,却要翻过九座山峦。崎岖的山路破损不堪,吉普车在扬尘中颠簸着开了几个小时,没有丝毫要停止的意思。

"快了。"杜鹃抱歉地笑,"我已经几年没有回过家了,没想到道路还不如以前呢。"

汤米笑着摆手,说自己不介意。他的心思完全在眼前这个漂亮的姑娘身上,一个年轻的中国姑娘和她的家族决裂了,这种故事居然发生在当代,听上去有些匪夷所思。

汽车绕过最后一重山梁就可以俯视整个桃花涧了。汤米吩咐助手高国栋留在车上,自己随杜鹃下了车。

连绵起伏的山峦间,隐伏着气势恢宏的杜家大屋,与涧溪对岸散落在田野里大大小小的丁氏民居形成强烈反差。汤米已经听说了有关两大家族的恩恩怨怨,但他仍然很好奇:"两家人到现在还是井水不犯河水吗?"

杜鹃点点头,叹了口气:"没有再次惹起血雨腥风已经是祖上保佑了,村里的情况有时候连政府都不太好出面干预,只有一个村主任受委派代为管理村务。汤米,委屈你了,进村之后请听我的安排,别乱说乱走,好不好?"

"放心吧!"汤米笑起来,"但我有了一个小小的发现,你的男朋友一定姓丁，你是为了他才和家里决裂的，对不对？"

杜鹃点点头，这个汤米果然精明过人。

小雪放在桌上的电话响了起来，是丁飞打来的！他说他正在来的路上！

丁飞居然要回桃花涧了！他已经有好几年没有回来过了，不知他今天回来是为什么？

小雪慌慌张张地打开衣橱的门，她要换一套最合身的衣服。还好，她还有时间，既然丁飞能用手机打电话过来，就说明他离村子还有不短的距离，因为，在进入最后一重山峦后，手机将彻底失去信号。所以，以桃花涧为中心的这一片山区，不但是交通的盲点，也是通信的盲区，村民们把建基站的塔拆过两回之后，通信运营商就彻底放弃了这里。

小雪犹豫了好久，左右为难，根本挑不出中意的衣服。突然，她在衣橱的最底层意外地发现了一个用浴巾裹着的物件，长长的，似乎挺硬又挺沉的。

小雪将其拿到床上，打开浴巾，一层又一层，翻到最后一层时，小雪惊得花容失色。

浴巾中包裹的是一把剔骨的尖刃，锋利无比，寒光四射。

在梦中，她正是用它刺穿了马汉的心窝。

第二章————大屋暗影

1

桃花旅馆死一般寂静。阳光惨白，比小雪的脸色还要苍白。

一共只有3个员工、5个房客的小旅馆了无生气。

夏文涛等三人从楼梯上猫行而下，悄无声息。出了大门，黑子不耐烦起来："带上个娘们，走路都不方便，后山地势险。"

"你说谁是娘们？"小霜不甘示弱。

夏文涛摆摆手："我们拍电视嘛，小霜是外景主持，不去人家会怀疑的。"

黑子扛上摄像机，大步往前走："那你们快一点，别磨磨蹭蹭的。"

小霜恼火地指黑子："哎，你搞搞清楚，究竟谁是老板！"

许佳和苗青冷不丁从桃花树后钻出来。她们笑嘻嘻地挡住夏文涛，非要跟着去看拍摄现场。夏文涛见推不过，只得答应，但提醒她们别吵吵闹闹，如果被杜家人发现有人上后山，大家都会被赶下来。女大学生兴高采烈地跟在他们后面，根本不管小霜气变形的脸。

也不知坐了多久,小雪手脚冰凉。她已经去厨房证实过了,衣橱里的剔骨刀正是厨房丢失的那把,但自己什么时候拿的、什么时候藏在衣橱里的,已经完全不记得了,唯一记得的是捅入马汉身体的那一刀。

骤然响起的鞭炮声将她吓了一跳。这个宁静的山村究竟发生了什么事,炸得震人魂魄、大地颤抖?

小雪藏好利刃,走出旅馆。她一眼就看到那辆夏利轿车向村口驶来——以前它也来过,越驶越近,可以看见车上挂的警牌了,然后,就看见那张日夜牵挂的面容——丁飞回来了!在她最恐惧最无助的时候。

小雪的眼泪夺眶而出,却说不出话。

其实,丁飞见到小雪也不知道说什么,看她一脸激动,更没法开口询问有关马汉的事,任由她引着进屋、落座、倒茶并关切地询问是不是饿了。

等了杜鹃一中午,丁飞倒真的没吃午饭,但他想把吃饭的事放一放:"吃饭不着急,我今天来主要想打听一件事……"

小雪的眼泪流下来,他居然还没有吃午饭,他怎么能饿到现在呢?她不等他说完,连忙起身去厨房给他弄吃的。

她正用微波炉加热牛奶,唐虎一头撞了进来,口中不忿地说:"怪不得杜家人发神经呢,原来是他们的大小姐回来了。""什么?"小雪吃了一惊。"炸鞭炮呗,杜家人欢迎他们的大小姐杜鹃回家,听说还带了贵客回来。"

贵客?小雪几乎站不稳,贵客不就是丁飞?原来,丁飞回来是和杜鹃去见杜家人。去年就听说他们要结婚,看来今天就是他们双双把家还的日子。

小雪的心一下抽搐起来。

杜鹃的哥哥杜天成也是这么认为的。

杜鹃和汤米刚刚进村，杜氏家族中立即有人欢呼雀跃奔走相告，继而有人放炮庆祝。

杜天成听说杜鹃公然将姑爷带回村来挑衅杜氏的列祖列宗，不禁勃然大怒，但又不知该怎么办。叔父杜泽山一脸阴沉，丢下一句"你是族长，看着办吧"就飘然而去。等杜天成怒气冲冲地赶到杜氏宗祠——通常是家族接待客人的议事厅，他才明白所谓的贵宾并不是丁飞，而是一个美国人，这才松了一口气。毕竟拥有三千多人口的杜氏宗族，多半人不希望族长的妹妹成为家族的敌人。

小雪面对丁飞时再次流下泪来。本来嘛，如果他已经结婚了，大可不必隐瞒，自己从去年就盘算给他们准备结婚礼物。因为她早就打算坦然接受这个事实了。

丁飞苦笑着告诉小雪，他根本就没有结婚，正如她看到的，他是一个人开车回来的，此行是为了调查一个人，叫马汉。

马汉？小雪大吃一惊，丁飞要调查马汉！

"怎么了？"丁飞见小雪脸色惨白，连忙拿出马汉的画像，想转移话题说正事。他万万没想到，见了画像，小雪一下就崩溃了。

"她不回来，你就不回来。"小雪号啕大哭，冲出房间，"我什么都不知道。"

丁飞知道小雪说的她，一定是杜鹃，这就是他不愿回村的重要原因。丁飞追出来，差点撞上门口的唐虎："是唐虎吧，我是丁飞，还认得吗？"

唐虎礼貌地点点头。

丁飞展开马汉的画像："我想打听一下这个人的情况。"

"对不起，小雪姐不知道的事，我更不知道。"

2

杜天成做梦也没想到这个叫汤米的美国人居然带来了十分珍贵的礼物——一份残缺的杜氏族谱！杜鹃也惊愕地看着汤米，他居然还有这一手？经过一次次劫难，祠堂中已没有老祖宗留下的族谱了。对于家族来说，这几本泛黄的线装本实在是弥足珍贵。

汤米解释说，这是他在旧金山一家华人旧货行里淘来的，之所以没有提前告诉杜鹃，主要怕买了赝品，惹得她空欢喜。

刚开始，杜鹃觉得这个远渡重洋来的男青年对自己关切过度。后来，她渐渐认为，这抑或是美利坚青年表达情感的方式，自己不必太在意，何况他是市里招商引资的对象，商场上互相关照，本来就是一种公关手段。杜鹃不由得赞叹，汤米果然是个有心人。

杜天成高兴得连连拍打汤米的肩膀，他决定今晚在宗祠里设家宴隆重招待美国客人，叔叔杜泽山以及族中九大长辈将全体出席。

汤米却表示他想先拜见杜鹃的母亲韩月芳女士。

杜家人的鞭炮还惊动了后山的一群人。

当时，苗青和许佳正无聊地看夏文涛等人摆弄摄像机，也看不懂他们在拍什么。鞭炮声令她们心中一惊，旋即沿山道下山去了。

黑子放下摄像机点燃一支烟，口中骂骂咧咧："死丫头，真他妈难缠。"

"干什么的？把烟灭了！"一声暴喝，黑子吓得一哆嗦。

一个精瘦的老头手持猎枪站在他面前。

小霜认得他，这个面目阴森、衣着简陋的老头是后山的护林员，叫蔡根生，大家都叫他老蔡。虽然他只是一个外乡人，但和杜家是生死之交，为人又一丝不苟，所以，丁家子弟对他总是怀有几分敬畏。

黑子有些恼怒："不让吸就不吸，你叫什么叫，神经啊？"

老蔡眼中寒光闪烁，盯住黑子。

山道上冲下来一个戴着墨镜、叼着卷烟的小伙子，大声呵斥："他妈的谁啊？敢到这儿来撒野！爸，这是谁啊？"

小霜一眼就认出他戴的墨镜正是自己昨晚丢的，不由得叫了起来："山耗子，把我的墨镜还给我。"

山耗子是老蔡的养子，一贯在村里游手好闲、偷鸡摸狗。老蔡平时不允许他下山，就是怕他惹是生非。

眼见老蔡瞪眼，山耗子连忙摘下墨镜，扔还给小霜，口中叼的烟也掐灭了，指着黑子等人狠狠地骂："都滚，再不走，我叫人扔你们下山。"

小霜上前和老蔡套近乎，说这是电视台在拍电视，连村主任都同意了，请蔡叔行个方便。

"你既是村里人，更应该懂规矩，后山是杜家的祖坟，是禁区。"老蔡阴森地扫视他们，"你们最好别惹麻烦，否则，我手里的家伙不认人。"

黑子看着黑洞洞的枪口，恨恨地踩灭了烟头："行，你叫老蔡？算你狠。"

老蔡冷冷地看着他们一个个下了山，才收起手中的猎枪。

眼见小雪情绪失控，丁飞不敢再问。等她情绪稳定下来，丁飞叫她陪自己去见见十三爷——丁家的族长，算起来是他的堂伯父。

十三爷正在门口劈柴火。他早就知道丁飞回来了，所以，丁飞恭敬地叫他时，他连头都没有抬。丁飞把手中的两瓶酒递给小雪，走上前说："我来吧，您休息一会儿。"

斧头扔在地上，十三爷连看都不看他，走回屋去。

进了屋，丁飞依然赔着笑脸，把两瓶上好的药酒放到桌上，还没开口，十三爷就吼起来："拿走，不稀罕。"

小雪打着圆场，说："十三爷的意思是，你送的酒他还没喝完呢，别浪费了。"

十三爷又转头骂："你个死丫头，活该倒霉，这种狼心狗肺的东西，你还帮他讲话？"

丁飞笑眯眯地说："十三爷骂得好。"

"放屁！"十三爷怒视他，"你少来这一套，听说你今天衣锦还乡，回来耍威风来了？难怪我做了一夜的噩梦，老起床尿尿。如果你打算把你的混账媳妇带进我丁家的门，就死了这条心，等我死了再说。"

丁飞叹了口气，再三解释自己并没有结婚。十三爷确信之后，才露出喜色，立即拿杯子倒酒，满足地说，本来姓丁的就不该和姓杜的走到一起去，这小子总算浪子回头了。

十三爷拍着凳子让小雪坐下，关切地问："你们俩什么时候办婚事？老辈人定下来的事，早办了早踏实。"

丁飞见十三爷又误会了，连忙支开小雪，说自己单独陪十三爷说说话，喝几杯。

"今天你敬酒，我一定喝。"十三爷眉眼有了笑意。

丁飞无奈地说:"十三爷,你这么讲话不合适,当着小雪的面不能乱说的。"

十三爷的脸色渐渐不好看了:"我明白,你是城里人,眼界高了,见识长了,是不是?城里我也去过,吃喝不见得比我们山里好,据说空气还被污染了,没什么了不起的嘛。我们小雪也不比城里的姑娘差,给你当媳妇是你小子的造化。"

丁飞苦笑说:"我怎么就跟您讲不明白呢,感情这东西是不能勉强的,我心里一直都很疼小雪,拿她当妹妹看。"

十三爷瞪着他,突然将酒倒在地上:"你小子今天是成心让我喝不成了。你走吧,我这个老不死的,你也看过了。可以走了。"

丁飞和小雪回到旅馆,正遇上夏文涛一行被老蔡轰下山。听说小雪身边的男青年是警察,夏文涛连忙招呼小霜和黑子各自回房。

这几人的异样神色并没有逃过丁飞的眼神,但他并不急于找这几人询问。他是来办凶杀案的,首先要让小雪辨认死者的画像。

小雪终于点头了,可以确认死者正是马汉本人。当然,他只能对小雪解释说,马汉卷入一起刑事案件,警方正对其进行例行调查。但小雪并不知道马汉的死讯,暗自长出了一口气:"我也看他不像个好人,难怪你们调查他。""为什么?"丁飞追问。小雪红了脸,马汉刚入住旅店时,就几次挑逗小雪,次日,又在餐厅里伸手摸她的屁股,差点被唐虎暴揍一顿。

根据小雪的介绍,马汉住进桃花涧已经一个星期了,他不像别的游客逛大屋游山水,看情形像在等什么人。有时候晚上会潜入村里,也不知他去干什么。昨天中午还有人在村里见过他。

现在的问题是,昨天中午以后,马汉究竟去了哪里?他又死在何处?尸体怎么会出现在几十公里外的建筑工地上?

重案组的调查倒是有了一些进展。

首先是自卸车司机的口供，他们昨天从山区连夜向市区行驶，一夜无休，因为他们听说这一路山道不太平，有中途劫道的，所以驾驶员几乎打着瞌睡闯过百里山道。在夜里两点钟的时候，他们的车好像撞了什么，发生颠簸，但下车查看又没见什么异样。按照时间推算，当时汽车应该正好经过桃花涧一带。办案员们难以断定这个细节和本案有没有关系。

另一小组查到经常在这一带打劫的车匪路霸的情况。赵胖立即布置当晚抓捕任务。

3

丁飞对目前住在桃花旅馆的五名客人和三名职工一一进行了询问。

夏文涛，名片上的头衔是省电视台的导演，所拍的纪录片还获过政府奖。虽然电视台导演口才不错，丁飞还是轻易地听出他言语中的破绽。尽管这些谎言无伤大雅，也无须戳穿，但足以让人动摇对他的信任。

黑子，自称是一名优秀的摄像师。丁飞对这个行业并不了解，但他奇怪为什么黑子身上有强烈的江湖气息，甚至带着某些神秘色彩。通过对话，丁飞能感觉到他身上隐藏的敌意。

丁小霜，老熟人了。她装疯卖傻地斥责丁飞，说他忘恩负义，是现代版的陈世美，抛弃了自己可怜的妹妹，却避而不答自己怎么成了电视台的导演助理。

但这三人都同时证实了马汉的行踪诡异，而且不止一次地调戏小雪。有一天晚上在客厅里遭唐虎的追打，若不是众人劝阻，只怕唐虎真会打残了他。

唐虎，十三爷在山外捡回来的流浪儿，带回桃花涧的时候才两岁多，从小就是小雪的跟屁虫。丁飞很了解他对小雪的感情，包括今天他对自己有一股冷冷的敌意，完全是因为自己伤了小雪的心。唐虎虽不会当面让丁飞难堪，但对于敢冒犯小雪的人，丁飞相信他是不会客气的。唐虎气愤地讲，如果当时不是众人阻拦，他一定会狠狠地教训马汉。

丁飞试探，如果打坏了人，就犯法了，后果很严重。

唐虎犯起浑来："打坏了人，我赔他就是了。"

苗青一开始就抱怨，自打住进桃花旅馆，自己就被吓得不轻。首先是唐虎，说山里不但有冤魂、有无头鬼，杜家大屋里还有会飞的金头，一边在天上飞，一边嘎嘎笑，看见的人都得死。

丁飞笑，既然看见的人都死了，讲这个故事的人怎么还活着？

苗青辩解说，昨天晚上，大宅里就闹过鬼，要不是许佳拦着，今天一大早她就离开这里了。见丁飞很关注昨晚的情况，苗青大着胆子说，昨天晚上，她们出门找被风吹走的围巾，隐约看到一个手持蜡烛的人影走进杜家大屋，出于好奇，她和许佳就跟踪进去了。谁知一进大屋，她们就被迷住了魂，方向也辨不清，四周十分恐怖，有鬼影在晃动，真的，好多墙上都露出鬼的照片，有的龇牙咧嘴，有的舔舌头，廊檐下还有猫头鹰在笑，原来她们被女鬼带进大屋了……

大白天走在杜家大屋里都有一种阴森恐怖的感觉。

杜鹃告诉汤米，大屋东西延绵几里，内部设计了上百条巷道相勾连，从头走到尾都晒不到太阳，巷道内唯一的采光是靠一座座中庭天井透进的光亮，显得气氛诡异。杜鹃说她从小就怕晚上出门，巷道里灯光非常幽暗，有老屋常见的蛇鼠窜动，有时还可见山里爬行动物的身影。最吓人的是许多杜氏族人在堂上挂先人遗像，晚上，昏暗的灯光打在照片上，远远望去，令人毛骨悚然。

汤米连连摇头，承认他走在巷道中紧张得后背冒冷汗。

其实，汤米除了有些紧张，还有些沮丧。原本他是打算利用见韩月芳女士的机会多了解一点大屋的秘密，可老太太很快就客气地打发了他们。他觉得，老太太除了对女儿杜鹃的婚事有所牵挂，对其他世事真的一概不理了。

杜鹃和汤米出了老太太修道的禅房，走在长长的巷道中，终于走出大屋时，却看见丁飞站在涧溪对岸。

苗青有关女鬼的叙述让丁飞越听越失望，这丫头八成和小雪一样有轻度幻想症。

丁飞不得不打断她，以警察的身份向她保证：第一，桃花涧的任何角落都没有鬼，从来就没有，只有疑心才会生暗鬼；第二，她们尽可以放心地住在村里画画、写生，想住多久就住多久，绝无危险；第三，在村里要尊重丁杜两家的禁忌，以免引发不必要的矛盾。

丁飞真的有些发愁，除了证实死者马汉前一周住在桃花涧，没有发现任何有关他的线索。今天询问的人虽然大多神情奇怪，但都和马汉的事没关系，特别是那个导演和摄像师，也许这个圈子的人就是这样古怪，尽管他们和小霜的关系显然不正常。最后丁飞又去找十三爷，他家离村口不远，能看见"桃花旅馆"。十三爷说旅馆的灯黑了一夜，他昨晚几次出门上厕所，什么动静都没看见。

丁飞在涧溪边上发愁地看着大屋，猛然就看到了隔岸的杜鹃。

杜鹃脸色一变，他居然跟踪自己回到村里来了？碍于汤米在身边，却不能发作。

丁飞解释说，纯属巧合，自己正好在办案，需要到村里寻找一点线索。还真是巧了，这么多年都没有回来过。

杜鹃心里反而有点失落了。她勉强地笑着，说倒忘了，原本丁飞就是个好警察，他除了办案是找不出任何理由出现在桃花涧的。隔着涧溪，杜鹃摆摆手，领着汤米沿廊檐走去。

汤米不忘再一次打量杜鹃的这位警察男友。

丁飞明显从汤米的眼神里读出某些内容，心里不禁有些惶惶，但他又能如何呢？算了，还是回旅馆给赵胖打个电话吧。

赵胖说了，已经锁定昨夜在这一带山道作案的飞车党，今晚准备逮人："如果桃花涧里暂时没什么线索，你先休假。听说你女朋友和娃娃亲都会合了，好好谈判吧"。

丁飞气得把赵胖骂了一顿，说自己马上回来，逮人的活儿无论如何都要留一份给他。然后，他匆匆和小雪告了别，驾车出了村子。

赵胖说得倒也没错，晚饭后，小雪就和杜鹃见了面，起因是汤米。

杜家在祠堂设下宴席盛情款待美国人汤米先生和他的助手高国栋。

平心而论，这次接待规格之高为历史所罕见。三十多年前，杜家曾为护林员老蔡摆过盛大的感恩宴，此后，再无人享此礼遇。族长杜天成、杜氏辈分最高的九大长老、族人中最为神秘轻易不露面的"皇叔"杜泽山统统出席。此外,还郑重地请来了村主任坐镇,使家宴有了某种官方意味。

汤米心中暗道,这份族谱果然对他们的胃口,自己被视为杜家的第一贵客了,将来出入杜家大屋任何一个角落都会轻而易举。

所有参宴人员都情绪高涨,大小姐归来、跨洋外交、流失族谱重现,杜氏家族当真祖上显灵,吉星高照,喜事连连,中兴有望。

更令人惊喜的是汤米对大屋结构颇有研究,所说的理论和祖上记载的大多一致,席间惹得众长老频频向汤米敬酒,连杜鹃也惊讶,汤米对大屋的了解竟然比自己还要多,看来他在美国真的做过不少研究。据此判断,他的投资计划是有备而来的,不像有的投资客游山玩水、吃吃喝喝,然后拔腿走人,再无音讯了。

杜鹃心情愉悦地向汤米多敬了两杯酒。汤米微醺之下,看着杜鹃润红的柔肤,心中怦然,于是拍着胸脯让杜氏宗亲放心,他一定会尽自己最大的努力给杜氏家族、给桃花涧带来好日子、好前程。汤米有些忘形地描述他将投资建设从省城到本市的快速通道如何手笔恢宏,以后桃花涧的兄弟姐妹去市区仅需十几分钟的车程,将来逛市中心比上后山还要方便。

杜家人目瞪口呆地听着汤米滔滔不绝地描绘属于桃花涧未来的飞跃改变。

杜鹃从诸位尊长的脸上读出了极其可怕的信息,他们隐忍的愤怒即将爆裂。她连忙拉了拉汤米的衣袖,打算阻止他的高谈阔论。

"你是说公路要从我们后山穿过去?"杜泽山开口了,声音尖细刺耳。

"政府会给用地补偿的。"汤米解释,"其实这还不算什么,等通了路,后山的土地就值大价钱了,大家伙儿就等着发财吧。"

"我们不卖祖宗。"杜泽山放下酒杯,起身走了。

汤米这才意识到闯祸了。他连忙冲着杜天成赔笑脸,说大家误会了。

杜天成冷冷地说:"我不管你姓汤还是姓米,如果你敢打后山的主意,我们就当你姓丁。"

"姓丁的怎么了?"杜鹃当场和哥哥吵了起来。

汤米和高国栋只能拎着行李从大屋出来。杜家人说没给他们准备客房,杜鹃也怕他们留在大屋里惹出什么麻烦。

当小雪还沉浸在丁飞离去的伤感之中,杜鹃领着汤米走进门。

小雪立即收拾好情绪换上笑脸,替汤米等办入住手续并客气地和杜鹃打招呼。杜鹃不由得赞叹,当初选择桃花旅馆负责人时,领导真是有眼光,选了这么一个两大家族都能接受的姑娘。老实讲,她和丁飞目前的情感危机,除了丁飞忙于工作忽略自己的感受,小雪的存在也给他们的关系添加了一点阴影,但真正面对小雪的时候,才发现自己对她一点都恨不起来。

杜鹃希望汤米和高国栋能住到通风和采光都较好的二楼。小雪马上和黑子商量换房间,因为二楼只剩下一间客房,如果黑子愿意调到一楼来住,问题就解决了。不料,黑子突然对小雪破口大骂,也许是刚和小霜拌了嘴,黑子骂得很难听。唐虎一言不发地上前揪住黑子,二人厮打起来。众人七手八脚好容易才将他们分开。

"你真是活得不耐烦了,敢在桃花涧撒野?"唐虎眼里冒火瞪着黑子,"我叫你看不到明天的太阳,你他妈信不信?"前一句尚有古意,后一句就蛮劲十足,山里人说话,就是这样。

争斗最终平息了下去,在夏文涛的协调下,汤米和高国栋如愿地安顿在了二楼。但是，杜鹃对小雪莫名其妙地被伤害心里充满了歉意。

小雪却一点也没有介意，客客气气地送杜鹃到旅馆门外，分手时还善解人意地告诉她，丁飞晚饭前就开车回城里去了，如果需要，可以打手机找到他。

杜鹃在心里长叹一声，这个小雪，是个怎样的女孩子啊！

月亮挂在桃树枝上。

桃花涧在如水的月华下，像一幅凝固的油画。

一个身影把静止的时间刺穿了，她手中的蜡烛分明在闪烁。

小雪，手执雪亮的剔骨刀缓缓走出旅馆，斜长的身影穿过树杈。

桃花瓣悄然落下。

第三章————疑云重重

1

对于阿基米德而言，一个支点就可以撬动地球；而对于刑警，也许一片树叶就可以找到案件真相。丁飞从飘落到他的车窗上的一片树叶，联想到了案件可能发生的第一现场。他立即打电话把法医从被窝里叫了出来。

当时已经夜半时分，飞车党的几名成员都抓了，也审了，但一无所获。丁飞在星空下看着车窗前一片飘坠的落叶，突然灵光乍现。

于是，法医陪他夜奔桃花涧，在途经此处的国道两侧的高坡上，他们一段段地查找，终于发现了有打斗痕迹的现场。

案发过程就清楚了——疑凶在此地攻击殴打了马汉，致使其身上多处挫伤，然后将其摔下山崖，正落在途经此处的自卸车上。马汉脑部磕在大石块上，当场毙命。难怪当时卡车司机感觉撞上了什么，其实是高空坠物撞上了车。案发现场离桃花涧村有十几里崎岖的山道，属于桃花涧后山的地盘。让丁飞疑惑的是，深更半夜马汉怎么会出现在如此荒僻的后山上？

汤米住进桃花旅馆一直心神不宁,这局面原本不在他的计划之中,向杜家人描绘美好远景非但没有讨好到人家,反被赶出了大屋。汤米躺在客房中辗转不能入梦。半夜下来,他感觉旅馆里的其他客人都夜不能寐,好像总有人进进出出。他怀疑自己是不是疑心生暗鬼,便起了床查看究竟。

汤米走到楼下,见唐虎果然没有睡觉,正坐在服务台内侧发呆。

唐虎说他睡不着,见汤米一屁股坐下来东拉西扯,便邀他去餐厅喝啤酒,汤米满口答应。这个唐虎既不姓杜,又不姓丁,对村里的情况熟悉,又没什么禁忌,汤米真的愿意与他结交。

汤米和唐虎走进旅馆餐厅,却看见旅馆经理小雪穿着一身睡衣从前厅经过,回卧室。这个小美女身材相当不错,汤米真想多看几眼,却被唐虎一把拉到桌前坐下。

唐虎的酒量还真不赖。汤米没看出来这个山里的愣小子,居然像西部牛仔一样将一瓶瓶啤酒倒进肚里,幸亏汤米是喝着啤酒长大的,他一面和唐虎撞着酒瓶,一面打听有关山村里的一切。

他居然知道关于杜家大屋的一些事情,有一部分曾经也是丁家人的祖产,几十年前被杜家给霸占了,但他好奇大屋至今还留下了什么宝贝、什么秘密。他还知道延绵后山相当一片的是杜氏祖坟,是所谓的风水宝地,同时他对上后山的路径很好奇,不知道出入是不是方便……唐虎却只是冷笑,推说自己什么都不知道,他还警告汤米,不要以为带着美元来,人家就稀罕你,桃花涧人什么没见过,祖上富得连神仙都流口水。

门厅传来脚步声,唐虎伸头看了一眼,不屑地骂道:"死黑子,又游魂去了,出门叫鬼吃了他。"

汤米警觉地放下酒瓶起身,他说出门看看黑子在捣什么鬼。刚走到门口,却遇上了迎面走来的夏文涛。夏文涛也说睡不着,小霜和黑子早就睡死了,自己正无聊呢,听到汤米他们在喝酒,便来凑个趣。汤米和唐虎互相看一眼,没有拆穿他。夏文涛见他们表情异常,又解释说,黑子是摄像师,扛了一天机器,挺累的,早早就睡觉了。

唐虎给夏文涛拿了几瓶啤酒,又说出门找点下酒菜。

出了餐厅,唐虎蹑手蹑脚走进小雪的房间,将她丢在床边的剔骨刀用毛巾包好,放入衣橱的底层,又用湿布将她鞋上的污泥仔细擦干净,然后反锁上门。

唐虎再次走进餐厅时,手上多了几袋大壳花生。他打算先把这两个半夜还不安分守己的家伙灌醉,然后叫他们买单。

也许今夜的月亮太亮了,夜不能寐的还有杜家大屋里有如幽灵守护神一般的杜泽山。他和族长杜天成踏着如水的月光登上大屋后的山坡。看着一片泛着清辉的无声的大屋,杜泽山的长叹令人窒息,世人似乎并没有忘记沉睡在山里属于杜家的财富!

"不管是谁,只要敢侵犯杜家的利益,就让他死无葬身之地!"杜泽山的眼里满是阴鸷的杀气。

不远处的黑子冷笑一声,从一侧掠过。

2

法医室门口的丁飞坐在长凳上睡到天亮,这是他催促法医的一贯手段。

法医的土样鉴定充分证明了丁飞灵光乍现的结果——马汉鞋底的泥土和现场土样完全一致。由于现场属于桃花涧地界,丁飞请求赵胖把调查桃花涧村的任务交给自己,条件是把夏利车换成结实一点的桑塔纳。赵胖说他想要自己那辆帕萨特都行,但他得单干,因为自己实在派不出别的人手跟踪这一线索。丁飞可以利用休假的时间展开非正式调查。

丁飞隐隐觉得这起突兀的案子,绝不是一起偶然事件,它的关联性甚至有可能导致更惨烈的事件发生。于是,他把汽车开得像超低飞行的航空器,敏锐而隐蔽地接近着目标。

灌醉汤米和夏文涛没费唐虎太多的事,因为他们两个人较上了劲,直喝到东方欲晓,两人还在为了谁买单争执不休。所以,等唐虎再看到夏文涛走出房间的时候,已近中午时分,他还一副睡眼惺忪的样子。唐虎正暗自偷笑,小霜却神色紧张地将夏文涛拉到一边。

原来,黑子一夜未归,到现在也没有消息。小霜怀疑他溜了。如果他找到了价值连城的宝贝,连夜潜逃并非不可能。夏文涛眉头紧锁,一时没了主意。

丁飞中午前就进了村,但他没有直接去旅馆,而是拿着法医帮他借来的《堪舆学》一书,一边揣摩着书中的要义,一边上了后山。古代有不少这种堪舆用的指南书籍,夹杂着建筑学、天文学、水利学以及不少封建迷信理论,大多语焉不详,现代人哪里看得懂。为了弄清案件中的谜团,丁飞不得不去揣摩这些"天书"里究竟都说了什么。

这几乎是丁飞第一次真正上后山。虽然儿时调皮,他和小伙伴们偷偷潜入过,但多是一种试探胆量的冒险游戏,和夏天跳入村口的白水塘性质一样。而这次堂堂正正地循山道入山，看山势，阅风景，这才觉得桃花涧果然是个诗情画意的好地方，只可惜后来沾上了重重杀机，连空气中都充满了血腥气味。

丁飞敏感地察觉到自己被跟踪了。他索性停下脚步，回过身来。树后的老蔡愣了片刻，也现身出来。自从丁飞读警校以来，还没见过老蔡。

老蔡认出丁飞，松了一口气。虽说他为了杜氏家族守山，但他和丁氏族人无怨无仇，小时候就很懂事的丁飞还颇得老蔡的喜欢。今天他对丁飞的工作也相当配合，他看到马汉画像，马上就指认这个人前天下午在后山转悠了好几个小时。推算下来，老蔡应该是桃花涧最后见到马汉的人。然后，老蔡有些为难地告诉丁飞，既然他是为了公家来办事的，最好和杜家族长打个招呼，这样大家都方便。

几十年来，老蔡对村里的人和事几乎有未卜先知的能力，他的担心确实非常有道理。早在丁飞停车上山的时候，杜天成和杜泽山就得到了消息。杜泽山命令儿子杜天宝和其他一些堂兄弟分头监视丁飞，严防他借用警察的身份向杜家挑衅。杜天成有些犹豫，这位像蝙蝠一样阴郁的二叔是不是多虑了，丁飞毕竟是警察，而且听说还是城里有名的神探，不会以公报私欺负杜家人吧？就在此时，涧溪对岸传来了丁氏族长十三爷的怒吼声。

十三爷一早就听说杜家大小姐带来了美国人，要把桃花涧的房子拆了修路。十三爷简直气炸了肺。本来丁家人已经被杜氏赶出大屋、赶到涧溪对岸简陋不堪的棚户内，几十年来，仰仗丁氏祖先在天之灵的庇佑和族人自强不息的努力，丁家人自己盖了房、开了地，解决了居住和温饱问题，至少没有让世仇杜家独占桃花涧。怎么现在他们又生出如此歹毒的主意，硬要拆丁家人的房子呢？

十三爷光着膀子，手拿一把大砍刀，一边在溪边的砺石上霍霍磨刀，一边大声咒骂杜家的卑鄙。渐渐地，涧溪对岸站着越来越多的杜家后生，面露忿色。十三爷毫无惧色，在太阳光下试着刀锋，昂首而立。

年近八十，一身杀气！

杜天成拍起桌子，让村主任带话给十三爷：不想死的丁家人马上滚出桃花涧，否则，老祖宗在上，杜家人要把几十年前的旧账好好算一算，血债血偿。村主任搜肠刮肚地想办法，在两边劝说这一对顶上火的族长。这时，丁飞来了。

丁飞听从老蔡的建议下了山，直接进了大屋，这也是他第一次堂堂正正地走入大屋。从小他就被长辈告诫，大屋原为我祖上产业，凡我丁氏族人都应当牢记此门第之辱云云。但那时候，他只能隔着涧溪，幻想十三爷儿时在大屋里快活玩耍的情形。

虽然丁飞像常人一样，刚进大屋就被纵横交错的巷道弄得几乎不辨方向，但他作为刑警的职业敏感却陡然锐利起来，一个闪身便把后面盯梢的杜天宝抓到面前。

"带我见见你的堂兄杜天成。"丁飞客气地笑道，"我是市公安局刑警队的，名字就不用介绍了吧？"

杜天宝到底有点怵警察，连多余话都没敢说就将丁飞带来了。

杜天成却是不惧，他阴阳怪气地笑说："难怪丁家老十三这么嚣张呢，原来当警察的侄儿回村撑腰来了。"

"天成，我们不要让两家的旧怨影响今天的好日子。老辈人的事，其实和我们都没有关系。"丁飞诚恳地向杜天成解释，他希望杜天成能支持他的工作——这次他回村，是了解一下杜氏族人近两天的动向，因为有桩刑事案件可能会牵扯到杜家人。

杜天成大怒，一口咬定丁飞是借机整治杜家人，他非要丁飞立刻给出答案：究竟出了什么事要针对杜家人做调查，是杀人还是放火？不讲清楚就马上放狗咬人。

杜天宝见势不妙，连忙跑去找杜鹃解围。所幸杜鹃及时赶来。杜鹃在哥哥的面前还是非常维护丁飞的，她批评哥哥不该妨碍公务。杜天成更加恼火，指着丁飞咆哮："人家姓丁的已经打上门来了，你居然还胳膊肘往外拐？"杜鹃见和他说不清，便领着丁飞走出大屋。

离开杜天成，杜鹃立即恢复对丁飞的冷淡态度。她甚至质问他，为什么要针对杜家人，究竟发生了什么事。丁飞这才告诉她，因为一桩命案发生在附近的山上，他怀疑死者有盗墓的嫌疑，最有可能杀他的人，也许就在杜氏家族中。丁飞希望杜鹃以公务员的身份保证这个情况不外泄。

3

很快丁飞就证明了自己的猜测是对的。法医打电话到村公所告诉他局里最新的调查结果：马汉是陕西宝鸡人，职业盗墓的犯罪嫌疑人。

调查结果让丁飞短暂地松了一口气。这说明目前的侦破轨道正沿着自己的思路展开，就是说，马汉试图在桃花涧盗墓，结果遭遇不测。但随即他又陷入紧张之中，表面上平静了几十年的桃花涧，只怕又要不太平了。此时，他不由得想到了杜鹃，于公于私他都迫切需要杜鹃在他身边。

目前杜鹃对自己的态度可以用冷若冰霜来形容，但丁飞还是决定找她好好沟通沟通。早一会儿杜鹃只身遣散涧溪两岸对峙的丁、杜两家的后生，并一直保持平静的微笑面对十三爷的痛骂，仅此一件事就值得丁飞当面向她表达丁氏后代的深深歉意和恋人的无比关切；然后丁飞趁气氛有些缓和了，问可不可以请她坐下来聊聊私人的事，他承认和杜鹃的感情遇到了危机，但他坚信可以克服。

杜鹃问他用什么克服？

爱。丁飞很笃定。

杜鹃冷笑起来，爱只是一个字，它背后的实质是什么呢？如果它仅仅是一个文字符号，说明不了任何问题，甚至有可能被用来招摇撞骗。

丁飞争辩说，他们之间的爱不是空洞的符号，为了爱，他们曾无视两家世代的冤仇，招致亲人的反目甚至两大家族的共同诅咒，可他们从未动摇。过往，两个人都不相信这个宿命，今天更应该坚定。

杜鹃恼火地说，宿命也是一个字眼，没人知道字面下的含义是什么。

十三爷匆匆赶来，及时地中断了丁飞挑起的争论。

十三爷又想起了一个细节：前天晚上，他起夜好几次，有一次出门上厕所时，发现山耗子鬼鬼祟祟地在附近转悠。

老蔡也承认山耗子确实是个不省心的家伙，平时会把巡视偏僻山坳的事情交给他。但昨天晚上因为自己巡山，山耗子早早地就睡下了。老蔡担保他整夜没出过屋子，更别说下山了。老蔡是个老实木讷的人，丁飞一边打量他一边盘算着：老蔡究竟是真不知道山耗子偷偷下山，还是有意替他做伪证？

丁飞暂时记下了与山耗子有关的疑点后，开始对小旅馆里的外来人员例行询问。他对每个询问对象都认真地提醒，作伪证是触犯法律的，希望大家介绍情况时如实交代。

旅馆工作人员小雪当晚十点多钟就上床睡觉了。自从她在精神科接受过治疗后，唐虎每天都会督促她按时休息。为她做证的人有唐虎和小霜。

唐虎前天黄昏起就开始为旅馆采购食品和日杂品，来来回回往村口跑了好几趟。采购来成堆的货物和次日负责验货的厨房师傅可以做证，唐虎没有空闲时间去后山那么远的地方。

厨房师傅则约了村主任等人在村公所打麻将，打到后半夜，几个人在村公所里搭铺休息，可以互相做证。

小霜则和夏文涛互相做证，当晚他们在夏文涛的房间里讨论次日的拍摄计划，一直谈到很晚。丁飞对小霜很熟悉，也很了解。他又一次问及她是何时进入省电视台的，专业水准如何。小霜被逼急了说，她就是和夏文涛好上了，就算是他的私人助理，这几天她就一直睡在夏文涛的房间里，睡在他的床上，就这么一回事。

对于夏文涛，丁飞倒是仔细地查看了他的工做证，以及夏文涛主动提供的他曾经拍摄并获奖的作品，基本上都属实。丁飞只是善意地提醒他，不要伤害小霜的感情。夏文涛连连点头。

至于汤米，丁飞倒是犹豫了。首先，他是在马汉出事后到的桃花涧，看起来和此事无关；其次，杜鹃已经对自己有了不小的怨气，如果再去招惹汤米，只会让杜鹃觉得自己别有用心。丁飞决定约束一下自己一根筋的办案习惯，暂时放弃接触汤米。

最后，是两名女大学生苗青和许佳。她们已经把前天晚上的遭遇告诉了丁飞，但丁飞依然一字不漏地听她们复述撞见鬼的经历。苗青依然花容失色地尖叫着，而丁飞则不再进行唯物论的科普教育，只是和蔼地微笑，做了回好听众。最后结论是，两遍叙述前后一致，没有破绽。

对所有人都询问完了以后——旅馆的人都被排除了嫌疑，丁飞就耐心地等候黑子。据夏文涛说，黑子上午出门拍外景去了。但唐虎私下告诉他，黑子昨天半夜就出门了，一直也没见他回来。丁飞打定主意要正面接触一下这个行踪成谜的摄像师。

小霜曾经被丁家老辈人怒斥，说她丢了祖宗的脸，因为她十年前就去了省城混世界，族人不知道她在干什么，靠什么养活自己。倒是丁飞曾经亲手处理过在扫黄行动中收审的小霜，她当时在风月场所里陪酒陪唱做小姐。所以，小霜也多年没有回过桃花洞。小雪对这个姐姐既熟悉又陌生，既对她心存警惕又觉得格外亲切，当她听到小霜为夏文涛和黑子做证时，心一下就悬了起来。直到丁飞看似漫不经心地坐在旅馆门前树下，一边喝着茶一边等着黑子，小雪这才悄悄将小霜叫进房间，责怪她不该欺骗警察——当晚，自己亲眼看见黑子神秘地隐没在黑暗中，随后夏文涛也潜入了大屋，小霜明明是在做伪证。

小霜几乎叫起来，她冷笑着说，她知道大家都看不起她，但她不在乎，因为燕雀安知鸿鹄之志，她的志向就是成为城里人，成为有钱人，过着同族的人想破脑袋也想象不出来的高尚生活。她有目标宏大的发财计划，根本不屑辩论，因为包括小雪在内的所有人不可能懂。她告诉小雪，自己岂止是为夏文涛等人撒过谎，还给小雪作过伪证，有件事她没有和丁飞说——前天夜里，她去找过小雪，发现小雪根本不在卧室里，床上空无一人。

小雪几乎抓狂。她心里非常清楚：前天夜里，她在梦里亲手杀死了马汉，结果马汉就失踪了；昨天晚上，她又做噩梦了，在梦里又杀人了，死者就是丁飞正在苦等的黑子！

第四章————突发案件

1

在丁飞的办案生涯中,这还是第一次如此别扭。

命案发生地桃花涧的两大家族中,姓丁的是自己的亲人,姓杜的是丁家人的世仇,自从他和杜鹃恋爱,他同时成了两大家族的罪人。盗墓贼被杀案,被触犯利益的杜家显然有重大嫌疑,但他如何秉公办案?在杜鹃的眼皮底下,他又如何做到公私分明?还有桃花旅馆形形色色可疑的人,尤其是杜鹃的上宾汤米如何调查?最要命的他还是个休假警察,缺乏办案的合法手续。于是他要求山下的镇派出所立即派警员来协助调查。管段民警叫小段,他驾着摩托车从老旧不堪的土路上轰鸣着上山,满头满脸都是灰尘。

山下的小段都进了村,黑子也没回来。于是,丁飞决定和小段一起去调查杜家人的情况。有管段民警陪着,他心里有底多了。

他离开桃花涧日子比较久了,对村里的情况还不如小段熟悉。据小段介绍,村里最喜欢犯浑惹事的是杜天成的堂弟,也是杜泽山的儿子杜天宝,而且他和山耗子沆瀣一气,活脱脱的一对小太岁。

小雪被小霜的话给惊呆了,其实她一直有点怀疑自己可能会梦游。尽管这只是一种感觉，但它越来越强烈地释放出恐惧的信号，她都不敢想象自己究竟干过些什么。而小小的桃花旅馆里最可能知道真相、也最可能保护自己的人无疑是唐虎。

唐虎坚决否认小雪曾在夜里出过门，尤其是马汉失踪的那天夜里。他非常肯定地告诉小雪，那天夜里，小雪一直在卧室里休息，根本不可能走出旅馆——因为临睡前，他把大门锁上了。

小雪将信将疑，唐虎对她发誓绝对是真的。他狠狠地将小霜骂了一顿，并警告她，再敢威胁他的老板小雪，他就把夏文涛一行全部赶出桃花涧。小霜认为这肯定是小雪的授意，心中非常气愤，只是为了她和夏文涛的发财梦，还真不敢得罪这个凶巴巴的唐虎。

杜天宝在村中开了个小烟酒店，平时他总喜欢待在店里打游戏。丁飞找上门时，山耗子正和杜天宝打联网游戏，玩得热火朝天、手忙脚乱。对于进来的不速之客，山耗子头也不抬地责骂："滚滚滚，没时间搭理你们。"

"山耗子，你爹今天同意你下山了？"丁飞走过去关了他们的电脑屏幕。

见来人是丁飞，山耗子和杜天宝的气焰一下就下去了。他们给丁飞和小段让座、倒茶。丁飞也不客气，一屁股坐下，严肃地告诉他们今天是例行的调查询问，所说的每一句话都要负法律责任，说得杜天宝和山耗子脸上变色、面面相觑。

山耗子终于承认前天夜里他并没有老老实实地待在家里，而是下山到了村内。因为下午他见到桃花旅店来了两个年轻漂亮的女大学生，想趁着她们初来乍到，安排一个撞见鬼的吓人节目，可没想到他没有吓着别人，反而自己在大屋内撞见了鬼，而且确切地说是女鬼。

丁飞皱起眉头，这个封闭的山村，人们一谈到神神鬼鬼的话题总是那么来劲，一本正经，煞有介事。

山耗子赌咒发誓地说是真的：他没有喝多酒，也没有犯迷糊自己吓自己，他真的迷失在令人惊悚的巷道内，并亲眼看见了会发光的长发女鬼飘过，还亲耳听见有女鬼的尖叫，虽然声音不大，但他真的听见了，不止一声；更恐怖的是两个女鬼的尖叫声，很像许佳和苗青，他怀疑那两个女大学生是吸血僵尸变的。

丁飞告诉山耗子，他确实是听到了苗青和许佳的声音，但她们不是鬼，只是像山耗子一样，当晚在大屋里迷了路。山耗子吃惊地问丁飞是如何知道的。丁飞淡淡一笑，告诉山耗子，警察的眼睛可以看出一切真相，永远不要试图瞒过警察，尤其是丁飞这样的刑警。

这样的威胁对山耗子和杜天宝果然有效。杜天宝除了听得手心冒汗，还结结巴巴地说了另一件事——前天下午，临近天黑的时候，他看见曾经住在桃花洞旅馆的外地人马汉在大屋内鬼鬼祟祟地转悠，被杜家子弟盘问后带到了祖堂。杜天宝亲手从马汉身上搜出一本风水书，显然这本手抄本不是正规出版物，而是民间一些歪门邪道的整理，手绘的图形加上各种口诀，充满着怪力乱神，最骇人的是有几页上还标注着与桃花洞大屋相似的图形。看来，马汉在打桃花洞的主意。杜天宝的爸爸杜泽山脸色大变，然后把其他人撵出祖堂，亲自和马汉聊了一阵子，没有人知道他们聊了什么。

"后来呢，马汉去了哪里？"丁飞连忙追问。

杜天宝摇头："我也不知道他去了哪里，不久后那个游客就出了大屋。""你爹呢？""我也不知道他去了哪儿。"杜天宝又不解地问，

"那小子是不是小偷？你们正在通缉他？"

丁飞观察着杜天宝和山耗子的神情，以确定他们是不是在撒谎。同时，他也在纳闷：马汉是个职业盗墓人，他溜进大屋看什么风水？杜泽山跟他说了什么？

丁飞没想到，与此同时，汤米的助手高国栋也在大屋内研究着风水，他非常认真地向大屋内上年纪的老人打听古老传说和大屋建造的风水依据。看来，他是读过一些古代典籍。古代在建筑学上有不少关于营造的技法，由于古代居民生存依赖于土质、水源和四季气候等决定性因素。所以他们将房屋构造的朝向、进深、高度等和当地的地形、地貌做了重要的关联。对于自然科学知识缺乏的先民来讲，他们对这些感性经验的归纳解释往往引向神秘力量，慢慢就形成所谓的风水学。由于中国南北方地形、地貌、气候差异性极大，所以地区间又形成了不同的规律，比如对屋顶的要求、窗户大小的规定等等，南北两方都有迥异的风水学说。对于建筑学专业来讲，这是研究古代建筑的指导性理论，其中包含大量的科学性元素，也包含了一些至今仍存的未解之谜，其能够成为解开古代建筑营造秘密的钥匙。而高国栋显然是对中国南北方建筑学和风水学均有一定的研究，对桃花涧大屋历史和文化有相当的了解，所以在此侃侃而谈，而杜鹃则在一旁看得大惑不解。

作为招商局的重点客户，汤米承诺投资建设的快速通道是近年市里的重点项目之一，所以，杜鹃才会特意陪着他，考察沿线重要的征地区域，尤其是征地工作困难的地区。桃花涧是自己家乡，汤米出于好奇，提出要来看看，并预见到拆迁工作的难度，从美国带来了杜家族谱，这都不难理解；可是，汤米在考察完地形地貌、拜会杜氏族长之后，显然还没有离开的意思，尤其已经惹得杜、丁两家人都怒目而视之后，汤米和高国栋还恍若不觉地在村里四处拍照，刨根问底，大谈风水。杜鹃实在不明白，这个年轻的美籍华商和他的助手，是不是把自己的身份和正事给忘了？

汤米哈哈大笑，他称自己是个非常率性的人，行事往往出人意表，就像他这次回国来投资基础设施项目，就不在公司董事会的计划之中。他请杜鹃放心，他承诺的投资项目绝不会因为任何困难而改变。不单如此，他突然发现桃花涧本身就是一笔巨大的财富。虽然颇有眼光的当地政府已经把桃花涧定为乡村旅游点，但凭着这种小打小闹永远也改变不了桃花涧目前封闭、落后的面貌，也对不起先人留下的如此一笔巨大的财富。就他看来，大屋建成的年代、规模、建筑布局以及建筑内外的附加艺术，均表现出非常可观的文物和艺术价值，如果只是坐等政府投资开发，那简直是抱着金饭碗要饭吃。汤米正考虑出资将桃花涧村打造成一个中外闻名的人文景观村，但他希望杜鹃不要将自己的想法透露出去，以保证将来同政府的谈判中，自己能够处于有利的位置。

杜鹃非常吃惊，她称汤米是她所见过的商业嗅觉最灵的商人。

村主任不是土生土长的村里人，既不姓杜，也不姓丁。虽然作为行政长官，两大家族多多少少还给些面子，但对村里的人和事，村主任并没有真正的控制力，能使两家维持今天的和平相处，已经相当不易。民警小段戏言村主任像骑瞎马的盲人，已经在深渊边驰骋很久了。村主任向丁飞证实以往也偶有闹鬼事件发生，不过杜家人往往对此讳莫如深，详情不得而知。在这座深山古村落里待久了，村主任自己也有点疑惑：昨夜居然又出现了女鬼？难道传说中的煞星真会出现不成？

丁飞笑着说就算有人真见到女鬼也别怕，自己可以在破案后把女鬼请出来和大家见面，但有一个问题他不太明白：为什么总有人对大屋的建造规制如此感兴趣？研究大屋的建造与后山杜家墓葬之间究竟有什么关系？

村主任毕竟是村主任，他早就弄明白了这个问题：有人私下说，后山杜家的墓葬曾得高人指点，配合大宅的延绵两千多年复杂的建筑布局，蕴藏了很高明的玄机。七十多年前那次惊天动地的大葬，隐藏当时族长杜义雄下葬的真正墓址。如果有人破译了大屋的秘密，即先民根据他们理解的风水原理建筑大屋的布局，据此，便有可能找到杜义雄墓葬的线索。当然，这仅仅是一种猜想。

小段证实，虽然杜家人对此讳莫如深，但有国外风水研究和民俗研究者已经对此提出猜测，在相关的网站上有过不少评论。这些大多是一些海外好事者以及执意于神秘主义的民科人士，他们根据中国古代的建筑营造法的规律推测，研究桃花涧大屋如此复杂精巧的设计理念，可能会发现此地先民数百年来对后山上墓葬建设的布局。因为古代中国人对于祖坟建设的要求，甚至超过对现实生活中的居住要求。至于其间所谓的学问，更是无法言说，神秘荒诞。这些零零碎碎的说法，桃花涧的孩子从小也有所耳闻，但丁飞惊讶的是，连国外的人都关注桃花涧，关注到几十年前的深山里的一次下葬。

小段笑着说，中国文化热嘛，这是个世界性话题，海外华人尤其关注。网上这类文章多着呢，比桃花涧更小的村落都有许多民俗学家关注，一不留神也许能弄出个人类文化遗产，发现者可能一生受益。每年桃花旅馆里都会接待不少想入非非的人，拍电视的夏文涛就属于这一路人。

丁飞叹了口气，就怕有些人想得比这个还要可怕，算了，他还是继续了解某些特别的人。老蔡，在他的记忆中，老蔡在山中守林长达几十年，人人都知道他老实、执拗，但他并非不会撒谎，在山耗子的事情上，他就骗了丁飞。尤为重要的是，如果后山发生案子，最有机会发现真相的人是他，最难调查的人也是他，嫌疑最大的人还是他。这次的调查，老蔡显得有些心事，是不是他有什么难言之隐？丁飞从小在村里长大，对于这里的每一个人，他都强迫自己用陌生的眼光来审视，以免被自己的主观刻板印象所左右。

村主任告诉丁飞，老蔡这辈子最闹心的事大概就是这个养子山耗子。一个没结过婚的男人，能把孩子养大就已经不易了，更何况他没有太多的文化，也不太会教育孩子。老蔡疏于管教，而村里人也一直对山耗子很纵容，因为老蔡三十多年前救过当今族长杜天成一条命，是杜氏家族的第一贵人，所以，山耗子从小就过着无法无天的生活。老蔡平时规定他不许下山惹事，这对于二十多岁的小年轻来说不等于是一句屁话嘛。所以，老蔡撒谎多半因为这个山耗子又闯了祸。

难道山耗子闯的祸就仅仅是下山调戏女大学生？丁飞想想还是不放心，便请村主任和他一道上后山，找老蔡好好聊聊。这时，山耗子面色如土大汗淋漓地冲进门来。

又有人死了！

2

死者是摄像师黑子，尸体摔卧在后山深处鹰嘴崖下的草丛中。

鹰嘴崖是后山的制高点，山势颇险峻。崖下是没过脚面的大片荒草，一片长着小黄菊花的草丛包裹着一棵桃树。这株桃树也许和旅馆门前那棵属同一品种，虬然的树枝在空中扩张。许是深山寂寞，此时，它缀满枝头的花朵开得比旅店门前的那棵还要妖艳些。已是初夏时分，它晚到的花期，俨然为白乐天"长恨春归无觅处，不知转入此中来"做了注脚。

丁飞让村主任在黑子的尸体一带仔细搜索，设法找到他的随身物品，自己则攀着岩石，扯着藤蔓爬上鹰嘴岩。他很奇怪是什么原因让黑子爬上平时少有人攀登的鹰嘴岩。

悬崖顶端以岩石为主，缝隙间有些草本植物顽强地伸出头来，长势不均象征着生命盛衰有别。这里之所以叫鹰嘴崖，是因为其最突出的部分像一只锋利的鹰嘴从岩上向空中伸去。丁飞小心地踩上鹰嘴探头下望，百尺之下那小小的尸体和不远处的灿烂桃花并置一处，显得有些诡异。丁飞感觉有轻微的眩晕，他有点恐高，加上攀崖后气短，干脆坐在一块石头上喘息着，打量这片不大的悬崖。除了光秃秃的石块，就是毫无秘密的草本植物，他实在看不出来，黑子究竟为什么深夜爬到如此隐秘的悬崖上来。这个自称黑子的摄像师究竟是干什么的？

村主任在黑子尸体旁什么都没有找到。丁飞犹自不信，在草丛中仔细地又找了一遍，还是什么也没有发现。村主任奇怪，他凭什么判定黑子身边必有随身物品呢？

丁飞关心这一带是不是属于杜家祖上墓葬地。村主任摇头，杜家墓区和这里隔着一个山头，所以这一带平时没人来，荒凉得很。丁飞的眉头皱得更紧了。

警车开进村让村口的人吃了一惊。因为进来的警车有好几辆，而且下车的十几名警察在小段的率领下直接奔向后山去了。

小雪一下有了不祥的预感。

夏文涛则在翻过山梁的时候就隐约察觉气氛不对。

当时他在旅馆里等待黑子的消息，心神不宁。丁飞进门就问他黑子为什么跑到后山去？夏文涛一惊，却极力镇定下来，装疯卖傻地表达对黑子的不解和不满。丁飞不动声色地请他去后山协助调查，夏文涛的心就开始悬起来。走了近一个半小时山路，夏文涛心里几乎崩溃了，不知道黑子究竟犯了什么事，难道是他已经下手行动被警方抓了现行，然后交代了所有的一切？否则，警方为什么把自己往深山沟里带？正当夏文涛几乎不能保持镇定的时候，蓦然，他看到了那棵灿烂的桃花树和那具了无生机的尸体。

夏文涛像被雷击中一样，惊呆了。

小段带着刑警到现场时，丁飞已经累得不行了，来回跑了两趟鹰嘴崖，几个小时的山路让他有点体力透支。于是，由小段带着法医攀上悬崖。

老蔡来到附近，见到丁飞后，他有点迟疑地走了过去。丁飞笑着问他，找自己有没有事。

老蔡有些不忍地指着远处的尸体，问："听说是山耗子发现的？"

丁飞看着他，点点头。

老蔡叹了口气，沉默片刻，终于坦白前天晚上的事，他对丁飞撒谎了。

前天晚上，他例行巡山回来，发现山耗子根本就没有在家睡觉，而且一夜未归。次日问他，他说在杜天宝家歇了脚。几十岁的人第一次为了儿子说谎，而且还是对警察说谎，老蔡心里头十分不安。所以，他想悄悄和丁飞打个招呼，有什么事，看在自己的老脸上放山耗子一马，毕竟这孩子不是亲生的，打不得也骂不得。一个孤儿，本来就可怜了，和自己一个孤老头子待在山上，也怪委屈的。

丁飞诚恳地叮嘱老蔡，不管什么理由，都不能纵容孩子，更何况在警察面前作伪证是犯法的，这可不是在真的爱护山耗子。随后，丁飞非常认真地询问山耗子昨夜的下落。

老蔡毫不犹豫地说，昨天是双日子，不需要晚上巡山，所以，他和山耗子都没有出门，山耗子不到九点就睡了，肯定没出去，山上只有他们爷儿俩，只能自己帮自己做证了。

小雪一听说黑子死了，手中的茶杯就摔到了地上。

唐虎连忙扶她进卧室休息。

小雪身体摇晃，头脑中一片空白，浑然没察觉杜鹃吃惊地看着她。

杜鹃的心一下子紧了起来，她虽然不知道事件的真相，但一批批警察源源而来，说明这绝非小事，于是她赶紧去找自己的哥哥。

杜天成刚听说后山摔死了人，杜鹃就到了，而且一见面就追问他究竟是怎么回事。杜天成十分恼火，这事跟我们杜家有什么相干？

"万一和我们家有关系呢？哥，现在可是法治社会啊！"杜鹃明确地表达了她的担心。杜氏墓区附近摔死了人，丁飞这两天也在村里不停地调查，种种联系起来，杜鹃真有点不寒而栗。她严肃地警告杜天成，无论如何要管好杜家人，否则出了事，才真正对不起列祖列宗呢。

杜天成瞪着杜鹃，越想心里越发毛。

3

丁飞不打算随同事们下山。他叮嘱,尽快把尸体送到市局技侦大队进行解剖,务必第一时间给他消息。警车消失在扬尘的山道上,他通知在村公所临时召集一个碰头会,旅馆的外来人员全部要参加,他要公布现场勘查结果。

目前可以断定,黑子死于夜里12点左右。虽然这又是一起午夜摔死事件,但和马汉之死完全没有可比性:第一,黑子身体没有任何被击打的痕迹,几十米高空落下,就算是铁人也能摔散了;第二,悬崖上的痕迹也表明,他生前没有任何搏斗,从足印上看,他是一脚踏空摔下崖的,也许在夜半深山中,死者早已吓得魂飞魄散,摔下山去完全在情理之中。所以,大多数警察——确切地说是丁飞之外的警察都认为,这是一起意外。

丁飞不同意这个判断,理由是:黑子的尸体旁连一件随身的物品都没有带,尤其是连个手电筒都没带,他是如何来到鹰嘴崖的?丁飞认为肯定有人拿走了黑子的随身物品,而这个人不是凶手就是知情人。但丁飞明白,这些都只能是他的一种猜测,没有任何证据支持。所以,他只能同意按意外结束调查,但他以弄清黑子夜里去后山干什么为由,把小段留下来陪自己一起调查。小段不得不哀叹,原来传说中的丁飞果然是疯子。

但丁飞在警队的赫赫威名也许就是这么来的。碰头会上,他立即就从夏文涛和小霜的口中问出了有关黑子的真相:第一,黑子的真名叫陈刚;第二,他根本就不是电视台的正式员工,而是夏文涛私下找来的帮手,连摄像技术都是夏文涛一手教会的。夏文涛解释,他负责的这个"中国古民居"项目,不但拍摄量大、周期长,而且经费非常有限，当然，他也想赚些利润，所以，他就尽量地找一些像小霜这样的廉价劳动力使用。电视台的节目中，有不少就是这样操作的。

丁飞摇头，肯定地告诉夏文涛，黑子和小霜不一样，别把他们两个混为一谈。夏文涛装疯卖傻地问，哪里不一样？当然了，小霜是个女人，还是个美女嘛。

许多人当初投身警校想当刑警，因为刑警办案是一个斗智斗勇的过程，其间脑力激荡能够发挥到极致，远比写侦探小说和拍悬疑电影刺激得多。他们面对的尸体、血迹和现场都是真的，不像打电脑游戏那样可以再来一盘。连小段这样的管段民警其实都很羡慕刑警，可以天马行空地展开想象力，在团团迷雾中找到办案的关键。但是这仅仅是刑警侦破的一面，而另一面就像翻转硬币一样，一定是一百八十度的大转弯。刑警工作的另一面是极度无聊无趣且刻板的，但明知道无聊也不能大意，因为也许在大意中你就已经被对手"击毙"，而你却并不知晓死因，案件随之就转换成一个休眠的案件，公安术语称其为"积案"。

丁飞自进警校那一天起就发誓，绝不让自己经办的任何一件案子，进入积案之列。所以他开始了又一轮针对各人的例行问询。问询过夏文涛和小霜之后，又叫来唐虎。

唐虎有些心绪不宁，因为他刚刚被小雪叫到屋里问过话。小雪追问唐虎，昨晚究竟发生了什么？唐虎对天发誓，他一直在前厅里，几乎一夜没睡，根本没看见小雪出过门。小雪失声痛哭，她自责地问，黑子为什么也死了，为什么？唐虎冷冷地说他活该，他就该死，不只是小雪一个人这么想，他唐虎也恨不得黑子死了才好，难道这也犯法？如果这是真的，就当黑子被自己"想"死了，跟小雪没有关系。

丁飞一眼就看出唐虎心事重重，不由心中一紧，他特别怕唐虎包括小雪跟这些事沾上任何关系。丁飞不由得仔细询问唐虎昨天夜里所有的细节，让他放心的是，唐虎整夜都在和夏文涛还有汤米一起喝啤酒，直到黎明。这点很容易就从汤米等人的口中得到印证。而且，唐虎亲眼看到黑子在 10 点左右溜出旅馆，也就是说黑子走出旅馆，到摔下鹰嘴崖，其间摸黑上山只用了不到两个小时。看来，他真是一个擅长夜行的高手。

同时唐虎还承认了，昨夜他和黑子大吵了一架，几乎动起了手。丁飞算了一下，据已经调查的情况看，小霜、老蔡还有村里若干村民都跟这个黑子发生过冲突。虽然这个黑子得罪的人不少，但他跟唐虎起冲突是因为小雪，这恰恰和马汉一样。他打量一下小雪的这个憨憨的保护神，他不由得怀疑唐虎有可能对黑子进行报复，但汤米和夏文涛能证明，唐虎根本就没有作案的时间。

受丁飞的指派，小段对杜氏家族的男青年进行调查。好在三千杜氏族人里面年轻人并不多，男青年则更少。小段在例行询问时，看见杜鹃带着汤米和高国栋走来。小段早就听过杜鹃和丁飞的传闻，不由得对这位杜氏家族的大小姐多看了几眼。杜鹃看见警察在办案，忽然带着汤米他们往旅馆的方向走去。

其实，汤米很想知道出了什么事，那个行踪诡秘的黑子究竟是什么来头。早一会儿，他跑到村公所和村主任聊天，就试图打听有关内幕，也不知是村主任不愿说，还是他根本就不知道，反正什么都没问出来。而杜鹃好像也是不知情，甚至很怕知情，作为项目对接人,她更不想让这种消息传到汤米的耳中。杜鹃催促汤米如果没什么事情要办,她就安排车,把汤米和高国栋送回市里。

杜鹃十分担心村里渐渐浮现出的不祥气氛会影响汤米的心情,进而影响他的投资计划,所以她恨不得马上让汤米离开这个是非之地。没想到,汤米根本没有任何要走的意思,相反,他和高国栋都说他们越来越喜欢桃花涧,喜欢上杜家大屋了。为了确定将来在桃花涧旅游项目上的投资规模和投资方向,他们必须把调研的工作做足,否则无法向美国公司董事会汇报。而且,汤米非常体谅地对杜鹃说,如果她手上还有事要处理,可以回城里去,他和高国栋留下完全可以自己照顾自己。杜鹃心中叫苦,这个危机四伏的时候,她哪里放心把贵客扔在这个是非之地呢?她只能硬着头皮,每天陪着汤米在大屋内东问西看。高国栋好奇心特别强,恨不得把大屋内每一间屋子都追问出一个故事来。这样下去,什么时候才能结束桃花涧之旅呢?

正当杜鹃心中七上八下的时候,丁飞又来了。他正式通知汤米和高国栋接受例行询问。杜鹃心中恨死所谓的"例行"两个字了,他们当警察的不厌其烦左一遍右一遍地问,可自己的客户哪里受得了如此折腾,进村之后这已经是第三次"例行"询问了。

汤米看上去倒不介意,他称在美国这种询问更加常见,因为美国人更习惯于用法律解决问题,屁大点事都要上法庭闹个清楚。他非常礼貌地向丁飞示意,有问题尽管问,他保证配合警方的调查。但丁飞从他的老练应对中发现他的内心其实并不像他外表那样轻松。而且丁飞还发现,汤米平时并不像在杜鹃面前表现出来的那个谦谦君子的模样,而是一个十足的油滑之徒。作为杜鹃的男朋友,这不由得令他本能地提高警惕。

对汤米的询问几乎没有什么发现，除了印证了唐虎及夏文涛昨夜的行踪，汤米还故作神秘地提供了一个细节，小雪并不像唐虎所说的晚上八点钟就睡了，晚上近十一点的时候，汤米还看到她从门厅走过，穿着睡衣，也许她只是起床上厕所也不一定。丁飞注意到汤米在描述小雪穿着一身粉红色的睡衣时，下意识地舔着嘴唇，他心里不禁更生出厌恶，但并不妨碍他接收汤米提供的另一个信息：在喝酒的途中，唐虎曾经离席，不知道干什么去了，时间是夜里十一点多钟。

"他走了多久？"丁飞不动声色，但着实吃了一惊。

"大约十几分钟。"汤米讲，"回来时，拿着几袋花生，这么点事难道需要这么久吗？"

丁飞稍松了口气，十几分钟，除非他会飞，否则是不可能去鹰嘴崖一个来回的。

所有询问结束以后，丁飞又想去山上找一趟老蔡。他心里又一次不安起来。

虽然黑子有可能因为触及杜家的利益而送了命，但谁又能保证他不会是因为得罪人而引来杀身之祸呢？昨天在后山，黑子因为抽烟的事与老蔡及山耗子发生过冲突，后来他们之间是否又发生过什么恩怨？正如老蔡自己说的，他们父子俩一直在山上，谁都无法证明他们干了些什么；还有，以老蔡和杜家人的交情，如果黑子真的做出对杜家不利的举动，老蔡至少也会帮杜家人惩治他。丁飞一直怀疑黑子有可能和马汉是一样的货色，甚至是马汉的同伙，或者是马汉的下场把他吓着了，他想连夜下山，最终迷路不幸摔死在后山。

丁飞分析了无数种可能性，决定还是趁天黑之前，再上山找一次老蔡。他怎么也不会想到,这时候,老蔡的小屋内来了不速之客。

4

老蔡的房子在后山一处山腰上。地势较为平缓的一片开阔地上,青砖灰瓦的几间房,面积有一百多平方米,虽然有点陈旧,但住得很宽敞、很舒适。

20世纪70年代,杜家族长还是杜天成的父亲,桃花涧出了一件大事:年仅两岁的杜天成在村口的池塘玩耍时落水,所幸当时有个外地的流浪汉经过村口,救下了杜天成。这个据说是在山峦中迷了路、阴差阳错地闯入桃花涧的男青年成了杜家上宾,而他正是老蔡。桃花涧与外界往来不畅,加上老蔡说他在城里得罪了人,所以杜家人就收留了走投无路的老蔡,想要为他提供衣食无忧的富足生活。但老蔡谢绝了杜家的好意,最终选择了做守林员,为桃花涧村看守后山。杜家人十分过意不去,便发动子弟们为老蔡建造了一所青砖灰瓦的山间居所,在当时也算是一座豪宅。

老蔡知道后山相当大的一片区域是杜氏祖上的墓园,杜家人非常看重,所以,他在那片区域的巡视相当仔细。几十年来,因为他忠心守护,还真制止了不少针对杜氏墓园的侵犯行为,许多犯罪分子的盗墓活动都未能得逞。杜氏族人将老蔡视同自己的亲人,甚至让他比族人更享有某些特权。只是老蔡为人老实本分,从无非分要求,所以,对于山耗子的胡作非为,杜家人一般都宽恕不究,就当还老蔡的人情。

自从收养了山耗子之后,老蔡这间"豪宅"才显得不那么冷清。左右的厢房分别成了父子俩的卧室,中间则是客厅——这间所谓的客厅，数十年来除了接待过若干前来投诉山耗子恶行的两大家族的人，几乎没有太多别的用场。

丁飞上山的时候，客厅里坐着桃花涧最有权势的杜氏族长杜天成。

当时，老蔡在淘米做饭，心里正担心着山耗子，不知他又到哪里厮混去了，杜天成就拎着个篮子进了门，给他们带来了已经做好的晚饭。老蔡吃惊不小，本来丁飞的提醒已经够让他的老脸挂不住了，这下连杜天成都找上门来了，难道是山耗子又惹下了什么更大的麻烦？

杜天成不屑地挥手说，丁飞算个屁，山耗子是我兄弟，他能把我兄弟怎么样？而接下来的一番讲述，老蔡才明白，杜天成心里担忧的事，比这个要严重得多。

杜鹃对杜天成的警告不是没有用的，他再浑也明白当今是法治社会，出了命案是要有人负责的。从内心深处来讲，他有些害怕，尤其担心性格刚烈敢作敢为的杜泽山，一怒之下会做出什么过激的行为。对于老蔡，杜天成倒是什么也不用瞒着。一直流传的杜家墓葬财富，确实给他们带来过不少麻烦，直到几年前，杜家人还打残了偷偷进入墓区的盗贼。但几十年来，没有闹出过人命，多年巡山的老蔡最了解这个情况。可最近情况越发严重，如果杜鹃所言不虚，已经不止一个人为此送了命，那这绝不是小事，警察也绝不会不管，万一真的是杜家人干的，这可如何是好？

老蔡听得目瞪口呆，他说怪不得村里来了这么多警察。杜天成问是否需要安排一批年轻后生上山协助老蔡护守墓区，老蔡认为不合适，毕竟人一多，更容易发生冲突，一旦出手，就等于害了杜家的后生们。老蔡还请杜天成转告杜泽山，上岁数的人了，千万要看开点，凡事总有劫数，依他看来，杜家的财富是有灵性的，有祖上圣物护佑，真有人敢在太岁头上动土，肯定会遭到天谴。

杜天成疑惑地问老蔡，难道黑子真的是因为冒犯了杜氏祖先而遭惩罚？他告诉杜天成，其实他早有预感黑子这个人会出事，就冲那一脸的邪性，恐怕就难得善终。昨天他在山道上曾经明确地警告过黑子，当时还有小霜和那个什么导演，可惜他们根本不听，如今发生这种事，才真叫举头三尺有神明呢。

"蔡叔，在家吗？"丁飞的到来打断了他们两人的对话。老蔡让杜天成回避一下，以免和丁飞话不投机。

丁飞问老蔡，最近，尤其是出事这几天，有没有人夜里潜入过杜家的墓区？当时你在哪里？

杜天成立即从老蔡的房间冲出来，质问丁飞是什么意思。

"你怀疑蔡叔，就是怀疑我杜天成，就是侮辱我们全体杜家人！"

丁飞见杜天成情绪激动，只好解释自己只是来找老蔡了解情况，并无恶意。

杜天成强调丁飞所谓的调查就是在找杜家的茬，好在老蔡劝阻杜天成下山，不要干涉警察办正事，杜天成这才不服气地离去。

老蔡告诉丁飞，他巡山数十年，以往遇见有潜入杜氏墓区的可疑人员，他都是通知杜家的人来处理。最近，他没有发现什么可疑的情况。另外，他再一次声明，有关杜氏墓区的宝藏传闻绝对是个谣言，杜家人不会怪罪那些误闯墓区的人，更不可能对他们进行报复。

丁飞明白，老蔡毕竟和杜家人的交情非同一般，处处维护他们也在情理之中。

晚上，丁飞接到技侦大队的电话，通话内容让他再次受挫。尸检结果显示，黑子体内没有任何包括酒精在内的中毒症状，就是说他确系失足摔死。刑侦办案的原则是一切以证据为重，这让丁飞只能先暂时接受这样的结论。

但紧接着另一通电话让他又有了继续开展工作的动力：夏文涛早就被省电视台开除了，而且，台里也没有所谓"中国古民居"这个项目。

面对丁飞的质询，夏文涛不慌不忙地拿出一摞资料，指出这个项目是联合国教科文组织一个正式的基金项目，自己于年前就争取到了手上，一旦桃花涧的专题片拍成并引起他们的重视，他们就会给村里拨巨资以进行文化保护。他自信对于桃花涧而言，自己将是有功之臣。至于工作单位，他承认早就不在电视台干了，但因为民间还是认电视台这块金字招牌的，所以他一直自称是省电视台的导演。以上一切陈述所涉及的资料，他都可以交给丁飞去核实。

从老蔡那里回来，杜天成心里还是有点不踏实，眼见丁飞和民警小段住在村里不走了，连山居闲人老蔡他们都不放过，他觉得有必要召集一下杜氏家族的头面人物议议事，同时也劝劝杜泽山，别干出过激的事。

族中的长者们大多数同意老蔡的意见，告诫年轻子弟不要轻易惹事，同时，相信祖上圣物会护佑杜氏宗族平安无事。

杜泽山对这些不痛不痒的表态极为不满。他阴沉着脸，一言不发，愤而离席，令杜天成很尴尬。

这时，几名小伙子带着汤米走进议事堂。晚饭后，有人见汤米潜入大屋，到处乱逛，甚至潜入别人家里，就像个小偷。

汤米辩解说，他想到大屋里找杜鹃，但进门就迷路了，巷道内又非常阴森，他有点害怕，所以越紧张越有点慌不择路，令大家误会了。

杜天成冷冷地看着他，让人把杜鹃叫来处理。

老蔡一点也没有猜错，山耗子果然又在杜天宝的小店里厮混，因为他们终于可以约美女大学生喝啤酒了。

许佳和苗青原本请他们当写生的模特儿，没想到一来二去，聊得很投机，便吃吃喝喝起来。细聊之下，他们才发现前天在大屋里的共同遭遇：山耗子相信两个女大学生真不是吸血鬼，当天听到的女鬼尖叫，就是胆小的苗青发出的；而令苗青惊惧的人影，极可能就是这个搞笑的小太岁。真是一场荒唐的误会。

几瓶啤酒下肚，山耗子开始向两个女大学生透露有关这个古村落的恐怖传说。

七十多年前，大约是解放战争胜利前，这一带连同更广范围的山区，都归一个叫板爷的军阀管辖。板爷就是这一带的土皇帝，他老人家一不高兴就有人会大祸临头，属于是君叫臣死臣不得不死的那种。当时桃花涧的杜氏族长叫杜义雄，一不留神得罪了板爷，就被捉拿到县城把脑袋给剁了。少了脑袋的尸体是没有办法下葬的，因为这种死法是大凶，不利于整个家族的运势，于是，杜氏族人用黄金和极珍贵的各种珠宝铸成一个金头，安在尸身上，叫作全尸下葬。但杜老先生毕竟是个没有脑袋的冤魂啊，所以，这一带经常闹鬼，还有人说逢到一甲子金头就会复活杀人，真算起来，如今早过了一甲子，也许金头已经修炼成妖怪了呢。

许佳和苗青听得花容失色，山耗子则越讲越来劲，他恨不得胆小的苗青吓得立马扑到自己怀里来。

杜天宝去给后一条巷道的叔伯送跌打药，一回来就听见山耗子对两个大学生讲起杜氏家族最隐秘的事情，立刻变脸制止了他。这要是被杜家长辈听到，肯定要挨骂的。

山耗子满不在乎地说两个女大学生是外地人，不会和别人讲。

杜天宝警告许佳和苗青，如果她们敢把这个故事外传，只怕不能平安地走出桃花涧。

汤米一再向杜鹃解释，自己闯入大屋完全是个误会，请她千万不要介意。

杜鹃当然不会责怪他，反而因为族人的无礼向他道歉，但心里头却暗暗揪心，眼见村里又要不太平起来，她想去找丁飞谈谈，希望他能够帮自己出出主意。另外，和丁飞的冷战已经有些日子了，以往闹点小别扭，总是以她原谅他而结束，现在，也该到他们缓和关系的时候了。

杜鹃万万没有想到的是，她推开桃花旅馆经理的房门时，看到的却是小雪伏在丁飞怀里抽泣，转身就走了。

丁飞意识到情况不妙，立马追到旅馆门外，试图跟她解释。杜鹃却打了他一个耳光，然后发泄似的狂奔向大屋。

丁飞很冤枉。

最近几天，小雪遭受了有生以来最大的心理打击。马汉和黑子的死亡让她几乎崩溃又无人诉说，心中唯一可以依靠的丁飞，恰恰是她最不能依靠的人。所以，当丁飞不停地调查旅店里每一个客人的时候，她的心情一直像潮水一样起起伏伏。到了晚上，她终于忍不住了，打算向丁飞坦陈心中的一切疑惑，于是她把丁飞叫到自己的房间。

丁飞见小雪阴晴不定的脸色和情绪，柔声地安慰她，让她不要着急，有话慢慢说，任何事情都不要害怕，说出来，他会为她分担的。

小雪感知到梦中常见的熟悉的笑容和温柔的声音，心中委屈起来，哭着说："我害怕，害怕极了，每天晚上都出事，我吓得每天晚上都不敢睡觉，怕我又做错了事。"

丁飞见她语无伦次，脸色苍白，有点心痛，这个女孩子的思想负担实在太重了，他真不知道能为她做什么。

小雪哭着伏在他怀里告诉他，自己总是做怪梦，她想丁飞来救她，也只有丁飞能救她。恰恰在这个时候，杜鹃推开了房门。

小雪失声痛哭。她心里后悔极了，这下杜鹃一定恨死自己了，丁飞也许从此会和自己绝交。她吩咐唐虎给丁飞安排个房间。她觉得自己没脸再见他了。

唐虎阴沉着脸告诉小雪，丁飞走了，说是到十三爷家住了。

半夜。桃花旅馆。

唐虎蹑手蹑脚地来到小雪的房门口。

正打算下楼的小霜连忙闪身到楼梯旁，偷偷看着唐虎。

唐虎轻轻地在小雪的门上挂上一把锁，四下看看，然后悄然离去。

第五章————不速之客

1

丁飞直到天光放亮都没睡着觉。他头脑中一直闪现着白天对每个人进行的调查信息。黑子失足摔死看似是一个毫无破绽的铁案，但其中确实有一个环节是有漏洞的，即黑子的身份。据夏文涛的介绍，以及黑子留下的驾驶证表明，黑子原名陈刚，在租赁公司开车，被夏文涛当作廉价劳力连人带车征用了。小霜的证词与夏文涛完全一致。但丁飞依然对此表示怀疑，以至于一夜未眠。天亮了，他必须驾车下山，这事只能去城里查证清楚。

十三爷正站在水池边刷牙。丁飞连早饭都顾不上吃便匆匆向他告辞。十三爷见他如此严肃，心里也有些紧张。

昨晚，丁飞和他推心置腹地聊了好一会儿。丁飞告诉他，村里的情况很复杂，丁、杜两大家族结怨这么多年，一直没能化解，加上最近频繁出现意外，杜家人的神经已经绷得很紧了，这种时候，丁家人无论如何也要克制一点，免得引起无谓的误会，给自己办案增加难度。十三爷本就不服，他很想大吼一声，老子才不怕和姓杜的再干一仗，但见丁飞愁得厉害，他只好答应约束丁家人，尽量不招惹别人，同时，他强调别人最好也别来招惹姓丁的。

小雪起床后竟然拉不开房门。她心中一惊，恍若在梦中。直到唐虎听见动静过来帮她开了门锁，她才明白这不是做梦，但她马上警惕起来，唐虎为什么要给自己的门上锁？

唐虎的回答理直气壮，因为最近有点乱，店里住的都不是好人，所以，他这么做还是出于安全考虑。小雪顾不上和唐虎计较，然后她又拒绝了不怀好意的小霜约她一同吃早饭。她必须先见到丁飞。她想明白了，昨天的误会不能不解释，而且越早解释越好，她绝不是故意趴在他怀里，破坏他和杜鹃的感情，时间长了，误会加深，自己可能百口莫辩。所以，她顾不上洗脸，带着泪痕就赶往十三爷家中。

小雪来到十三爷家的时候，他正对着丁翰臣的画像呆呆地出神，心中暗念："七十多年过去了，丁家的血债难道就这么算了吗？老天爷难道没看见吗？"

而小雪听说丁飞天一亮就离开了，小雪的心情沉重起来。她不明白丁飞为什么会匆忙离去，是不是和她有关系？于是，她鼓起勇气，到涧溪对面去找杜鹃，希望能向杜鹃当面解释。

杜鹃当然没给她好脸色，她恼火地问："丁飞的事跟我有什么关系？他爱抱谁就抱谁！"

也难怪杜鹃生气，小雪很是通情达理，换位思考一下，如果是她自己，也受不了丁飞把别的女孩子抱在怀里。小雪的心尖子又疼痛起来，从内心深处来讲，她是多么希望丁飞能履行儿时的婚约，娶自己过门，但是，她又不希望因为自己而破坏了丁飞和杜鹃的关系。她也明白，她这是给自己找不痛快，但是这似乎就是她的宿命。

丁飞在交管局证实了自己的猜想，这个黑子根本不叫陈刚，他的行驶证和驾驶证都是伪造的。

夏文涛所征用的这辆车也是被盗车辆，但黑子人一死，所有的罪责就不需要夏文涛来承担了，在刑警眼中，这种手段简直就是最低级的。丁飞唯一吃不准的是小霜卷进此事有多深，他们进入桃花涧的目的，究竟是不是传说中杜家的墓葬。

丁飞请交管局的人在处理此案时，无论如何先将黑子的身份弄清楚并尽快告知自己，因为这可能是侦破此案的关键。赵胖瞪着眼睛看着丁飞，一个受害者名叫马汉的工地抛尸案，其破案关键可能在几十公里外失足摔死的另一具尸体黑子身上？行了，两边都查吧，谁叫丁飞一直都是赵胖的头痛药呢。丁飞严肃地说，这事恐怕还没完，他不但要从第二具尸体下手，还得去桃花涧防着，防止出现第三具、第四具尸体。赵胖张大嘴巴，惊悸地说，你小子可别是个乌鸦嘴啊，如果真有事，我全部交给你办。丁飞苦笑，你以为我想出事啊？桃花涧里都是我的亲戚、家人。

丁姓在桃花涧延续了至少数百年了，理论上大家还算亲戚，但许多人的血缘关系已经非常淡了，丁家人或者杜家人内部通婚，都是比较正常的，不算稀罕事。所以，丁家人都算是丁飞的亲人，同样，杜家人也应说都是杜鹃的同宗。如果杜鹃成了丁飞的妻子，整个桃花涧的居民还不都成了丁飞的家人？只是这几千名家人对他们并不友好。

那时，丁飞还在读高中，与杜鹃同班。后来，丁飞随工作调动的父母搬到了城里居住。之后他考上了省城的警校，重逢了在财经大学读书的杜鹃，两个年轻人坠入情网，不能自拔。这段不被祝福的恋情，不但让两个年轻人承受了巨大的压力，连在城里定居的丁飞父母都受到威胁和恐吓。直到丁飞回到市公安局刑警大队工作，这种恐吓都没有绝迹。去年有一次，丁飞难得回到父母家过一个周末，就遇上砖块横空出现，砸坏了客厅的玻璃。父母不让丁飞追究，而丁飞也不想计较。砸东西的人难道一定是杜家的？有没有可能是丁家替小雪出头的人？小雪正是那个时候被送到市脑科医院治疗的，她患上了轻度的精神分裂，而恰好此时，他和杜鹃在商量结婚的日期。这样一来，丁飞建议暂停结婚的事，以免小雪受到更大的伤害。他明知即使杜鹃会不高兴，也得这么做，这就是他和桃花涧的尴尬关系。但他知道不管有多困难，必须回桃花涧一趟。在出城之前，他特意去拜访了市脑科医院的精神科专家，他对小雪表现出来的焦虑和狂躁非常担心。

杜鹃对小雪发了脾气后，心里也有点后悔。她哭了半夜，梦中还会惊醒，就因为那个场景——小雪伏在丁飞怀里抽泣。

她相信任何女孩子面对这种场景都有可能向男朋友大发脾气。但对小雪，她始终硬不起心肠，她知道小雪绝不是和自己争夺男人的狐狸精，何况，她是带着满眼的诚意和歉意来的。可自己又惹了谁呢？难道对昨天还伏在自己男朋友怀里的女人笑脸相迎，鼓励她继续去拥抱只属于自己的男人？那样，应该去精神科看大夫的人大概就变成自己了。可是错在丁飞吗？当然，他可以躲开小雪，他可以尽量不来桃花涧，他可以对自己再关心一点，对自己更好一些，争取更多的休息时间陪自己，等等。

杜鹃也理不清头绪。她现在只能怨汤米在村里玩兴大发，不肯离开，自己不得不留下来陪他。当她转过涧溪旁的廊檐，却吃惊地发现，十三爷在对岸冲着汤米怒吼。

当时，汤米和高国栋一起来到涧溪对岸丁家人的居所。高国栋被一口古井吸引了,他在测量这口古井的位置,并采集古井周围的土样。汤米则找人聊天,没想到竟招惹到了十三爷。

十三爷原本打算听从丁飞的叮嘱,告诫自己尽量别惹事,别给丁飞添麻烦。但这个假洋鬼子又不是杜家人,用不着给他面子,再加上汤米唠唠叨叨地追问,终于把十三爷的心头火给勾了起来。他大骂汤米满脑子的坏主意,想把丁家人往绝路上逼。他认定这个假洋鬼子是杜鹃迫害丁家的工具,丁家人经过数十年苦心经营好容易做到了居者有其所、耕者有其田,在桃花涧里站稳了脚跟,现在他们居然想把丁家的田占了、房子拆了。

十三爷发狠地说除非他这把老骨头打了鼓,否则,汤米的诡计绝不会得逞。任汤米和高国栋如何解释,十三爷只认死理,并警告他们,万一哪天在村里被人暗算了,只能怪他们罪有应得。

杜鹃连忙向汤米道歉,但同时,她也提醒汤米,自己早就告诉过他,不要在村里轻举妄动,两大家族几乎不共戴天,误会极深,以后还是谨慎一点。

汤米并不介意,他称这点小插曲根本不会动摇他的投资信心,但是,这倒对他提了个醒,将来对桃花涧进行旅游投资,还真要协调好两大家族之间的关系,让他们明白这是社会发展的趋势,对村里每个人都有百利而无一害,做通思想工作,就能取得两大家族的同时支持。汤米在村里待了几天了,对村里的情况分析居然头头是道,完全不像个外来的人。

杜鹃不由得佩服汤米这几天所下的功夫,她也同意尽可能地协调好两家人的关系,至少不能让他们采取敌对行动,把汤米吓跑了。

2

十三爷被村主任客客气气地请到村公所，说是上级干部请他去谈工作，他万万没想到坐在村公所的干部居然是杜鹃。

倒也是，杜鹃是市政府相关部门的干部。十三爷不满地瞪了村主任一眼，一言不发地坐下，他在猜这个丫头又想给自己使什么坏招数。

杜鹃非常真诚地希望有机会邀请村里包括十三爷在内的杜、丁两家的长辈去城里走走看看，感受一下时代的发展。如今的社会不像以前了，曾经的死敌也能成为共同利益的盟友。十三爷在村中德高望重，比杜氏的族长杜天成高了不止一个辈分，所以，杜鹃恳请十三爷多给自己一些指点。

十三爷发现这个丫头居然给自己戴高帽灌迷魂汤，更加提高警惕，他冷冷地打断杜鹃的奉承，请教市政府的干部找自己究竟有什么公干。

杜鹃解释说，无论是穿越后山的快速通道，还是投资发展桃花涧的旅游产业，都将是村里划时代的大事，是改变桃花涧人命运的福祉。她向十三爷保证，任何一次投资计划都是由市政府主办的，绝不可能是针对丁家的，拆迁问题同样会影响杜家的利益，但这种牺牲是暂时的，它只是未来好日子的过渡代价，请大家能尽量理解和配合，就算不理解，也希望能够克制，千万不要因为一时冲动做出过激的事把投资人吓跑了，他们是市里好不容易请来的客人，是外宾，不能动不动就骂人家。

十三爷听出来了，原来这丫头是来向自己讨公道的，丁飞说对杜家人要克制一点，可人家不这么想，连自己训斥不怀好意的假洋鬼子，杜家的丫头都要出头来教训自己，还扛着市政府的招牌，把自己归为愚昧落后的刁民一类，十三爷压制的怒火终于憋不住了。

"我就骂他了，怎么样？"十三爷的怒火如排山倒海，"我们就是贫穷愚昧，顽固不化，你和我们有什么好谈的？"

杜鹃苦笑着解释："十三爷，我可没说您老人家。"

十三爷猛地站起身，大吼起来："好，你要发展，我没意见，先把你们什么狗屁杜家大屋拆了发展。我告诉你，这几千间屋子可不是你们杜家独有的，从古时候起，就有丁家人的一份，是被你们不要脸的杜家人霸占了，要拆先拆大屋，我举双手赞成。村主任，我走了。"

杜鹃连忙起身拦他。本来找十三爷是想缓和一下关系，至少让他明白自己没有任何恶意，怎么说着说着就上了火了？杜鹃连忙解释，所谓拆迁是有规划的，是个科学的计划，不是乱来的，由市里的规划局做方案，自己说了可不算。

年纪大的人上了火就不容易消停，十三爷意犹未尽地斥责杜鹃拿着政府的尚方宝剑来耀武扬威，欺压丁家人，插上红顶子就冒充大公鸡。十三爷怒骂道："你以为你是什么东西，从小就勾引我们丁家的男人，祸害我们丁家人的家庭，你简直比你哥还要坏。"

村主任都被暴怒的十三爷惊呆了。

丁飞从精神科专家那里借了些心理学方面的书籍，打算尽快赶回桃花涧，却接到队里的电话让他立即回去一趟，有重要的情况和他通报。

显然这是一条坏消息：赵胖他们经过高密度拉网，终于抓获了一个叫毛小浪的盗墓嫌疑人。据毛小浪交代，一个多星期前，马汉约过他，说有一单生意想和他谈，并约他去一个叫桃花涧的山村。因为马汉的人品口碑不太好，毛小浪手头又有一件文物打算倒手，所以一直耽搁着，等他再打电话找马汉时，却始终打不通马汉的电话，那时，马汉已经孤身一人来到了桃花涧，而毛小浪并不知道桃花涧是个通讯信号的盲区。看来，马汉一直等待的人可能是毛小浪，就是说丁飞原本猜测马汉和黑子之间的联系是不存在的。

丁飞长叹一声，也许他们在物理上没有联系，但他们属于同一类、同一种，即存在着化学上的联系。赵胖哀叹，这种联系就算是存在的也是广泛意义上的，就像所有的犯罪嫌疑人都是"人"，难不成我们办案要把地球上的人都查一遍？丁飞笑着说，那倒不必，物以类聚，人以群分，同一类人往往会因气味相投而聚集，桃花涧的气息，正在吸引着同一类人聚集。

这时候，和丁飞私交甚好的法制科的一个哥们儿，给他送来一条信息，是有关汤米的。

丁飞一直想弄清楚汤米文质彬彬的背后究竟是怎样的一副面孔，其中有一些不足为外人道的想法：第一，他根本没有任何证据证明汤米是个两面人，他对汤米的不信任完全来自直觉，即本能地体察到他眼光中的寒意；第二，他害怕自己大张旗鼓地对汤米展开调查，会被认为是因杜鹃而引起对汤米的嫉妒；第三，他不想使杜鹃误解，导致他们之间的关系进一步恶化。所以，他悄悄地让一位兄弟在网上查证汤米的美国公司。

资料显示，汤米的投资公司是在美国佛罗里达州注册的，业务规模不算小，关联交易的企业也不算少，最主要的合作伙伴是一个姓骆的华人家庭，骆家有许多企业和汤米有业务往来。

丁飞把所有关于汤米公司及业务伙伴的详细情况通通下载到自

己的笔记本电脑中，他要从蜘蛛网似的关系中梳理出一个头绪，找出汤米背后的秘密。

　　杜鹃虽然被十三爷骂哭了，但她毕竟是市招商局的干部，还算是受得了委屈的，很快她就调整了情绪，冷静地分析局面。她认为对于倔强的十三爷，最容易说服他的人是小雪，小雪的劝说比丁飞还管用，加上早晨她对小雪的态度有点不恰当，也想当面表示一下歉意，所以，她又来到了旅馆。但小雪的态度令她有些失望。
　　小雪虽然是个善良、隐忍的女孩子，尤其面对丁飞的女朋友，她会更加克制和隐藏自己的性格和欲望，但对于丁家的利益，她还是有原则的。十三爷告诉她，杜鹃有不可告人的目的，丁飞家人的死活杜鹃根本不会顾虑。小雪一下对杜鹃产生了敌意，她不能忍受假仁假义的杜鹃算计丁家人还试图拉她当帮凶，最终两人谈得不欢而散。
　　看着小雪和杜鹃面红耳赤地分手，小霜暗自笑起来。她离开村里也有好几年了，对这里的人和事有了恍若隔世的新认识，包括她的妹妹小雪。
　　她发现小雪身上隐藏着巨大的秘密。小雪经常会在夜里溜出旅馆，究竟干什么去了？那个诡异的唐虎昨天夜里悄悄给小雪的房门上了一把锁，究竟想掩盖什么？小霜有点兴奋地想，以小雪在村里的口碑，如果能拉她入伙，对夏文涛酝酿数年的计划，会有很大的帮助。
　　于是她来找小雪聊天，试图传达这样的信息：别看她名声不好，但这都是让贫穷给逼的，如果姐妹俩不甘心低人一头，希望一生幸福，就应该联手，等到姐妹都发达了，丁飞还会嫌弃你这个乡下妹子吗？杜鹃哪一点比得上你如此温柔贤淑漂亮动人善解人意……

小雪恼怒地叫小霜出去，刚和杜鹃拌过嘴，她的头有点痛，她不想听这些刺激她神经的话。

唐虎适时地出现，凶巴巴地赶走了小霜。他暴怒的眼神让小霜畏惧，只好在心里咒骂，这个哈巴狗，早晚要想办法废了他。

3

午饭后，桃花旅馆又来新客人了。

来客名叫马丁，据说是省内知名的民俗学专家。小雪认识他，因为他来过数次桃花洞，每次都住在桃花旅馆。唐虎从背影就认出这个中年男子是热情豪爽的马老师，忙不迭给他去换被褥打开水，甚至从厨房里拿来一罐铁观音，这还是几个月前马丁留下的。

马丁的到来让旅馆里有点不一样的气氛。小雪压抑的心情好多了，毕竟是老熟人，又非常好相处，小雪露出今天第一丝灿烂的笑容。马丁却发现，他约的一个朋友还没来桃花旅馆。

马丁告诉小雪，在一次民俗学会议上他认识了西北大学的教授赵长生。赵教授听说了桃花洞的情况，便与他相约来这里采风。马丁不无得意地告诉小雪，自己写过几篇有关桃花洞大屋建筑和风水的文章，已经引起了赵教授的注意，看来自己会成为桃花洞名扬天下的功臣。小雪看着滔滔不绝的马丁，始终面带微笑当一个称职的听众，然后她告诉马丁，原本答应他今天上午就进村的赵长生教授到现在也没入住。马丁非常纳闷，因为他进山这一路上，没遇见任何车祸或山路塌陷等影响交通的情况，而赵教授一大早打电话说他已经在路上了，难道他迷路了？

"要不然，我去村口等等看，下午不是还有一班长途车吗，小雪姑娘，你还是给赵教授留一间房，跟我的房间挨一块儿最好。"

"放心吧，马老师。"小雪的笑容让每个入住的人都能记得住。

马丁的到来在小小的旅馆引起了震动。

小霜在暗处打量着和小雪说笑的马丁。她异常警惕，怎么看这个叫马丁的民俗学家都不像个好人。于是，她赶忙叫来夏文涛。

夏文涛听说马丁是桃花旅馆的常客，对大屋建造布局以及相应的风水理论研究已有好几年了，而且有相当的研究成果，这回还带来了教授级的帮手，不禁暗暗担心。他提醒小霜，从小雪的口中多了解马丁的情况，必要时，找丁飞来收拾他。同样受到震动的还有汤米。当时，汤米正和高国栋在手提电脑上绘制杜家大屋的平面图。

这几天可把高国栋忙坏了，不但要用罗盘测量南北方向，还要拍照，还要手绘杜家大屋每一段的外型。他们试图在短时间内绘制一幅长达数里、数千间房屋的大宅院平面图。高国栋一刻不停，也没完成其十分之一二。汤米着急地催他，自从他讨好杜家人失败后，只剩下亲自测绘大屋这一个办法了。

高国栋听说了马丁的情况后十分苦恼。他对大屋及整个桃花洞的整体建造研究早就开始了，而且，除他之外，或许还有不知道多少个高人在此下过功夫，但似乎都没有太多的成果，这无不令他发愁。

汤米安抚高国栋，这么多年过去，桃花洞的秘密始终没有被人破译，而自己之所以信心百倍，是因为别人绝不可能掌握几十年前有关桃花洞的核心机密，连今天杜、丁两家的核心人员都未必有自己了解得多。他们的优势,马丁之流研究白了头都未必能超越。

马丁坐在村口的花坛边,一直等到日影西下也不见他的好友赵长生。正自不解,背后传来声音叫他,终于等来了赵长生。

五十多岁的赵长生虽然瘸着一条腿,走路有些一拐一拐的,但人却透着精神,黑框眼镜显得古朴但不失活力,左腮一颗黑痣使人更加容易记住他的特征。赵长生抢步过来,身形跟跄,口中道歉:"哎呀,马老师,实在对不起,我忙着和村民聊天把时间忘了,害你久等了,得罪,得罪。"

赵长生解释,他上午确实进了村子,但他并没住进桃花旅馆,而是直接去参观了杜家大屋。他采风有个习惯,如果条件允许,他一般都会选择住在当地村民的家里。这倒不是考虑省钱,主要是保证能全天候地与调查对象在一起,对当地的民情民风做到深切了解,而不是走马观花失去精义。一上午的时间,他已经和一家杜姓人家商量好,住下了。

赵长生很佩服马丁的为人,在村里只要提到马老师,一般村民都非常给面子。马丁颇为得意,在桃花洞,他可是费了不少苦心的,他高兴地邀请赵长生去他的屋里喝茶,顺便向他交代村里的特点和禁忌。

杜泽山虽然是杜天成的亲叔叔,但他从来没有主动插手过家族事务。杜天成接任父亲杜承岳为新族长以来,大家都非常支持,也很信任他,九大长辈基本上处于半隐退状态,杜泽山更是神龙见首不见尾。用杜天成的话说,泽山叔好像是一对眼睛,始终在背后监视着自己,可今天这双眼睛直接和他相对了。杜泽山非常严肃地指出，杜天成必须加强对杜家利益的保护，无论是对大屋，还是后山的墓园，都不能放松警惕。近年随着桃花涧的知名度提高，某些别有用心的人，又开始打杜家的主意了。敌人亡我之心不死，我更不能刀枪入库马放南山，人若犯我，我必犯人，以牙还牙，以暴制暴。

杜天成毕竟被杜泽山说得有些后怕，他委婉地劝叔叔，当今社会不同了，村里有村主任，自己家里还出了市政府的干部，丁家也有后生当了警察，这些事，总有办法解决的。杜泽山非常不满杜天成的态度，他警告说，据观察，近期进村的人几乎没有一个是好东西，都是杜家的敌人。如果族长不愿意管，或者有什么苦衷，自己这把老骨头还能为守卫祖宗干点事。

杜泽山真是言出必行的性格，他立即向包括亲生儿子杜天宝在内的一批后生下达命令，谁敢动杜家一根草，必让其赔上半条命。

虽然只是简单地聊了聊，但马丁对赵长生的学问和见识颇为惊讶。毕竟是著名的民俗学教授，赵长生进村才短短半天，居然对大屋的建筑及布局研究有了相当的见解。赵长生开玩笑说，也许他的前世就是桃花涧人，所以，他好像对大屋有一种莫名的感应。马丁大笑，按年龄推算，也许赵长生正是当年桃花涧悲剧中的冤鬼，所以，投胎为民俗学家，又回到村里来。赵长生笑称，难怪自己一听马丁说有桃花涧这么个地方，就立即推掉了好些学术会议，抽出时间，来到这个深山中的宝地。

马丁心中惊喜，赵长生果然是内行高手，甚至比自己想象的还要高，自己应该可以利用他的智慧，完成自己的计划。马丁告诉赵长生，为什么杜家大屋的建筑如此奇特，这个课题容易解，但其神秘构造真正的秘密，则隐藏在这片山区的地形和地貌之中，尤其是后山，那里有种种神秘的传说，所以，杜氏家族的墓葬区，历来都被杜家视为绝对的禁区。

果然，赵长生听到这个信息，眼睛有点发光，他刚要讲话，却被马丁打断，因为马丁察觉有人在自己的客房门口偷听。当马丁猛地冲出去的时候，却看见汤米若无其事地踱过走廊。马丁果断地邀请赵长生出门，去村主任那里做客，他不想和小旅馆里一群诡异的人打交道，看起来，他们的层次都比较低。

一路上赵长生兴致不减，他告诉马丁，可以肯定的是，桃花涧大屋的规划从建造一开始就受到了古代风水学说的影响，这能够从他们当时的墓地选址窥见一斑。简单地说，在如此广大的山区内，当时的住民选择在这座山坳建设家园，就是因为他们先决定把墓葬定在后山，接下来，才依着这块地区的神秘密码起了大屋。马丁大叫一声，对啊，所以杜家后来才人丁兴旺，成为桃花涧最大的家族。赵长生笑，这可有点迷信了，不是民俗学研究的对象。

马丁追问他对后山墓葬的看法。赵长生告诉他，早在晋时，郭璞在《葬经》中就曾提出——墓葬的山，最讲究山形态势：如果山形似万马奔腾，仿佛从天而降，则适合葬帝王；如果山势像巨浪汹涌，起伏叠嶂，则是千乘之葬，后代将财权不断；如果山势像降龙，水绕云从，则是三公葬地，后代将尽享尊贵显赫；如果走势像走蛇，曲折斜横，则会致亡国灭门……

马丁大叫，难怪呢，后山主要山脉号称隐龙山，正是福泽后代的风水宝地，所以大屋前盘绕着涧溪，象征水绕；而大屋建制蜿蜒起伏，又呈云从之势。赵长生断言，涧溪必定是人工所为，绝非天然。马丁直竖大拇指连称佩服佩服，说这正是他下一篇论文的核心成果。同时，马丁神秘地告诉赵长生，开挖涧溪的不仅仅是杜家，据说这宏大的建筑也不属于杜家独有，不过，这个话题在村里最好别多谈，否则会惹火上身。

村主任听说学问渊博的专家马丁带来一个比他还要厉害的教授，立马客气得不行，掏出自己卷的土烟就递过去。

赵长生连忙挥手表示他从不吸烟。

马丁嘿嘿一笑，问村主任是不是觉得赵长生有点面熟，村主任倒是有同感，但一下又想不起来。马丁哈哈大笑提醒村主任，这个赵教授，是否眉目和守林员老蔡有几分相像。

村主任恍然大悟，还真是如此，只是赵长生年轻、精神、健谈，不像老蔡垂垂老矣、神情迟钝、口齿木讷。赵长生听说村里有人和自己相似，非常好奇，他提出能不能把老蔡叫来见见。

"可惜啊，老蔡这个人从来不下山，听说他已十多年没进过村子。"马丁遗憾地说，但马上就向村主任提出要求，"村主任，能不能陪我们两个上山见见老蔡？我是怕杜家人多心，有你陪着，好说一点。"

村主任有点为难，因为他已经察觉到杜家人面露不悦，一副防范外人的样子。

马丁冲着赵长生使个眼色，继续鼓动说："赵教授啊，这个老蔡你真是非见不可啊，我告诉你啊，差不多等你退休后，开始变老了，你就可能长成老蔡那样，就像隔着十几年照镜子，明白吗？"

赵长生夸张地说："那我更得领教了，说不定这个老蔡还是我失散多年的哥哥呢。哦，开玩笑啊，现在电视剧里都这么演。"

村主任推不过，只好陪他们俩上山去老蔡家。不巧老蔡刚刚出门。马丁制止了要去追赶的山耗子，他说不打扰老蔡了，既然已经到了后山，自己就和赵长生随便转转，领略一下后山迤逦的自然风光。赵长生摇头说不妥，既然人家那么看重墓区安全，外人还是不要乱闯为好。村主任连忙称是，并催促大家快下山，否则天快要黑了。马丁有点不情愿地跟着下山。

背后，杜家子弟一直在监视着他们的行踪。

4

晚饭前，汤米随着杜鹃来到大屋，因为今晚是杜鹃的一个婶婶请客，汤米被邀一块儿去参加。走进大屋，汤米就提出去见杜鹃的母亲韩月芳，他想说服老太太走出禅房，和他们一同吃一顿晚饭。杜鹃却不过汤米的盛情，于是带着汤米再次来见吃斋念佛、归隐蛰居的母亲。

韩月芳感谢汤米的一番好意，但她认真地谢绝了汤米的邀请。汤米还想继续和韩月芳聊天，却被她打断，明确地告诉他做晚功课时间到了，请他们离开。

杜鹃笑着告诉汤米，结果早在预料之中，自从自己的父亲去世后，母亲就这样隐居在大屋偏僻的一隅，深居简出，一心修佛，从不过问世事。

汤米非常感慨，看起来杜鹃父母的感情太好了，以至于丈夫去世后，韩月芳居然做了隐士，当然也不排除韩月芳守着的小屋内有什么稀世的传家宝，她怕被别人偷了去。

杜鹃笑，如果真有传家宝，自己早该知道，可她从来没听母亲提过。汤米认真地说，也许这正说明传家宝的价值巨大，或者是有关祖辈的秘密，轻易不能让晚辈知道，哪怕杜鹃是族长的妹妹也不行。杜鹃奇怪汤米怎么对这个话题有兴趣。汤米解释说，他猜测杜、丁两家有非常多的秘密和故事，村里没有一个人愿意说几十年前的事，他想知道那时候究竟发生了什么。

丁飞在晚饭后赶到村里。

他还是不放心，生怕自己不在时，村里又出了什么事。从局里一出来，他就直接开车赶往桃花涧。山路路况太差，天黑了以后上山还真不安全，所以，他顾不上吃饭，赶在天黑透之前开进了村子。停下车，他本不想去旅馆，怕见到小雪让她心里不好受，但偏偏就撞见了小霜。

小霜自称要向警察揭发可疑人员，保护这个村子的安全。

丁飞淡淡一笑，准备听她胡言乱语。

小霜故作神秘地透露，今天又来了两个自称是专家教授的可疑人员，都是男的。两个人一进村就鬼鬼祟祟，又进大屋又上后山，肯定有什么阴谋。

丁飞心里暗暗地记着，又有两个人进了村，但仅仅是又来了两个人而已，一切都要等见到他们才能判断。他并不打算就此表露任何态度，所以客气地称谢谢，感谢小霜配合警方工作并表扬她警惕性高。他想通过小霜传达一个信息，村里住着警察，对目前进村的所有外人都有兴趣。他要让所有人都知道自己的存在，这样可以观察到他们显露出来的态度。有时候警察办案像鉴别古董一样，对人物的品相要有个基本的感性认识。

小霜来劲了，她拉着欲走的丁飞告发，她还看到汤米鬼鬼祟祟地偷听两位专家的谈话，还有，他晚上和杜鹃去大屋了，最近他们俩关系有点不太正常，汤米好像很喜欢杜鹃，她提醒丁飞小心一点。

丁飞瞪她一眼问，为什么黑子死了，她和夏文涛还不离开桃花涧。小霜连忙说，夏文涛表示，他们不怕任何困难，就靠他们两人也能完成拍摄任务，至于黑子的死，等警方认定责任，如果需要赔偿，夏文涛肯定会照办的。小霜看见丁飞的脸色不善，才怏怏离去。

丁飞还是去十三爷家住下。他匆匆地吃了几个路上买的包子，便就着昏暗的灯光翻看有关汤米公司的材料。这一包材料有几百万字，要从中找出点名堂，恐怕还真不容易。

山村的夜静极了，但丁飞依然没打算睡觉。

警觉不睡的人还有小霜。她把房门斜开了一条门缝，不时向外窥视，终于，她等到了与昨夜相同的一幕。

一楼门厅内，唐虎手拿挂锁，蹑手蹑脚地走向小雪的房门。当他打算再次给小雪房门上锁的时候，小霜冲下楼来，她质问唐虎究竟在干什么。其实她的本意是逼迫小雪，让她能够和自己合作。没想到唐虎根本不吃这一套，他骂小霜狗拿耗子，在自己的店里，他想干什么就干什么，下次他把旅馆的大门全锁了，免得某些别有用心的夜鬼进进出出。

小霜无奈地看着唐虎扬长而去。

月光皎亮。

杜家大屋一片寂静，绝大多数杜家人都已经入睡。

大屋的某一隅开始弥漫出浓烟，继而散发出刺鼻的气味。

有人大叫："起火了！"

第六章————不明火情

1

冒出浓烟的是韩月芳的屋子。

此时,汤米正在附近杜天宝的小店里喝啤酒。

杜天宝的小杂货店到现在还在营业,完全是因为来了这个财神爷。对于杜天宝而言,什么叫老板?能够挣钱盖一个像桃花旅馆那样的店才是真正的老板。汤米听后哈哈大笑,真正的老板应该像自己这样,可以把方圆几百里的山区都买下来,在城里盖几十层的高楼。虽然杜天宝没看到汤米有能力盖一幢摩天大厦,但他亲眼看到,汤米掏钱买下自己小店里仅剩的六箱啤酒,并邀请自己喝,随便喝,这是多大气派啊!

汤米告诉他今后自己会买下这里的一切,搞成一个旅游胜地,像电视里的黄山、故宫、中山陵那些风景区,一到节假日人像潮水一样,每人赚他二百块,那会怎么样?杜天宝在电视上见过游客塞满景区的场面,他拍一下汤米后大叫,那你能赚多少钱啊,我的老祖宗!

杜天宝意识到祖坟冒青烟了,竟然让自己认识这么一位有钱人!他忙不迭地向汤米敬酒,希望以后汤米能给自己安排个职位,自己的发财梦也做了好多年了,就等有贵人赏识。

汤米满口应承,表示他喜欢像杜天宝这样机灵的小伙子。

这时就听到有人喊:"救命啊,快来人啊!"

汤米放下啤酒瓶,立马冲出小店。

平时看似很优雅的富家公子跑起来居然像个冲刺的短跑运动员,遇上老式住宅里高高的木制门栏,还能完成一个个跨越。

大屋巷道里有不少慌乱奔跑的杜家子弟。

汤米迎着来人问:"哪里失火了?"

狂奔的人指指方向,然后从他身边飞快掠过。

毕竟大屋内住着上千名杜家人,一旦骚动起来,声响还是巨大的,很快整个桃花涧村的人都醒了。

旅店的人们已经睡下,他们纷纷披衣服来到门前向大屋张望,互相打听出了什么事。唐虎警告他们,最好别去大屋,否则乱中出错,谁也负不了责任,杜家人逼急了,可是会杀人的。

十三爷家离涧溪不太远,他听说是大屋内失火了,幸灾乐祸地骂了一句"活该"。对岸,有杜家的小伙子听到了,当时就大怒,泼口骂回来。性格刚烈的十三爷撸起袖子和对方打上嘴仗,幸亏村主任等人赶到,平息了可能爆发的冲突。

小雪盼咐唐虎等人把自己店里的灭火器全部拿来送到大屋去。唐虎非常不情愿,他不想帮杜家的人。小雪恼火地催他说,大屋是全村人的宝贝,是几百年前的建筑,以木结构为主,如果不立即扑灭,后果不堪设想。唐虎这才不情愿地指挥人送灭火器,一边送,一边骂骂咧咧。

大屋的巷道实在太复杂了,丁飞好不容易冲到韩月芳卧室附近,救援工作已经接近尾声。

杜天宝及几名杜氏子弟忙着扑火,汤米在一旁手忙脚乱地帮忙。随着赵长生将脸盆中的水泼进屋内,屋内闪烁的火苗熄灭了,围观的杜氏子弟有人喝起彩来。

汤米见丁飞赶到,松了一口气,说警察来了,这下放心了。

丁飞皱眉,问有没有人员伤亡,得知大家平安后,仔细地打量众人,汤米、杜天宝、那个被称作赵教授的老者……这时,杜鹃、杜天成及杜泽山等人气喘吁吁地赶来了。

杜鹃神情惊慌连声追问母亲的下落。

这时,大家才看见韩月芳被两名杜家的年轻人搀扶着回到自己的卧室前。早一会儿,她就已经被接到安全的地方了。

杜鹃松了一口气,看起来母亲气定神闲,这场虚惊,没对她产生什么影响。

杜泽山和丁飞一样,默默地打量着在大屋内出现的人。

越来越多的人围拢过来,包括拎着灭火器的唐虎和旅馆的厨师,跟着又来了村主任、马丁、夏文涛……杜泽山终于忍无可忍,出面拦住了唐虎等外人。

"天成,把所有外姓人都请出去。"杜泽山脸色阴沉地下了命令,这是他第一次当着族长的面发号施令,显然是已经怒到了极点。

杜天成有点犹豫,但还是开口说话:"感谢诸位的帮助,天太晚了,各位请回,改天我再面谢大家。"

丁飞不动声色地打量着所有人,看他们带着各种表情离开了大屋,然后告诉杜天成,这个火情的现场,他要勘查一下,看看失火原因。

杜泽山看了一眼丁飞,发现反对无效,转身走入黑暗中的巷道。

韩月芳卧室里一片狼藉,地上到处是泼的水和灭火的泡沫。听说警察要办案,几个杜氏子弟拿着扫帚在门口等候,不敢打扫。

丁飞认真地在屋里勘查,寻找一切可疑的迹象,杜天成十分尴尬地陪着,左看看,右看看,不时拿眼瞟一下丁飞,总希望他能告诉自己一些定心的信息,丁飞却一直沉默着。

"怎么样了?丁警官。"杜天成毕竟不如丁飞沉得住气,开口询问。

"火势很小,烟雾很大。"丁飞脸上依然没有表情,这其实就是一种职业的表情。

杜天成一愣,他不明白这句话有什么含义。

丁飞沉思一下:"老太太这会儿已经睡下了吧。"

"杜鹃已经陪她去休息了。"杜天成显得有些犹豫,"恐怕她老人家也受了惊吓。"

"那就明天再说吧。"丁飞决定先了解一下,为什么有这么多人如此巧合地赶到大屋来救火。

山下的动静让正在屋里打游戏的山耗子吃了一惊。他隔窗听到山下人声鼎沸,可惜已经快半夜了,干爹巡山快回来了,于是他断了下山看热闹的念头。

门一响,老蔡神色紧张、气喘吁吁地进了屋,他看见了正在打游戏的山耗子,才松一口气,说:"还没有睡啊。"

山耗子不爽,这明显是对他不放心嘛,但他又忍不住好奇问老蔡究竟发生了什么事,怎么吵得这么厉害。只怕要出大事啊,老蔡忧心忡忡。出就出呗,反正都不是省油的灯,让他们鬼打鬼。山耗子突然想起来,下午还有一个叫赵长生的民俗学家要来拜访老蔡,他骗他们说,老蔡刚出门。

"又来一个。"老蔡愁眉苦脸，唉声叹气，但随即又正色警告山耗子，"你给我听好了，以后千万别下山惹事，明白吗？山下来的人没有一个是好东西，太危险了。"

山耗子见老蔡脸色吓人，只好应承，但心中不服，这老头越来越疑神疑鬼。

2

丁飞连夜进行了又一轮询问，这将再次考验他的耐性和智慧，他要了解在出事前所有人的动态。

唐虎若无其事地说自己当时正和厨师准备次日的饭菜，同时他又话里话外地暗示小霜深夜不归形迹可疑。

夏文涛则一口咬定唐虎在血口喷人，因为小霜和小雪拌了两句嘴，唐虎偏向老板，诬陷小霜，但他也提示了一个可疑的人选，就是今天入住桃花旅馆的民俗学家马丁，这个人一进村就发生了离奇的火灾。对于丁飞想了解的汤米和高国栋的情况，他反而一无所知，但他也认为汤米根本不像个美国老板，倒像是混迹于下九流的美国小流氓。

这时，杜天宝应约来到桃花旅馆。

杜天宝被大屋乱哄哄的景象惊着了，听说警察要找他了解情况，连忙赶到旅店。

丁飞想弄清楚汤米为什么会在杜天宝的小店里待到那么晚。杜天宝如实告诉丁飞，吃过晚饭不久，汤米就来到他的小店里买烟买酒聊天，聊的话题五花八门，从美国人住的别墅到吉普车，到世界上最大的赌场和各种迷人的女子，后来主要谈到汤米在桃花涧投资的事情，他许诺未来会给杜天宝一个非常高的职位，成为公司的管理人员。杜天宝乐得连自己姓什么都忘了，等听到有人叫喊起来，汤米放下啤酒就冲出去救火了，自己关上门追出去，还是没有汤米跑得快。

丁飞问了杜天宝的小店与韩月芳的住处相距几条巷道，心里有了一个大概想法，决定立即正面接触汤米，而且把他带到村公所，当着村主任的面进行询问。

汤米十分从容，进门时带着玩世不恭，看来他已经回客房换过衣服，保持着一贯的绅士形象，而且，他的心情颇为轻松甚至带着一丝喜悦。

丁飞拿起桌上的青瓷茶壶给他倒水。

汤米摇摇手，扬了扬手中的可口可乐，并不等丁飞发问，抢先开口。他对这场离奇的火灾提出了自己的看法，认为那个自称大学教授的赵长生十分可疑。因为火势一起，自己就和杜天宝赶到韩月芳的住处，他们刚刚把老太太扶出房门，赵长生居然一瘸一拐地赶到了，好像有备而来。

丁飞盯着他摇头："这不奇怪，赵长生就住在附近，要说快，没有一个人比你汤米更快，甚至连杜天宝都没有追得上。"

"你血口喷人！"汤米果然大怒起来，"如果丁警官还有一点理智的话，绝不应该怀疑我会加害杜鹃的母亲，对不对？"丁飞不动声色地提醒他作为一名警察，深更半夜调查询问，绝不会信口开河。汤米质问道，今晚他一直在杜天宝的小店里，难道自己有分身术，可以潜入大屋纵火？

"不用你亲自去。"丁飞发起一轮攻击，"否则要助手干什么？"

"你说高国栋？"汤米冷笑起来，"笑话，高国栋一直在屋里睡觉，不信你去问他。"

丁飞摇头："不用，他一定会这么说。"

汤米哈哈大笑起来，说："因为这是事实。"

"事实？"丁飞终于出招了，"你怎么知道这是事实？你怎么知道高国栋一直在屋里睡觉？难道你分身有术可以为高国栋做证？"

汤米一下有了落入陷阱的感觉。

丁飞不得不连夜询问，除了他想第一时间对这起火灾原因进行判断，并对背后的文章进行分析之外，还有一个重要的原因，就是他知道杜家人也不会善罢甘休的，如果因此而产生误会和纠纷，自己要有迅速制止矛盾的办法，所以他对每个潜在的隐患都必须进行摸排。

正如丁飞所料，此刻杜氏宗祠里灯火通明，几条巷道外都能看见这一片庄严肃穆的灯光。杜天成、杜泽山以及几名长辈正在听几个参与救火的年轻人七嘴八舌地介绍情况，说来说去几乎众口一词地怀疑这场离奇的火是丁家人放的，而且在起火后，涧溪那边丁家人传来一片幸灾乐祸的欢呼。

杜鹃猜到以叔叔为首的杜家核心人员会疑神疑鬼。安置好母亲后，她立即赶到宗祠，果然祠堂内已经遍布阴云和杀机。杜鹃连忙开口劝说几位德高望重的前辈，请他们不要胡乱猜疑，失火的原因自然有警察会弄清楚，办案是人家的专业，杜家的上上下下就不要越俎代庖了。

杜泽山立即反驳，那个调查的警察是姓丁的。

"不管他姓什么，他首先是人民警察，如果我们连警察都不相信了，那我们还指望什么？"杜鹃见他们沉默了，连忙又趁热打铁进行开导。她说，大屋经历数百年，早就老化了，而木质结构又容易走水，这种事以前也发生过，为什么这一次非得是人为纵火呢？

好容易把大家说服了，杜鹃决定立即去找汤米。她怕汤米受到惊吓，想去探一探他的动向。结果让她大吃一惊：唐虎说汤米被丁飞抓走了。

丁飞在心理上击溃了汤米一次，接下来又发动了新的攻势。他首先追问汤米一个细节：根据走访可以肯定，当时杜天宝和汤米在一起听到出事的喧闹，只是有人高呼救命，而汤米则高叫失火，并装模作样向别人打听失火的地点。他是如何知道失火了？

汤米一下怔住了，他在回想并判断这个警察是不是又在向自己下套。

丁飞不容他喘息，立即问第二个问题：他是如何准确穿过三条巷道直接到达韩月芳的住所？大屋内错综复杂的巷道对于外人而言简直就像是迷宫，为什么汤米熟门熟路比当地村民杜天宝还要迅速？还没等汤米反驳，丁飞又问了一个问题：为什么这么晚了，汤米到村公所接受询问都要穿着笔挺的西装、脚蹬锃亮的皮鞋，而在大屋里，丁飞看见正奋力救火的汤米却穿着一身休闲衣服；更重要的是，他还脚蹬一双薄底运动鞋——这种快靴显然可以让人在起伏不平的巷道中跑得更快一点。

汤米的脑袋一下受了撞击，顿时开始飘浮起来，人就像晕船一样。他下意识地喝了一口可乐，刺激性的热线经喉咙、肠道直冲胃部。他打量一下环境，这是一个古老的土地庙改造的村公所，抹着黄泥的土墙壁和画着装饰条纹的梁柱，让他有时空错乱的感觉。不真实的环境，要不然使人产生未知的恐惧，要不然使人干脆彻底放松，否认一切现实。汤米笑起来，他一边思索着如何解释所谓的质疑，一边熟练地回答丁飞一个真理——如果你有目的地窥视一个人的行为，你越看就会越觉得他可疑。鲁迅先生早就讽刺过这种心理病症，其实丁警官这种心理，在下完全理解，这当中其实就牵涉到杜鹃——丁警官见不得别的男士对杜鹃小姐献殷勤，哪怕是正常的工作关系。如果丁警官和杜小姐的感情出了问题，应该就在自己的身上找原因，而不是用这种手段假公济私、公报私仇，这不像男人干的事。

如果有一百种可以绕开话题的办法，汤米恰恰选择了丁飞最不愿听到的那一种。丁飞简直有些惊异，这个汤米居然用近乎无赖的方式和自己辩解。

汤米忽然激动地站起来，大声斥责丁飞说："丁警官，我和杜鹃小姐的关系是非常纯洁的，你这样疑神疑鬼是对杜小姐的极大侮辱。"

丁飞立即意识到自己被他算计了。他回头看——果然，杜鹃站在村公所的门口，满脸怒容。他不得不苦笑着对汤米说，你很聪明，比我想象的更聪明。

杜鹃尽力控制自己的情绪，告诉丁飞，汤米先生是我的客人，有什么疑问，尽管问我好了。

唐虎收拾完灭火器，见小雪的屋里还亮着灯，有些不放心地走过去，却突然看见杜鹃送汤米回旅馆，不禁躲在一角，看看两个人这么晚了在做什么。

汤米似乎很大度，劝杜鹃想开一点，男人嘛，有时候也会小心眼，没有女孩子想象的那么高尚，那么胸怀宽广，别放在心里就是了。

杜鹃根本不想讨论这个话题。她平静地招呼汤米忘掉今晚的事，包括大犀的意外和丁飞的不礼貌。

汤米上楼以后，杜鹃还不放心，特意去向小雪打招呼。她希望作为接待方，小雪能尽量照顾好汤米。杜鹃还特别真诚地向小雪表示感谢，今晚，小雪率人营救母亲韩月芳的举动，足见她心里没有两大家庭之间的恩怨，是个值得依赖的好人。

唐虎终于极不耐烦地走出来打断她们的谈话，这么晚了，吵什么吵，还让不让人睡觉？

唐虎倒不是故意不给杜鹃面子，他实在为小雪的健康状况担心，他明白这个抢了小雪心上人的杜家大小姐对她的刺激有多大。虽然小雪可以放低姿态礼貌待人，但谁知道在内心深处，这会激起她怎样翻江倒海式的波澜？本来医生就一再叮嘱她要早睡早起，起居有常，避免受外界刺激。这一晚，小雪恐怕又将不眠。所以，唐虎不由分说地赶走杜鹃并要求小雪马上回屋休息。

小雪明白唐虎的良苦用心，只好点头，最后她说："别再锁我的房门了，好吗？"

3

丁飞断定今天晚上，村里一定有许多人睡不着。紧张的、害怕的、得意的、心怀鬼胎的，也许他们担心和惦记的是同一件事情。

年近八十的十三爷居然也睡不着。他走到丁飞门口，关心地问他为什么还不睡？怎么不关灯？

丁飞干脆合上笔记本电脑，请十三爷进屋聊聊天。最近这两天，他一直在关注着一件事，就是七十多年前，桃花涧内发生的恩恩怨怨以及传说中的杀气和怨气。

在古代的刑事勘查学中确实有怨气能形成孽障杀人一说，虽然这不过是一种迷信的说法，但自小在桃花涧里长大的丁飞对怨气非常敏感，在刑警生涯中他会不自觉地联想到这个词，甚至试图付诸实践。这次办案办回了桃花涧，一切有关这个古老村落的传说，老辈人讳莫如深的血腥历史，被归为命理和劫数的尘封往事，越发激起他的兴趣。进村之前他将大量的资料存在手提电脑中，十三爷敲门时，他正在查看有关汤米的资料以及一个自称桃花涧后人的骆氏家族的情况。

当年，十三爷是个几岁的娃娃，但血雨腥风之惨烈，令其终生刻骨铭心，永志难忘。虽然十三爷和其他的桃花涧居民们再也不愿提及当年的血泪史，可如今互联网之发达，令许多刻意隐瞒包藏的事实真相渐渐地暴露在光天化日之下。比如丁飞已经发现，桃花涧村在七十多年前还有一支姓骆的族人。

十三爷承认了这个事实，他感慨地说他最近老做梦，梦见骆家当年的族长骆青松。骆青松白马白袍，对他诉苦，说自己在阎王殿上说不出来历，地府里也无法安置，他已经当了几十年的游魂，难不成是他回来索命了？

丁飞笑起来，白袍白马通常指的是常山赵子龙，十三爷最爱听《长坂坡》，做梦见到赵子龙原属正常，重要的是，骆青松是谁。

十三爷点头说，其实当年自己年幼，根本记不住骆青松长什么样，穿什么衣服，至于骑马更属于胡思乱想了。当年，桃花涧仅有几匹矮小的川马是用来贩私盐的，根本不能充当坐骑。贩私盐的急先锋就是骆青松。

桃花涧在历史上本是由三个姓氏的家族所共有，至于三家什么时候成为桃花涧居民，则无从考证了。一说是北宋末年宋钦宗赵桓的靖康年间，三家从北方逃避金人之难，来到这湘西川东一带的群山中；一说是元顺帝至正年间，天下大乱，在此背景下，北方汉民如杜家、丁家和骆家才会背井离乡，长途跋涉逃到千里之外，而且是深山环抱的桃花涧。丁飞比较相信后一种可能性。

不管是哪一种版本的考证，桃花涧先民都有些共同特征：一、原系北方移民；二、都是为了逃避外族战乱而南逃；三、三家共同逃难，共同开辟了桃花涧。所以，他们身上有着某些北人南渡的客家特征：比如保持宗族聚落的完整，虽然居所一再扩大，但仅在原地膨胀；虽然也与周围村民通婚，但在数代以后，村里主要以内部通婚为主，甚至是同姓通婚，比如丁飞和丁小雪就是一个典型。当然，还有其他一些野史逸闻存在于一代代人的口耳相传当中：有说当年逃难的三家中有人懂堪舆之术，相中了这一片荒无人烟的山坳，他断定此处将来必出大富大贵之人，为了福荫子孙，三户人家就留在这里开垦荒地，建设房屋，与虎狼争食；也有说当年三家选地盘的时候，有的选了利于子孙做官的，有的选了利于后代发财的，还有的选了利于子孙繁衍香火旺盛的。这些传说已经几十年没人提及，许多细节已经被岁月侵蚀，无从知晓了。但有一点可以肯定，目前沿溪畔而建的连绵大屋，绝对不是杜家人的私产，极有可能是杜、丁、骆三家所共有的。大屋始建于明永乐年间，集三家十几代人数百年的精力、财力，逐渐成为一处建筑奇观。

十三爷悠悠地抽着烟，完全沉浸在对往事的回忆和畅想之中。谁说桃花涧是个穷地方？当年也许是这一带最富裕的地区。看看那壮观的大屋和大屋内的门上、窗上那些精致的木雕木刻，院墙上的石雕砖刻，还有凿山而建的涧溪，就可以想象过往桃花涧的生活质量和生活品位。可惜那种邻里和睦、老少乐活的日子到了七十多年前发生变化了,桃花涧延续了几百年的幸福生活,突然拐了弯。

当年,正赶上三个家族的族长都是三十多岁的壮汉:杜家的族长叫杜义雄,丁家的族长也就是十三爷的叔父,叫丁翰臣,骆家的族长叫骆青松。三家世代交好,又赶上三个少壮派当家,于是他们就义结金兰,拜了把兄弟。更巧的是,无论按家族势力大小,还是按三个人年龄长幼,都是杜义雄排第一,丁翰臣排第二,骆青松当老三。大家认为这正是天意,于是三家更加团结得像一家人。

桃花涧的富裕除了三家协力同心,还有个不为大多数人所知晓的秘密——三家其实是老牌的私盐贩子,其历史可以追溯到元末战乱时期。这是一项高风险的违法事业,历朝历代就不为官府所容,历史上较为有名的盐贩子有方腊、张士诚等人,他们都曾因此率众起义,起兵割据。桃花涧遗民显然没有他们生意做得大,也不如他们有胆识,但敢于贩私盐就说明他们有着不同于寻常百姓的胆量和能力。由于他们所处的是个历来不被官府重视的地区,加上有钱以后总是能买通平安之路,所以,桃花涧的村民根本无须像方腊一样揭竿而起就过了几百年的好日子,直到七十多年前的二十世纪四十年代。

当时,中国的大部分地区都处于内战状态,而这片属于湖南西四川东的山区偏偏成了谁也不管的地界。当时这一带的土皇帝是拥有几百名武装人员的军阀,外号叫板爷。仗着几百条枪就能在数个县的范围内呼风唤雨予取予求。

桃花涧人并没有忘记在贩私盐盈利之余进行公关。在这一点上,桃花涧的先人比当今的村民更有智慧。他们为了生计敢于主动出击,走出山坳寻找出路,但也许坏就坏在他们太有智慧,给三个家族带来前所未有的灾难。

由于内战形势越来越恶化，常有溃败的国民党士兵四处打劫，近在咫尺的板爷已不能提供安全保护。三家族长商量，决定拿出一笔钱托人从云南贩来一批枪支，以寻求桃花涧村民的自保，一共是二十支匣子枪和八十支滑膛来福枪，还有些手雷、炸药等，都是德国造。但是，板爷知道后，他一看，这还了得？分明是打算叛乱嘛！这批武器便被板爷缴获了。土皇帝为了杀一儆百，决定拿桃花涧开刀，拉开了悲剧的序幕。

面对丁飞的娓娓道来，汤米又惊又喜：惊的是丁飞居然了解掌握这么多内幕，只怕对自己的了解也非常全面，以后在他面前恐怕难以蒙混过关；喜的是许多细节都可以证实自己祖上传说的真实性。

丁飞笑眯眯地看着他，说：“汤米先生你其实是骆氏家族的后人，你的公司与美国骆氏财团有着千丝万缕的关系，这并不难查出。”

汤米犹豫了一下，点头说：“如果你了解更多史实，也许就会理解我的隐瞒苦衷。”

丁飞平静地看着他，希望能够听到骆家后人对于当年的事情有更加详细的描述。在十三爷以及丁家人的讲述中缺乏悲剧发生的过程，他们只知道结局是杜家人把其余两姓人家赶尽杀绝，独占了全部财富以及那座凝聚三大家族几百年心血的华丽建筑。

当板爷决定向桃花涧人开刀时，他并没有灭族灭门的意思。根据他的通牒，桃花涧的人必须交出贩运私盐及军火武器的匪首，以示归正的决心，否则将杀得全村片草不生。实际上，就是三家族长谁出去顶罪的问题，而且绝对是个死罪。板爷为了稳固他的统治，必须采用极端手段，杀一儆百。

过去的金兰兄弟可不像现在，随随便便就可以大哥兄弟相称，转脸便背后偷袭，脚下使绊，大家原也没有把这种兄弟当回事。当年的人认死理，兄弟的命比自己的还重要，他们管为兄弟舍命叫义气，这是现代人很难体会的一种情谊。于是，杜义雄、丁翰臣和骆青松为了谁出去认领死罪，争得面红耳赤，最后不得不通过抽签来决定生死。骆青松不幸地抽到了死签，按当时的说法是他"幸运"地抽到了舍生取义的机会。骆青松即汤米的曾祖父，满怀豪情准备慷慨赴死。

而事实上，骆青松耍了个自以为是却致命的小聪明。以他们对板爷的了解，这个喜怒无常的土皇帝很可能认为砍了骆青松一个人的脑壳并不过瘾，那么骆家上下老少几百口人，就将面临灭顶之灾。于是他在临行前两天安排骆家人收拾盘缠，从后山逃出桃花涧，免遭灭门。可没想到走漏了风声，板爷以为骆青松要率族人潜逃，便派出军队进入村内，对骆家老小大开杀戒。杜、丁两家屈服于板爷的淫威，所有人均躲在屋内，不敢出声，眼睁睁看着宁静祥和了几百年的山坳血流成河。血红的涧溪水艳过盛开的桃花，血腥的气息在空中浓得化不开，似乎多年后仍然伴随桃花盛开而再度弥漫。漫山遍野结成的怨气，使这个风光旖旎的村落变成了一座人间地狱。

丁飞皱眉打断汤米的胡扯，他惊讶地发现在汤米的描述中，骆青松根本没死，而是逃到了海外。骆家为数不多的幸存者，后来都到了美国，最终发展成总部位于底特律的华人企业——骆氏财团。

汤米告诉丁飞正因为他是骆氏家族的后裔，对桃花涧有着不一样的复杂情感,他才会回到这里,打算投资改变桃花涧的面貌。这一切都那么合情合理,丁飞完全是用小人之心度君子之腹。

丁飞大笑起来说,顺理成章的事情就不用像鸡鸣狗盗一样隐姓埋名,也用不着深更半夜偷偷摸摸地到大屋去干非法的勾当。

汤米非常恼火地威胁丁飞,如果他怀疑自己在大屋纵火请立即拿出证据,否则他将会以一个美国公民的身份向有关部门提出抗议。

丁飞见他气急败坏的样子感到好笑,他向汤米表示歉意,出于对国际友人的礼貌。汤米顾不上他的调侃,想尽快找到杜鹃给他施加压力。这个警察不但如此神速地查出了自己的身份,还敢于直接公开对自己的怀疑,那么现在只有杜鹃可以阻止他对自己的调查和干扰。

急于找到杜鹃的还有丁飞,尤其是他见过了韩月芳之后。

丁飞虽然心里有了基本认识和判断,但他也回答不了汤米的反问——他为什么要纵火?为了解开这个问题,他必须见一见韩月芳。

4

虽然杜天成心里有一百个不情愿,但他还是明白这场火情恐怕真不像杜鹃说的是场意外。叔叔杜泽山指着昏暗的灯光下扑向灯罩的飞蛾冷笑说,为什么那些人一听说大屋失火纷纷奋不顾身地冲到火场?他们不怕把自己烧死?这群人和扑火的飞蛾有什么两样?

丁飞的态度几乎默认了这就是一起典型的纵火案。杜天成只好把丁飞带到母亲韩月芳的面前。

韩月芳对这个传闻中俘虏了女儿芳心而成为桃花涧公敌的小伙

子非常好奇。她上下打量这个警察，试图找出他与众不同的地方。

丁飞的恭敬和坦诚让她心里还是有些安慰，她感叹说："你们两个生在桃花涧，不容易啊！"

杜天成必须打断这种谈话，这简直像一场认亲会，他催促丁飞尽快问讯，而且丝毫没有回避的意思。

丁飞也明白即使强行撵走杜天成，自己所问及的一切情况也不能指望韩月芳守密，还不如索性显示出自己的诚意。韩月芳非常配合，有问必答，丁飞很快就明白了大概。

韩月芳多年来独居一隅，闭关静修，烧香拜佛，很少走出自己的卧室。当天晚上，她短暂地离开过自己的房间，是因为有人敲了房门，她出门四下寻找也没有找到敲门的人，她以为是哪家孩子调皮玩闹。还有一个细节，就是当火起时，韩月芳发现屋角的柜子上，有个红色的亮点，一闪一闪的，救完火之后便没有了，韩月芳以为是自己眼花看错了。

杜天成一直关注着丁飞脸上的表情，可惜职业警察的脸上看不出丝毫的喜怒哀乐。

丁飞虽然面无表情地记下某些重点，但内心已经完全清楚了。他似乎已经完全看到了昨晚发生的一切，包括纵火的动机和过程。他想尽快找到杜鹃告诉她这件事的真相，如果不尽快制止，也许将发生更严重的事件，甚至还要出人命。

第七章————隐匿暗流

1

当丁飞在涧溪边找到杜鹃时，心里不禁一凉。

杜鹃和汤米相谈甚欢。暮色下，他们在溪水对岸沿小溪散步。见到丁飞时，汤米笑容可掬的背后闪过一丝得意。不用问，汤米已经恶人先告状了。

果然，杜鹃对丁飞爆发了隐忍多日的积怨。

本来嘛，差点被火灾吞噬的是杜鹃的亲生母亲，可是，杜鹃希望大事化小，因为她要顾全大局，怕再次挑起两大家族的生死仇恨，更怕惊吓了汤米，影响了改造桃花涧的大事。

将桃花涧及其子民带入新时代是杜鹃心目中的头等大事，比她的一切都重要，包括爱情。而丁飞，明明知道她的叔叔和哥哥是属爆竹的，一点就炸，偏偏要去招惹他们，捕风捉影地说有人纵火，这分明是挑事端。更令人寒心的是，他可能是别有用心针对汤米来的。

丁飞明知自己的解释很苍白，但也必须解释。因为，桃花涧里出了命案，这起命案很有可能牵涉到杜家祖上的遗产，并且又涉及历史上丁、杜——现在又加上一个骆姓家族的恩怨。自己必须将案情的真相大白于天下，同时要阻止更多的凶案发生。可惜这一切都没有证据，都是凭空推理和猜想，更要命的是村里已经发生两起命案了。他的目标是破案，可是凶手藏在哪里？反正就在这个不大的山坳里。自己毫无头绪，纵火案也许是突破口之一。

杜鹃和丁飞交往了八年，对他办案那一套很熟悉，他不愿说，你永远也猜不到他的内心。所以杜鹃报以冷笑，她提醒丁飞，有一个情况，关于汤米的身世，你别以为是抓住了人家的把柄，进村之前人家就主动告诉自己了，不就是骆青松的后代嘛。

丁飞真不相信汤米在进村前就把他的身世告诉了杜鹃，恐怕这是杜鹃息事宁人的策略，但他无可奈何。

平心而论，不论是马汉、黑子的离奇死亡，还是昨夜的火情，丁飞并不是完全凭着个人的猜测在办案，只是碍于规定，有些话他不能说。比如，昨天失火前，韩月芳看见橱顶上有个一闪一闪的小红灯。据丁飞推测，那是一台正在工作的摄像机，具体地说，就是有人趁韩月芳出门，将摄像机安放在屋内，等老太太回屋后，再纵火，然后又趁救火混乱之际，将摄像机取走。其目的在于起火后，看看韩月芳究竟干了什么？比如抢救了某些值钱的东西，或急于保护某些秘密等等。人在面临危难时刻的本能无非是急于保护视同生命甚至高于生命的东西。这样就能完全证明昨夜那场蹊跷的火情，作案者绝对就在救火的人之中，所以拥有摄像机但未去现场的夏文涛可以排除。

丁飞的判断没有出现任何偏差。汤米和杜鹃分手后，就匆匆赶回房间。高国栋已经对着录像反反复复地研究了很久。昨夜潜入韩月芳屋内安放摄像机并纵火的果然是高国栋。

——烟雾起来以后，韩月芳并未惊慌。当时她正躺在床上，四周烟雾很大了,她才发觉。也许她不知该如何才能逃出生天,居然没有做出任何逃离的举动,而是坐到佛龛面前的蒲团上,盘腿打坐念诵大悲咒,面容之镇定令汤米惊讶不已。

高国栋纳闷,难道她的屋里真的没有秘密?

汤米实在想不通,当他第一次见到韩月芳时,心里就非常惊喜。老太太居然躲在这迷宫般大屋的极偏僻一隅,外人很难找到,而且,平时韩月芳打坐念经,几乎足不出户,一定是守着什么天大的秘密。为确保此次行动万无一失,高国栋在大屋内多次踩点并进行了十几次的演练,没想到得到这么个结果。

对杜氏家族的重大秘密而言,难道韩月芳是个彻底的局外人?她不但是上一任族长的妻子,还是现任族长的母亲,她如果一点都不知情,为什么遁世得如此彻底?难道在她身上还有许多不为人知的秘密?

汤米想不明白其中的道理。他反复地研究着这段十几分钟的录像,希望从某些蛛丝马迹当中寻找到答案,以至于晚饭后他还在摆弄摄像机。

丁飞却猝不及防地来敲他的门。

这个丁飞永远出现在让人最不舒服的时刻。也许这就是警察所讲究的分寸感。

2

丁飞倒不是不放心汤米,对于纵火案他心里非常有信心,已经有了答案,关于汤米的困惑已经被他解开了。汤米进村很显然带着不可告人的目的,他既然能纵火,也有可能会杀人,或者被杀。但从他进村的日子算,前面的杀人案应该和他无关,至少马汉被杀和他没关系,黑子失足死亡时他也不在现场,而是和夏文涛、唐虎喝了一夜的酒,因为这三个人绝对不会为彼此做伪证。他来找汤米,完全是想再深入了解一下其他人的情况。

吃过晚饭,丁飞原本想去大屋再找杜天成聊聊,没承想却看到民俗学家马丁神色慌张地从大屋出来。曾经有人怀疑是马丁纵火,他也确实出现在救火现场。丁飞不知道这个民俗学家在扮演怎样的角色,晚上他进大屋又有什么要紧的事?

赵长生不见了。马丁有点诡秘地告诉丁飞,晚上,他打算去找西北大学的民俗学教授赵长生,没想到赵教授根本没在屋里,房主说一天没见到人,不知道他干什么去了。

丁飞打量着这个知名的民俗学家,心里非常感慨,这些有身份有地位、于公众面前面相庄严的专家,在某一个特定的环境下,竟然是一副泼皮无赖的嘴脸。究竟是什么原因使他不惜丢弃从心理到行动上的高尚品格?难道他也像盗墓贼一样惦记着地下财富?

马丁、赵长生、夏文涛、汤米、高国栋、丁小霜,包括女大学生苗青、许佳,人越来越多。丁飞淡淡地笑,他明白,还不到下结论的时候。既然表演已经开始,大幕拉开谁也没法再关上,只能多一点耐心关注它。

所以,他来到旅馆,想再证实一下有关纵火的推测是不是正确。

听到丁飞在门口连敲带喊,汤米有点手忙脚乱地关上摄像机,又将摄像机塞进旅行包里,然后才急忙拉开门。他说有点闹肚子,正打算上厕所,丁飞就敲门了。

丁飞笑了起来,那太对不起了,桃花涧人管上厕所叫办公,耽误汤米先生办正事了。

其实丁飞已经借几句闲扯的工夫，将屋内扫视了一遍，桌上没来得及收拾的录像机数据连接线落入他的眼底。丁飞拿起数据线，笑了起来。

汤米强作镇定地说："投资嘛，要多拍些资料帮助分析，我的钱有许多是从银行借的，人家也要分析投资前景的。"

"是吗？"丁飞看着他的眼睛，"拍到有价值的线索了？要不，我也帮你分析分析？"

汤米紧张地摇头，说："摄像机在高国栋那里，平时我不太用。"

丁飞大笑，拍拍他的肩膀，叫他别紧张，然后不痛不痒地和他聊了几句就离开了。

汤米一直紧张到后半夜，他听出来丁飞似乎已经对一切了如指掌了，虽然他一时还不能把自己怎么样，但接下来怎么办？万一他盯上自己呢？

其实，丁飞的目的就是给汤米施加压力。为了证明自己的清白并转移丁飞的视线，汤米必然会对别人进行诬咬。丁飞一个人在村里调查，且不是正式办案，面对无形的对手，需要了解和掌握的目标又那么多，实在有点顾此失彼，所以才出此下策，让他们互相监督，互相举报，然后自己再从他们的反馈中寻找有价值的线索。密告制度是古老而庞大的封建王朝能够持续千年不倒的政治技巧之一，对付一群刑事案件嫌疑人，用此方法有点牛刀杀鸡，但确属无奈之举。

丁飞差不多和每间房的客人都不痛不痒地聊了聊，让他们明白村里住着一个时刻都会关注他们的警察，然后就下楼去了。

在楼梯口，丁飞愣住了。

唐虎坐在小雪的房间门口，在一张木头椅子上打瞌睡。

这不符合常理啊！

也许警察的脑子和别人的不一样，丁飞看见不合理、不协调、不顺理成章的事物景象，心里总会冒出一团疑云。这么晚了，他为什么还坐在椅子上打瞌睡？小雪睡了吗？万一她要出门怎么办？

唐虎的解释倒也合理，他正在给小雪熬草药，一不留神，坐在门口睡着了。最近小雪精神衰弱得很厉害，就怕她再被刺激犯病。

一想到小雪因精神分裂入院的事，丁飞心里就隐隐作痛。他很关心小雪的药管不管用，说还是应该去市里的脑科医院再看看。

唐虎告诉他，后山的老蔡对中草药很了解，有了他的药，小雪的病情还能控制。

丁飞离开旅馆，站在涧溪边呆看了半天，还是决定迈过溪水进大屋去看看。严格来讲，对于旅馆内任何一个可疑的人，丁飞都不太担心，只要被他盯上了，现形是早晚的事。现在怕就怕嫌疑人果真是杜家或者是丁家人，这样情况就变复杂了，不仅办案难度会再上一个层次，更重要的是无法预测接下来还会发生什么样的恶性事件。短时间内，这个小山村里，马汉、黑子离奇死亡，大屋诡异起火，连动机都找不到，他一直觉得目前浮在表面的都不过是冰山一角，惊人的真相还未完全展露出它的狰狞面目，这可能是目前为止他刑警生涯中最难跨过的一道坎——有关宗族势力的一道坎，也许换一个刑警会不一样，可惜他叫丁飞，生于斯长于斯，他明白和宗族势力相比，刑事犯罪不过是小儿科。

杜家人议事的祖堂灯火通明，这让丁飞的心悬起来。这绝对是他们的核心成员在开会，他们要干什么？假如这一系列案件的幕后元凶真是杜家人，丁飞不知道他有没有勇气继续跟进这件案子。

杜天成警觉地走出祖堂,他制止了丁飞试图打探情况的行为。杜天成礼貌地将他请出大屋,丁飞只好忐忑不安地回到村公所。

桃花涧的特殊情况,让外姓的村主任束手无策。村主任的存在也只是因为上级没有办法让两大家族任何一个成员,担任这个职位。所以他平日的任务只是负责传达国家各种政策,并调解两家可能发生的矛盾等,至于行政管理,村主任只是个摆设。

村主任见丁飞一脸郁闷地回来,除了不着边际地安慰一番,就是动手卷两支土造子烟和他一起分享。

这一带气候潮湿,烟叶的质量不好,土造子烟又呛又糙。

也不知是不是多抽了几口呛人的烟卷,丁飞半夜竟然做起梦来,形形色色,但内容有机统一。

马汉的尸体硬邦邦得像个文字符号。

黑子摔下山脚,一旁的山包上桃花灿烂怒放。

女大学生恐惧地说,在大屋里撞见鬼了。

山耗子则说一个女鬼像萤火虫一样飘进大屋。

大屋起火了,汤米穿着一双旅游鞋去救火。

杜家子弟开完会从祖堂上出来,挖出了一杆杆长枪,他们要杀人。

丁飞惊得半夜醒来,后脊梁出了一身汗。

3

第二天,还真出事了,事情还不止一件,全出在丁家人身上。

丁老泉媳妇最爱的一条大黄狗被人勒死,吊在家门口的树上。丁老泉早起出门,差点让这条大死狗吓得背过气。

丁大柱的娘是个聋哑人，家庭条件差，养了几十只鸡，想让鸡下蛋来换些盐、醋等。早上，她发现几十只鸡全被毒死了。

丁良友家门口种了几十盆花草，虽不名贵，但挺爱惜的，结果让人泼硫酸给烧死了。硫酸啊，这要是泼到人身上还不要了命？

十三爷家大门口让人用猩红油漆写了个大大的"死"字。油漆顺墙滴挂，印迹狰狞。

丁家的几十口人按捺不住怒火，在十三爷的带领下，找村主任讨要说法，如不行他们就拿出武器和杜家人一拼到底。

村主任磨破了嘴巴，也劝不住这群情激奋的丁家后生。

杜鹃隔着涧溪一看，就明白了这些事是谁干的。难怪昨天晚上，杜天成和几位族里长老密谋到深夜，肯定是他们向丁家人展开了报复行动，因为他们认定大屋的火情是丁家人所为。

杜天成当然不会承认这些事情是他指使诸如杜天宝这些小兄弟干的，反而还指责杜鹃不维护老杜家声誉，帮姓丁的往自家人头上扣屎盆子。

杜鹃明白自己不可能主持这种公道，她只有去找丁飞想办法。这种时刻，她只能依靠这个当刑警的男朋友。

丁飞在村公所里大拍桌子的时刻，杜鹃就来了。

丁飞不能不拍桌子了——丁大柱因为心疼那几十只被毒死的鸡，在村公所大吵大闹，他扬言讨不到公道，今天晚上就一把火烧了大屋，把姓杜的都烧死。丁飞拍桌子制止了他的煽动。本来局面就够乱的了，在暗流涌动中，找出凶案真相本来就不容易，现在还有人在搅浑水。

杜鹃走进村公所的时候，仿佛天地都静了下来，所有的人都默默地看着杜鹃。

丁飞倒有些心虚起来，这该如何向丁家人交代，难不成自己胳膊肘拐到杜家去了？

幸亏杜鹃开了口，而且是公事公办的腔调，她说："丁警官，麻烦你出来一下。"

杜鹃直截了当地告诉丁飞，这事不用查了，确实是杜家人干的，是几个年轻不懂事的后生干的，杜家的长辈们已经用家法处置了他们。她代表杜家正式向丁家人道歉，并且送来五千元现金赔偿，如果不够，改日一定补齐。她希望丁飞和十三爷能考虑到两家特殊的情况，原谅族长和当事人不能亲自道歉，也希望他们能够接受自己代表的这份歉意，做好丁家人的工作，还桃花涧以安宁。

丁飞很明白，这份歉意和这份赔偿仅仅代表杜鹃本人，但他不能不感谢杜鹃的良苦用心，至少可以让他在丁氏家族面前有一个体面的理由，能暂时结束这起连锁争端，把可能引发的宗族对抗及时阻止。

好在十三爷很给丁飞面子，答应拢住丁家上上下下，只要杜家赔了损失，就先不计较了。这让丁飞暂时松了口气。

村里乱哄哄地闹着，很少有人注意到，旅馆里外来的人都没闲着。

马丁一个人悄无声息地穿过大屋上了后山。

毕竟是行家，加上多次来桃花涧采风，马丁对后山的地形地貌非常熟悉。他还不时用罗盘对应天干地支算着堪舆学上的阴阳五行。一个民俗学者走出书斋，竟然鬼鬼祟祟地用起民间那些志怪的手段，在阳光普照的中午时分，他显得身形诡异。

正当他一路走，一路观察山势的时候，遇见了守林员老蔡。

老蔡是个极认真且警惕性很高的人，虽然他对马丁不陌生，但依然对他不苟言笑。他严肃地告诉马丁，最近在山上发现有人动土挖掘的痕迹了，看来又有不法之徒打后山的主意，他希望每个人，尤其像马丁这样算是桃花涧朋友的老熟人更加自重，不要被谣言欺骗，这山里头，从来就没有传说中的宝藏。

马丁正好走山道也累了，便索性拉着老蔡聊天。他告诉老蔡，虽然老蔡在山里头过了几十年，但没用，他根本不了解七十多年前杜家的秘密。

当年，杜家族长叫杜义雄，根据资料可以查到，他正是今天族长杜天成的曾叔祖父。杜义雄被当地的军阀外号叫板爷的下令给处死了，枭首示众，罪名是私贩军火、阴谋叛乱。所以，杜义雄的脑袋挂在城门口，可冤屈无处申，阴魂不散啊。据说当时天降大雨，几日不断，护城河水漫过铁索桥，漫过了行人的脚面，小虾小蟹都在路上走。

据说杜家人后来为杜义雄发丧，下葬的当天共有二十八路下葬队伍，同时出殡上山，目的就是掩人耳目，不让世人猜到杜义雄真正的墓葬在哪里。这个想法是有根据的，源自有关明太祖朱元璋的传说。传说中，明太祖下葬的当天，有三十三队出殡的队伍。曹操更过分，据说有七十二疑冢。朱元璋也罢，曹操也好，他们的目的就是避免别人盗墓，杜义雄也一样。

由于杜义雄忤逆了板爷，被板爷下令不许全尸下葬。如果真如其所令，将极大地伤害祖宗血脉，祸及后代子孙。于是杜家人倾全村所有，用黄金宝石等统称"七宝"的东西，打造了一个价值连城的金头，随尸体下葬。这个金头在民俗学、历史学、地方志学等学术范围内引起了非常大的关注。马丁是研究古代建筑和墓葬的专家，对此有较深的心得，但他请老蔡放心，他是个文化人，绝非鸡鸣狗盗之辈，不会像那些不法之徒那样行事。

老蔡冷笑。他告诉马丁，这些道听途说是无聊文人编排的故事，实际上根本就没有这等事。如果有偷鸡摸狗之辈，敢来挖山掘墓伤天害理，一定会逃不过报应。后山的山神是很灵验的，这些年来，没有一个恶人能在桃花涧作恶得逞。

马丁被这小老头说得后背一阵阵地发凉。

丁飞回到十三爷家时，却吃惊地发现，十三爷在磨他那支三尺长的砍刀。十三爷总爱光着膀子磨刀，这时候，他身上纵横的刀疤似乎在喷射着怒火，杀气环绕。

十三爷忧心地告诉丁飞，只怕是血雨腥风的日子又快来了。

丁飞心里一紧，这是他最怕的局面——目前桃花涧发生的一切刑事案件只是个序曲，更可怕的事件还没来。今天阳光明媚，明天可能就血流成河；今天这群鲜活的生命中，不知道明天谁会厄运降临。

十三爷的刀不是白磨的，老人的担忧建立在丰富的人生经验，以及一些不为外人所知的历史秘密之上。在丁飞的追问下，十三爷放下那柄寒光闪闪的长刀，泡了一壶茶，又说了一些前晚没有说尽的真相。

当年向板爷告密，将骆家数百口人斩尽杀绝的幕后元凶正是杜义雄。也许他是怕骆家人离去会激怒板爷，或者说他连骆青松也不信任，怕其畏罪潜逃，殃及自己，所以他向板爷告密，给骆家人带来了灭顶之灾。

丁飞震惊了。如果事情属实，那么骆、杜两家必然结下了不共戴天的血海深仇。但这里有个问题无法解释：为什么后来杜义雄又遭到板爷杀害？

也许这就是报应，骆家几百条阴魂盘踞在桃花涧巴掌大的天空散之不去，冤孽啊。后来，不知板爷如何知道贩私盐卖军火的主谋其实是杜义雄，被戏弄的板爷勃然大怒，这才发了令，叫杜义雄死无全尸，这等于诅咒了他的后世百代啊。现在看来，姓杜的一家就遭报应，丁家人也就不会有后来的大祸了。十三爷这一生真是被仇恨所笼罩。

丁飞从小就习惯了家族里遮遮掩掩、讳莫如深的历史教育，而今也明白了历史会在不同的时机和境遇展现它不同的侧面。在此之前，十三爷曾把骆氏家族的情况告诉他，但牵涉到丁、杜两家仇恨的根源，却从未跟他提及。刑警丁飞对心理学还是有些研究的，他深知有些秘密不可能直接求得，就像蜷缩起身体的刺猬，越去撩拨它，越会惹得它包裹得更紧。他需要十三爷在恰当的时候正确的场合下说出历史真相。

十三爷的一头白发在阳光下闪出金灿灿的光泽，也许他已经嗅到了血腥的味道。年近八十岁的人，是不是已经习惯了人生变幻，阴阳无常，有了先知先觉的感应？他希望把丁家人见证的历史不着文字地传达给这个在官家当差的年轻后生。

当年的杜义雄确实被枭首伐罪，杜家为保子孙后代的福荫，也确实打造了一个价值连城的金头。但这只金头不仅举杜家全族之力，而且还搭上了丁家以及已经人去楼空的骆家的所有遗存。可以说桃花涧三大家族数百年积攒的财富，除了这座极具文化价值的大宅，便是那只金头，由此可以想见那只金头的价值有多大。

可惜丁家人这份感天动地的情谊非但没有换回杜家人的友善，反而惹来灭顶之灾。在杜义雄下葬后不久，杜家人突然向丁家发难，他们一口咬定是丁翰臣出卖了杜义雄，一手操纵了桃花涧惊天的血案。当时杜家人多势众，丁家人口不足其四分之一。杜家因为族长的惨死群情激奋，他们围住了丁家人居住的区域——当年的丁家人也住在大屋里，扬言要血洗丁家上下，为族长报仇。

族长丁翰臣为了保全丁氏家族，只好违心地认了罪。他有个姨太太叫梅姑，在县城的学堂里念书。他承认是梅姑口无遮拦，泄露了桃花涧里所有的秘密，这才给桃花涧三大家族带来如此深重的灾难。为了平息杜家人的义愤，他亲手杀了最心爱的梅姑，并将她的尸体抬到杜家谢罪，请求杜家原谅，以挽回两家世代交好。

不承想，杜家铁了心要把三大家族数百年共同奋斗留下的所有财富都占为己有。他们宣布将所有丁家人赶出桃花涧，如有赖在大屋里不走的，一律杀无赦。他们真的动手了，在板爷屠杀骆家人之后不到一个月，桃花涧第二次历经血的洗礼。丁家人留下了鲜血、冤魂，还有凝聚祖祖辈辈心血的大屋，被赶到了涧溪的对岸。虽然丁家人死伤惨重，但留下的数百口人并没有被吓倒，他们顽强地留在涧溪的另一侧垦地、建屋。承丁家祖上保佑，子孙后代也没有辜负祖上，稳扎在了这片土地上，而且一待就是几十年。

十三爷说话时情绪起伏，身上的刀疤如有灵性，翕翕而动。

十三爷既不叫丁十三，也不是排行十三。在那一次惨剧中，年仅六七岁的他身上被砍了十三刀，大难不死的他后来被后辈尊称为十三爷。

丁飞有些不安地问，难道就因为丁家所有的财产，无论是大屋还是金银财宝，都被杜家霸占了，所以，我们丁家人现在打算向杜家人讨公道？

十三爷呵斥他，丁家人到目前为止都在逆来顺受，反而是杜家人从来没有停止过亡我之心。什么叫敌人亡我心不死呢？他们就是要把我们彻底赶出桃花涧。看来这柄大刀终于可以派上用场了。

也许上了岁数的人历尽沧桑，在大事发生前往往更加敏锐，不要说性情刚烈的十三爷，连深居大屋一隅、与世隔绝多年的韩月芳都嗅到空气中不安的气息。午饭后，她叫人把杜天成、杜鹃兄妹叫到自己的屋里来。

杜鹃一见面就向母亲控诉了哥哥的种种不是，眼见着平静的山村成了随时可能爆炸的火药桶，哥哥却还在火上浇油。

韩月芳明白自己的遇险让兄妹俩，尤其是让儿子上了火。她一口否认有人要害自己：自己无权无势一个老太婆，有谁会加害呢？她叫儿子别学叔叔杜泽山，小肚鸡肠，没有胸怀。

杜天成最怕的是，几十年过去了，到现在还有人惦记着后山的宝藏。这不仅关乎财富还关乎家族的兴旺，关乎子孙后代的兴衰。

韩月芳毫不在乎这些，她以多年礼佛的修为告诉一双儿女，凡事总有因果，做坏事的人自然会遭到天谴，人力怎么可能抗得过天意呢？

在杜鹃眼中，母亲像进入了某种特定的历史情境，对身边的一切似乎都筑起了屏障。她深有感慨地告诉子女，一切都是有定数、有劫数的，我们杜家人最要紧的是自我修行，消除业障，这样菩萨才能保佑我们；多行善举、多存善念、多结善缘，然后一切随缘，且看因果相生而已。

杜天成认为一定是妹妹告了自己的状，否则遁世多年的母亲不会如此兴师动众地给自己上了一下午的修行课。果然，母亲教导之后，便打发自己离去，只留下了杜鹃。

其实韩月芳留下女儿只为了多聊几句闲话，为了她昨天见过的丁飞。

丁飞这个名字她当然不陌生：女儿在城里上学逢星期天回来时就会提及；女儿上大学后和丁飞谈恋爱，她风闻过；后来女儿与丁飞谈婚论嫁，也和她汇报过。当时，杜家上下暴跳如雷大动干戈，杜天成和杜泽山等人宣称，不认这个杜氏后裔，她却从不发表自己的意见。事实上，她也无法替女儿判断，因为十多年来，她连大半的杜家子弟都没有见过，更不要说丁家人了，哪怕是大名鼎鼎的丁飞。

昨天丁飞给她留下了很深的印象：他的彬彬有礼绝不是因为自己是杜鹃的母亲而刻意为之；他的坚强刚毅也绝对不是警察办案时的生硬武断；他真诚机敏绝不是在刻意卖弄智慧。她心里真替女儿高兴，也为女儿骄傲，但更多的是惋惜。

如果他不姓丁，该多么完美啊！

她完全了解女儿的感情危机，并给予充分的理解。她再次强调宿命，一定要女儿接受事实——缘分的深浅会影响人的命运，这是真理。

杜鹃实在不喜欢母亲这种消极的态度和论断。她不理解母亲为什么几十年来一直把自己关在屋子里，一心琢磨因果报应和缘分聚散。她就真的相信有命运这回事？

韩月芳肯定地告诉她，到了自己这个年龄，除了命，已经没什么可以相信的了。

4

村口有一处不小的湖，凡进村的人都要沿着湖边走上近百步，才会到达标志着进村的那棵古槐树,但村中好些长者把它当作内湖,当作村中的明珠。十三爷就钟爱这潭如碧玉般的湖水,每天都会去村头沿湖边小路走上几圈,把一些游人和村里后生扔在此处的垃圾收拾干净。今天日头正好,气温又很高,十三爷打算去湖边转一转。

老远就听到湖里传来女人的尖叫声,像是城里来此处画画的女学生。

"耍流氓了。"女生尖叫,叫声中还夹杂着男生的嬉笑:"非礼啊,我来耍流氓啦。"

十三爷一下气炸了,这还了得,光天化日在村里对女游客耍流氓,简直丢了桃花涧的颜面。十三爷顺手抄起一根折断的树棍,怒气冲冲地跑过去。

"谁在耍流氓?"十三爷炸雷般的吼声,把湖边正在脱衣服的杜天宝给吓呆了。

早一会儿,山耗子跑来找他,说在村口画画的女学生脱了衣服下湖游泳去了,城里的姑娘身材就是够劲,叫他去饱饱眼福。到了湖边,山耗子也脱去上衣下湖,和湖里的姑娘一起戏耍。到底城里的姑娘见过阵仗,那个叫许佳的根本不在乎和男人在水里嬉闹,一边打水和山耗子对泼,一边尖叫着——耍流氓啊,非礼啊!惹得山耗子兴起,嗷嗷大叫,让杜天宝非常眼馋,忘了杜泽山对他最近要小心谨慎的叮嘱,立即大喊大叫着脱衣服准备下水。

十三爷提着棍子横空出现,杜天宝惊呆了。他看着须发戟张的十三爷像尊天神一样站在面前,猛地转身撒腿狂奔。

耍流氓的人竟然是杜天宝,十三爷也不禁一愣。他犹豫了一下,没有追上去痛打这个不成气候的小太岁,毕竟这是杜泽山的亲儿子。杜泽山是杜氏家族中最阴险,也是最有势力的人,和他正面冲突，对于丁家来说不是什么好事。

这时，正在往水下潜的山耗子让十三爷转移了目标。他抱起山耗子脱在湖边的衣服，大喝一声："山耗子，给我滚出来。"

山耗子对十三爷也是又恨又怕。他不情愿地爬上岸，只穿着条短裤，浑身冻得直打哆嗦，被十三爷押着去了村公所。

没想到，到了村公所，十三爷还没完，叫村主任通知家长来领人，连村主任都觉得十三爷有点较劲。这不是成心让老蔡难堪吗？

十三爷铁青着脸说什么也不松口。他坚持说山耗子调戏人家大姑娘，叫家长已经算轻的了。

等到老蔡赶来时，山耗子已经冻得瑟瑟发抖，双手抱肩蜷缩在椅子上。虽然这时已是初夏，但湿着身子给山风一吹，和瑟瑟寒冬没什么区别。

老蔡脱下自己的外套，给山耗子披上，自己身上只剩下一件蓝色背心，泛白的背心上印着斑驳的红字——"生产标兵"，看上去少说也得有二十几年了。老蔡从来不讲究自己的衣食，大概这世上唯一让他放心不下的就是这个不争气的养子。

十三爷有些心痛地教训着山耗子，说他一点也不体谅老蔡辛辛苦苦把他带到这么大，还要经常给村里人甚至是外来游客赔不是，简直就是个孽障。同时老蔡也应该好好管教山耗子，不要成天躲在山上，为了杜家的墓区守一辈子，连自己的家都快守不住了，早晚要毁在这个小兔崽子手里。

老蔡阴沉着脸答应十三爷以后一定会好好管教山耗子。十三爷犹不罢休，他凶狠地告诉山耗子，以后再看见他在村里干坏事，自己就亲手打断他的腿。

第八章————塌天大祸

1

十三爷教训完山耗子，一肚子气还郁在心头，正好赶上小霜和夏文涛来采访自己，这一股邪火才找到出气口。也怪夏文涛他们自讨没趣，眼见十三爷一脸怒容，还敢开口问有关桃花涧几十年前的恩恩怨怨。

早一会儿，夏文涛和小霜在大屋里遇见神情慌张的杜天宝，便叫住他声称要采访。小霜和杜天宝年纪相仿，在这样的年轻人身上，宗族仇恨似乎没有那么鲜明，而且杜天宝好像还没有从被十三爷的惊吓中回过神来，所以，小霜把话筒递到他面前，他口无遮拦地把从长辈那里不经意听到的一些旧事说了出来。

七十多年前的桃花涧和这由上千所房子连成的大屋并不属于杜家独有，也不是两大家族所有，而是三家人共有，据说第三家姓骆，骆驼的骆。这三家人好得跟一家子似的，三家的掌门人还是磕头的兄弟，就像桃园结义的刘关张，但杜家是老大，要按过去，如果打了天下，老杜家就当皇上，就像刘备那样。

杜天宝对着镜头说了没一会儿，杜泽山就出现了。他呵斥杜天宝胡说八道，叫他闭嘴，并指示杜家的后生将夏文涛和小霜赶出大屋。

杜泽山阴冷的眼神让他们根本不敢辩解，只能匆匆离开大屋。

路上，小霜出了个主意，既然杜天宝所说的和夏文涛研究的情况基本一致，不仅可以肯定传说中的宝藏确有其事，同时也说明知道往事的村里人并不在少数，只要找到愿意说的，总能把许多谜团解开。就这样，他们找到了十三爷，打算凭着夏文涛的花言巧语和电视台采访的金字招牌，骗住这七十多岁的老头。没想到老头的怒火像股旋风一样，差点儿将他们刮倒。

十三爷的愤怒不只是他们触了霉头，还因为夏文涛不三不四的形象和小霜的叛逆离家给丁家带来的耻辱。他一通邪火发作让夏文涛和小霜有些胆战心惊。离去的时候，夏文涛恶毒地诅咒这个老霹雳火早点让天雷给劈死。

同时，马丁终于找到了赵长生，这个神秘的大学教授昨天失踪了一天。

赵长生是在大屋的正大门附近撞上马丁的，当时他正从大屋里出来。他告诉马丁这两天他待在大屋里流连忘返，大屋从建筑到结构，从审美价值到使用功能，说它还原了中国古民居的精义，一点都不过分，它让其他的中国古村落黯然失色。

看着赵长生激动不已的样子，马丁犹豫半天终于下定决心告诉他一些真相，有关桃花洞那段隐晦的历史和传说中的宝藏。于是，他邀请赵长生去小旅馆密谈。在学术上他确实需要这位学识渊博的教授为他指点迷津。

不料，赵长生对他的秘密并不惊奇。这位西北大学教授看来是个有心人，此前马丁发表过的几篇有关桃花洞大屋独特构造的研究论文他都认真研究过，桃花涧的故事他已经猜到几分。昨天他特意抽时间上了后山，不但仔细地勘察了后山的山形地貌，还特意去走访了那个据说长得和自己有几分相似的护林员，叫什么蔡根生——很有文化的名字。

马丁惊讶于赵教授这么有心，一个人悄悄地在后山展开了活动，又有些不相信，自己往来桃花涧多次，在后山下足了功夫，也没有弄清后山的山形地脉，这个赵教授竟有如此本领，几天就将后山的二十几座山头估出个大概来了？自己这个著名的民俗专家岂不是浪得虚名？

赵长生肯定地告诉马丁，那个老蔡可以证实他的推断，所谓二十八处下葬点的传说，绝对是个故事，不可能发生。按照包括马丁研究成果在内的所有人的说法，二十八处下葬地是后山的二十八处穴位云云。精于研究的赵教授否定了马丁的结论，并断定后山不是龙形山脉，踏遍山谷也绝对找不出二十八处福地，故事是杜家人编出来的。

马丁坚决反对赵长生的武断。杜义雄下葬至今不过七十多年，与朱元璋驾崩至今已过六百多年的情况不同，野史流传无非是个茶余饭后的乐子，没人计较真假，当时亲眼见过下葬队伍的人中至今村里还有上百个健在，比如杜家的杜泽山及九大长辈，还有丁家的十三爷等等，这件事断不会是假的。杜义雄的陪葬品是绝世珍稀，这一点肯定千真万确。马丁再次强调，也许我们这些人道行太浅，没能理解二十八处龙形穴位的真正奥义。

赵长生突然拍起了桌子，谁说龙形福地就是指后山？依山势而建的绵延大屋从外形上就像一条腾飞的龙，有没有可能相关的秘密就隐藏在大屋之内？要不然杜家人为什么对大屋的看管如此严密呢？

马丁不由得点头，赵长生果然是有真才实学的大行家，就这一条至少自己没想到。

其实，马丁邀请赵长生进村是有个人目的的，他希望利用其渊博的知识帮自己探究桃花涧地下财富的真相。但赵长生进村之后，虽进展神速，却行踪诡异。马丁一则喜一则忧，喜的是赵长生也许是自己的命中贵人，能帮自己实现夙愿；忧的是这位学术权威居然也对这笔财富动了贪念。

很快，马丁又为赵长生的行为感到费解了，他居然毫不隐瞒地将他的见解告诉别人，告诉每个心怀鬼胎的旅馆客人，夏文涛、汤米、丁小霜……

当时是午饭时间，马丁和赵长生来到饭厅时，正好遇见汤米和夏文涛在斗嘴。两人在几天前斗了一夜的酒，当晚发生了黑子摔死的悲剧。没想到今天主动斗酒的居然是夏文涛，也许他想再一次让汤米出洋相，所以，当他看见两位专家进屋后，立即豪迈地邀其共饮，并逼着汤米换成大碗喝啤酒。

赵长生倒是没有客气，坐下喝起了啤酒，但他光说话，很少动筷子。他居然大谈桃花涧山形地貌如何影响建筑格局，并对居民命运产生神秘影响，不管是他自己的见解，还是马丁的学术成果，他都毫无保留地倾囊而授，甚至告诉在座诸人，所谓的后山龙脉、桃花涧的财富之谜也许就隐藏在大屋的某处，说不定就是二十八处拼图。

马丁在桌下踢了赵长生一脚，端起酒杯打断赵长生的话头说，这些学术观点都是一家之言，见仁见智，当真不得。马丁心里实在不明白这个教授究竟是何用意。

丁飞好不容易找到杜鹃，或者说是好不容易说服杜鹃坐下来，心平气和地交换意见，不仅为了村内已经隐藏着的危机，还为了他和杜鹃两个人的未来。

在这种环境和氛围下，杜鹃不太想谈个人感情，因为这里牵扯到太多非感情因素，谈下去的结果肯定是因为某个非感情因素无法弥合而产生分歧，进一步伤害两人原本脆弱的感情。连从警多年的丁飞都不得不佩服杜鹃的冷静以及逻辑思维能力，他完全同意杜鹃的看法。于是两人非常默契地不去触及个人问题，仅针对目前面临的困境互相提醒。当然，丁飞不免要恭维杜鹃在赔偿丁家人损失上做出积极举措，而杜鹃却正色地指出十三爷在这些日子拿着棍棒追打杜天宝、收拾山耗子、教训老蔡等行为有点过激。

杜鹃说十三爷的行为并没有错，但在桃花涧目前的形势下有些不妥，杜泽山是杜家最有权势的人，而老蔡是杜家的大恩人，享有崇高的地位，只是他没有去享用而已，这件事完全可以有更好的办法处置，而不是这样直接起正面冲突。还有，要劝说女大学生收敛自己的行为，这里比不得大城市，裸泳并不合适。丁飞连连点头，他也是刚刚听说十三爷发火的事。他相信，十三爷是因为丁家人遭到大面积的报复心中产生了怒火，而作为族长他又必须顾全大局，所以才导致了情绪转移发泄。他保证会劝说十三爷尽快平息怒火，避免两大家族的对立情绪加剧。

两人坐在涧溪边的石凳上，面对祖辈依靠的连绵后山，只觉云雾缥缈的山峰始终撩不开神秘的面纱。杜鹃和丁飞有一种隔世的感觉。他们就这么坐着、聊着，看云起云落，仿佛可以想见数百年来桃花涧人富足、闲适、友爱甚至是浪漫的日子。

七十多年前的那场悲剧原本就不该发生。

2

十三爷不知道丁飞正沉浸在难得的神游中。他不满意村主任遇到任何事情都是浮皮潦草的处理方式，他更希望丁飞能够给村民、确切地说是给丁家人主持公道。所以，他立马到旅馆里找丁飞，不料刚进门就看见汤米像个小流氓一样围着小雪打转转。

早一会儿，小雪见饭厅的几名客人拼上了酒，不由得为汤米担心。杜鹃一再叮嘱她要保护好汤米，既然她答应了就不能食言，于是她吩咐唐虎帮汤米熬一碗村里特有的醒酒汤，熬好后，又悄悄叫汤米来到大堂。

此时，汤米已经喝了有七八分了，醉眼蒙眬的汤米又恢复了风流本性。原本他就对旅店女老板的姿色有些垂涎，只是碍于杜鹃的面子以及美国投资者的身份，所以一直没有太过分的行为。不过现在，他几瓶啤酒下肚以后就有些乱性了，尤其是这个美丽的小女子，特意给自己熬制了醒酒汤，这让汤米的风流种子立即发芽要开花。他贪婪地盯着小雪，几乎流出口水。他告诉她，她是他来到中国见过的最漂亮最贤淑最善良最淳朴的姑娘，稀世少有，待在这里实在埋没了，他一定要把她带到国外见见世面，纽约、罗马、伦敦、佛罗伦萨……这些大城市要一一走遍。

十三爷在身后大声骂他是个不要脸的混账，想勾引丁家最美丽的小天仙，简直是癞蛤蟆想吃天鹅肉，他要是再敢打小雪的主意，老头子非亲手剥了他的皮不可。若不是小雪百般哀求，十三爷非追到汤米屋里不可。

小雪让十三爷在大堂里坐下来消消气。

夏文涛听到大堂里汤米被骂,而且是被那个老头臭骂,顿时没了兴致。大家便散场离开。可赵长生的话题没说完,夏文涛也不想错过,几个人就边说边走出来。

赵长生说甚至不排除金头就埋在大屋内的可能。马丁立即意识到这也许是赵长生使的阴谋诡计,他一定是想误导其他人,包括自己,因为这显然不符合逻辑,也不符合过去殡葬的风俗和仪规,但马丁没有说破,且看赵长生如何装神弄鬼。

赵长生煞有介事地告诉夏文涛等人,就是因为有金头的护佑,加上大屋的神秘布局,杜家才会人丁兴旺,以致克住了丁家,使得丁家一直被压着抬不起头来。

"放屁!"十三爷几乎跳起来,他愤怒地指着赵长生,"你说的是人话吗?我们丁家人怎么得罪你了?"

小雪连忙把十三爷扶到一旁,替他沏上一壶茶,请他老人家消消气。

赵长生也意识到自己说错了话,让丁家的族长如此暴怒,日后在桃花涧只怕不容易立足。于是,赵长生连忙在小雪手中接过沏好的茶,亲手端给十三爷,口中赔着不是。

十三爷抬手打翻了茶杯,茶杯的瓷片碎裂,发出清脆响亮的声音。

赵长生连忙弯腰去捡拾地上的碎片。

十三爷猛地呆住了,怔怔地看着弯腰捡拾瓷片的赵长生。

赵长生见十三爷如阴魂附体,识趣地放下碎片,转身离去。小雪示意众人回避,免得十三爷误伤了他们。

小霜回到屋里咒骂着十三爷这个老家伙活得不耐烦了,本来她和夏文涛打算缠着马丁和赵长生等人多聊一会儿，从他们口中打听一些有用的信息，却被老不死的全搞砸了。

夏文涛并不认为从赵长生等人口中能得到什么有用的信息，这两个老东西以专家学者自居，肚子里面的花花肠子，谁也弄不清，也许他们还会释放烟幕弹骗人呢。他们说的历史有些和自己掌握的秘密相近，但所谓的研究成果更像误导别人的幌子。

为了替夏文涛挡酒，小霜拼命和汤米、马丁等人喝了几大杯酒，还没听完夏文涛的分析就倒在床上睡着了，下午4点钟，她的耳边响起了警笛的声音。

警笛声让小霜瞬间经历了一个噩梦，一个银铛入狱的噩梦。当她大汗淋漓地从床上惊醒，这才发现，真的有警笛声从村口传来，而且不只是一辆警车的声音。

小霜和夏文涛神情大变。谁出事了？是自己吗？

就在小霜刚进入梦乡的时候，唐虎从村口拉着一车副食品回到旅馆，他惊讶地发现，十三爷呆呆地坐在旅馆门口。

十三爷见到唐虎，非常着急地催他去找丁飞，十三爷说一定要马上找到丁飞："叫他来，老子倒要看看，他们搞什么鬼。"

所以，唐虎急急忙忙地去找丁飞，好不容易才在一户丁姓人家中找到在做思想工作的丁飞，他们一起回旅馆。刚走到涧溪旁边，丁飞惊讶地发现，远处的对岸，十三爷过了涧溪进入了杜家大屋。

十三爷居然走进了大屋！这是几十年来头一遭。

唐虎坚决不相信十三爷会进杜家大屋。他是丁家的族长，和杜家有着不共戴天之仇，就算他要去，人家姓杜的也不会同意他进去啊，这绝对不可能。

从东到西排列在涧溪一侧，有上百个入门通道都可以进入大屋，可丁飞明明看见了十三爷的身影走了进去，而且是从中间穿进了大屋，这让丁飞疑惑不解。

润溪的水在刺眼的阳光下闪着一片光晕，使得远处的人影显得有一点不真实，但这不会导致丁飞认错人。于是，丁飞决定立即追进大屋去找十三爷。为了以防万一，他让唐虎马上去请村主任，请村主任去找杜天成、杜泽山等杜家要人，因为他担心脾气火暴的十三爷去找杜家当家人理论或者惹事。

可是没来得及找到目标，噩耗就传来了。

十三爷死了！

十三爷被一堵倒下的土墙掩埋了！

等众人扒开瓦砾抬出十三爷时，他早已没有了气息。而事发地点在大屋的巷道内，此处巷道的砖墙有十多米长，倒下的墙砖重量可以吨计。

丁飞看着十三爷怒目圆睁的遗容，忽然控制不住情绪，眼泪潸然而下。

3

任何一个看似理性的人，在特殊环境、特殊事件背景下，都可能表露自己本心的敏感和脆弱。此时的丁飞再也不是喜怒不形于色、泰山崩于前而不惊的刑警，泪流满面的他看起来像个委屈的孩童。

他没有办法控制对十三爷的感情。早年，父母一直都在城里的学校代课教书，年幼的丁飞就像十三爷的孙子一样绕膝下，等到进城里上学生活以后，每逢放假，丁飞最大的心愿就是能回到桃花涧，回到十三爷身边，因此，他中学的寒暑假基本上都是在十三爷家中度过的。十三爷动手能力强，木工活儿、铁器活儿，甚至缝纫的活儿都有一手，丁飞自小在十三爷的熏陶下，也成了一个心灵手巧的人，这些手艺在他刑警生涯中发挥了重要的作用，连技侦大队的专家都不能不重视丁飞的见解。和杜鹃谈恋爱以后，十三爷翻了脸，像个暴怒的下凡金刚，拿着大砍刀要剁胳膊自残，吓得丁飞不敢再回桃花涧。

但是，现在他走了！

十三爷走了，走得像一场意外。年久失修的围墙倒下，砸中了年近八旬的十三爷。

但是，十三爷为什么会走进大屋——那个他挂念又痛恨了一辈子的地方？

这场意外本身就像一个证人，把证词直接告诉了丁飞，直截了当了。

丁飞的刑警生涯还没碰见过如此简单明了的谋杀案，简单到他不用脑子分析就知道答案。

同时，这又是一件最棘手的案子，因为没有人会相信它是一桩案子，除了桃花涧的村民。

丁飞守着十三爷尸体等候市局刑警队的同志们到来时，丁家的子弟陆续包围了村公所。

首先赶来的是小雪，她哭得几乎昏厥。

唐虎则一言不发，突然号叫一声冲出去，要和杜家人拼命，被丁飞伸手阻拦，推到了地上。唐虎趴在地上痛哭，像个丧家的癞皮狗，全身瘫软，丁飞也不禁心疼起来。

丁家人纷纷来到村公所，无论老人孩子，人人脸色凝重、黑云压城的样子让丁飞心寒。他立即去找村主任，请他出面让杜家当家人出来共同化解可能爆发的冲突。

杜家人也震惊于十三爷的突然离世，同时对十三爷究竟为什么进入大屋也非常关心，这种异常不亚于地震前的异样，难道这预示着有什么大事要发生？

当村主任来找杜天成商量对策时，杜天成意识到丁家果然有了强烈反应，但作为杜家的族长，此时绝不能有任何示弱的表现。他强硬地表示如果对方想打想杀，杜家人一定奉陪到底。

村主任明白这两家人像斗鸡一样，怒发冲冠，血脉偾张，又顶上劲了。他只能好言劝慰，让杜天成冷静地替丁家人着想，人家毕竟是族长遭到了意外，一时激动在所难免。

杜天成针锋相对地强调，杜家人也遭到了侵犯，十三爷闯进大屋究竟想干什么，杜家人还要查个水落石出呢！

村主任只好用各种各样的攻心术和杜天成软磨硬泡。他抓准了一个心理，即杜天成其实并不愿和丁家直接发生冲突，他只是怕由于自己的软弱，反而给了丁家人底气，更会招致包括杜泽山在内的杜氏长辈对他不满。村主任苦口婆心地告诉杜天成，那边有丁飞做工作，反正警察很快就进村了，一切都会真相大白，杜家的清白别人自然会看到。

杜天成正在犹豫之际，没想到火药桶再次被引爆了。

丁家人史无前例地越过了涧溪。

上百号披麻戴孝的丁家子弟越过了溪水，来到杜家的地盘。他们闯到大屋的正大门口，在门前广场上搭起供桌。供桌对着大门，上面供着十三爷的牌位，牌位前插着十三爷那柄雪亮的砍刀。

两只胳膊粗的蜡烛吐着火舌和诡异的浓烟。

一堆供品中，刚刚宰杀的牺牲血淋淋地摆放在显眼的位置，供桌前的火盆里烧着纸钱，残余的灰烬在空中打着旋向上翻腾。

手持招魂幡赤裸着上身的丁家壮汉眼中露出浓浓的杀意。

砍刀、招魂幡、飞扬的纸灰、血淋淋的牺牲品向杜家发出无声的必杀令！

杜家人明显感觉到阳光下的寒意。越来越多的杜家人围拢过来，他们感觉到肃杀气氛，感觉到恐惧，不得不找出家伙攥在手中以求自保。

双方没有一个人出声，但心中分明滚过雷霆万钧。

杜天成赶到大屋正大门时，不由得心一沉，他仿佛闻到了七十多年前的血腥气味。

不仅是桃花涧的人被惊动了，作为外来游客，马丁、赵长生、夏文涛、汤米以及其他三三两两的观光客，纷纷来到涧溪边。他们虽然意识到这可能是一场血肉纷飞的大搏斗，可能会伤及自身，但谁也不愿错过这样一场在当下社会中绝无仅有的家族火并，尤其是作为民俗学家的马丁。

早一会儿，马丁拿着罗盘潜入大屋。他内心为赵长生关于大屋才是龙形结构的理论所折服，但他明白赵长生绝不可能对自己毫无保留，于是他打算通过自己的摸索，解开金头之谜。当他潜行到韩月芳卧室附近时，差点被暗中等候在此的杜天宝一棍击中，因为他是杜家的老朋友，才被免去了追究。听说桃花涧即将又一次上演家族火并，马丁忙不迭地赶到事发地点挤进看热闹的人群，用手中的单反相机记录这一即将到来的现代文明下封建家族械斗的罕见场面。

镜头中，几名彪悍的杜家青年簇拥着穿着一身练功服的杜天成迈出大门。

十三爷灵前的冲天巨烛烧得空气颤动，让杜天成的人影都有些晃动。

杜天成铁青着脸瞪眼看着招魂幡和刺目的大砍刀。

两大家族以及所有外姓人挤在涧溪两岸，鸦雀无声地看着这位少壮派的族长。

杜天成猛然大喝一声，从身边人手中夺过一条扁担，冲过去就要砸十三爷的灵位。

杜天成太明白这么多双眼睛盯着他意味着什么，既然历史将不可避免地重演，作为杜家的当家人，绝不能有负祖上重托，绝不能示弱。七十多年前，杜氏家族能够狠心将丁家人赶出大屋，不留情面。今天，挑战又一次来临，自己必须展示出杜家的强悍，宁愿战死，也不能输掉任何一个可能载入历史的细节。所以，对敢于越过涧溪的丁家人，他必须迎头痛击，他要砸碎十三爷的灵位，打掉丁家人的一切幻想。

面对暴跳如雷的杜天成，杜鹃像一阵旋风赶到他面前，面无惧色地护在十三爷灵位前，使他的扁担始终高悬在空中。

韩月芳也来了，这在人群中引起不小的骚动。许多桃花涧人已经二十年没有见过上一任杜家族长的妻子了。

杜天成不敢在母亲面前犯浑，他低声劝母亲别多管闲事。

韩月芳并不搭理他，在上千双目光的注视下，慢慢走到十三爷的灵前。她恭恭敬敬地鞠躬，并点火上香。两岸上千人鸦雀无声地看着她平静地双手合十，诵了一遍《般若波罗蜜多心经》，然后平静地走到杜家人面前，让他们马上回大屋去，谁也不许到外面惹事。

杜家没有一个人说话，所有人静悄悄地退回大屋，并关上门。广场上只剩下几十个还没缓过神来的丁家人。完全是因为韩月芳的出现，轻易地瓦解了杜家人的斗志，从而避免了桃花涧又一次血光之灾。

丁飞赶到屋门前才知道，噩梦曾距离桃花涧只有一步之遥。

4

丁飞是去村口接同事了。他在村口向刑警队同事们简要介绍了情况，因为他不想让村民听到某些案情分析从而引起麻烦。当了解到韩月芳化解了一场势在必行的械斗时，他不禁惊出一身冷汗，如果真的发生悲剧，他将追悔莫及。

十三爷的灵位和招魂幡等都挪到了十三爷家，丁飞自小生活的地方。但丁家的人心并没有撤回来，相反更加群情激愤。杜家人当缩头乌龟是没有用的，他们闭门不出高挂免战牌，更证明他们心中有鬼，害死族长的罪名无异于弑君弑父，此仇不共戴天啊。这笔血债不算，以后凡丁家子弟都无颜面对列祖列宗啊。任丁飞如何磨破嘴皮，丁氏家族的长辈们，就是不肯息事宁人，他们连警察也不相信，除了丁飞。

丁氏家族虽然没有杜家人多，但目前在桃花涧中生活的也有近千号人。十三爷是他们的凝聚力，老人家这一去，丁飞明显感到群龙无首，更难约束，长辈们七嘴八舌之下，他看到了更大的隐忧。

这时有人提出更荒唐的建议，因为他们大多数人并不相信政府和司法机关，在他们眼中，村主任即是政府，派出所民警就是司法机关。他们只认宗族，他们认为丁家目前族长十三爷一去，急需一个族长。该建议的荒唐之处在于，这个人选竟然是丁飞，有人叫着好鼓噪起来，族里几位年长的长辈一致赞成。

一名刑警居然要出任了封建家族的族长，这倒像是武侠小说的安排，丁飞不禁暗自发笑，但不能不承认这是目前控制局面的办法之一。丁飞犹豫了一下，跟族人商量，所谓族长一说跟这个时代并不符合，也不符合桃花涧以及丁家未来的发展方向。而自己是一名警察，执法公允是基本要求，但任某一族群所谓的族长并不符合规定。目前桃花涧的形势危急，出现了命案，自己愿意作为丁家族群的代表，出面与杜家人交涉，争取帮助和配合警方查明真相，归根结底，大家还是要相信政府、相信警方。一位太爷爷级的长辈说，不管是叫族长也罢，叫代表也罢，反正丁飞代表大伙出头，保护丁家人的利益，这样才能保证不受杜家人的欺负。至于警方公正不公正，这一点丁家人跟杜家人看法一样，要看他们的最终结论。

在桃花涧办案的难处，许多警察都领教了，尤其是在大屋里调查的刑警们，他们几乎找不到一个愿意配合调查的村民，甚至连路都认不清，在巷道之间来回地折腾。

丁飞围绕着十三爷死前的行动轨迹进行着摸排，他吃惊地发现，十三爷在生命中最后的几个小时内得罪了一大批人，他不但骂了夏文涛和小霜，还当众羞辱了汤米，然后将口出不逊的赵长生狠狠修理了一番，再之前，他不但差点打了杜天宝，亲手抓了山耗子，而且还逼着老蔡下山领人，让受人尊敬的老蔡颜面尽失。对桃花旅馆的客人逐一询问后，可以证明这些事实的存在。更令人沮丧的是，十三爷出事时他们都不在大屋内，没有人有嫌疑，只缺赵长生和老蔡的证言。

丁飞并未丧气，工作经验告诉他，破解的线索往往都出现在最后一秒钟。由于找不到赵长生,他决定先上后山,找到老蔡取证。

丁飞来到老蔡的住所,看见他正独自发呆。

老蔡已经听说了山下发生的事,他忧心忡忡望山兴叹,只怕桃花涧又将招来天谴。自从自己把山耗子领回后山便将他关在家里,哪里也没让他去,听闻山下一片喊打喊杀声,就更加不敢让山耗子下山,恐他再生事端。近几日,山耗子被锁在屋里,夜间打游戏白天睡觉,此刻在屋内还没醒呢。

丁飞让老蔡打开屋门,见到山耗子果然在呼呼大睡,但丁飞依然不放心,去窗边检查一下,生怕山耗子瞒着老蔡偷偷下山。

老蔡读懂了他的心思,便告诉丁飞,以前发生过山耗子夜里翻窗溜下山的事,早半年老蔡就将其窗户在外边钉死,今天他绝不可能下山,而自己则一直守在屋内看管着他。

丁飞点点头,这不过是例行询问将老蔡父子而已。然后,他要下山去大屋里把赵长生找到。

老蔡却出乎意料地拿出一本笔记本,叮嘱丁飞下山时如遇见赵长生,将他落下的笔记本还给他。早一会儿,赵长生来拜访老蔡,坐了半天才走。十三爷出事时,赵长生在山上。丁飞明白了,这意味着赵长生也可以排除嫌疑了。

但丁飞并不甘心一无所获,他打开赵长生的笔记本,里面赫然记着许多与桃花涧有关的后山山脉的堪舆研究,甚至有手绘的大屋结构图。

老蔡证实,这个赵教授向他打听了许多桃花涧相传的故事,老蔡一律告知这些纯属胡说八道,而且再三提醒他,千万别打后山的主意,小心触怒山神,引来祸灾。

虽然已证实赵长生与十三爷的死无关，但对于这个神秘的教授，丁飞还是不会放过任何一个细节，连笔记本记的电话号码，他都要去村公所拨通来验证这是谁的手机，结果是不在服务区，看起来应该是赵长生的手机，到了桃花涧只能当作摆设了。丁飞又仔细地将笔记本中的内容翻看了一遍，确定这只是对大屋建筑及结构布局的一些记录，便在遇见马丁后，托他转交给赵长生。

马丁听说赵长生悄悄拜会了老蔡，有些吃惊。这个赵教授果然深藏不露，在旅馆分手时，他明明说要回大屋继续研究土木结构，原来是甩了自己独自上山去找老蔡，难道他有什么重大发现要找老蔡证实？

丁飞见马丁脸色阴晴不定就明白，他心里又在打小算盘。但现在丁飞顾不上和这种人计较，只能淡淡地提醒马丁，目前桃花涧乃是非之地，千万别自作聪明把自己置于危险之中，最好的办法是暂时离开，如果不想走，就请自重。

此刻，丁飞的心早飞到技术大队去了，同事们正在勘查案发现场。

法医不无遗憾地告诉丁飞，目前没有任何证据证明十三爷死于谋杀，十三爷的不幸极有可能是个意外。至于十三爷为什么破天荒地进入大屋，又赶巧来到围墙下，围墙又如此精准地倒塌，这一切疑问靠技术手段是解答不了的。这就是科学，黑白分明，也是技侦的同事经常与丁飞产生矛盾的根源。

丁飞对此早有预感，这也是他愿意接受提议去领导丁家人的理由，如果靠讲道理说服不了别人，那么只能用权威去压制。丁飞苦笑，这种怎么听都是歪理邪说的逻辑，偏偏要成为他制止丁家人过激行动的有力武器。

果然，丁家也有血性男儿，也有存心和杜家比拼手腕的莽撞后生，也有勇士敢于挑战丁飞——这是个来历不明、身份可疑、有与仇家通婚嫌疑且不肯自称族长的所谓代表。他们叫嚣要用杜家人的鲜血祭奠十三爷的灵位。

丁飞拿出权威姿态多次强行地阻止了他们不理智的行为，毕竟在封建宗族中追随领袖的群众有很强的盲目性，虽然他避免用族长这个称谓，但他是诸位长辈一致拥护并表示服从的全权代表，对外代表丁氏家族，对内他对族人有着身份的权威性，他的命令，大多数人都会服从。

在短短的几个小时之内，丁飞体会到了身在封建主义中的真实感受。

5

杜鹃一直为两大家族随时可能爆发的宗族冲突而胆战心惊，虽然自己和母亲会努力制止，但两三千号杜家人并非铁板一块，何况哥哥杜天成并不站在自己一边，他的背后还有杜泽山和九大长辈，宗法势力让她不寒而栗。在她的百般劝说下，村主任终于说服了杜天成，加上自己作为杜家的代表与丁家的代表会面共同讨论如何应对危机。

对面坐着的丁家的代表竟然是丁飞！

丁飞和丁家的七叔作为丁家代表坐到会议桌前。这个年轻有为的刑警，现在成了封建制宗族的领导者。杜鹃打量着熟悉而又陌生的丁飞，突然间明白了他的良苦用心，心里涌出一阵感动，并钦佩他的机敏。

杜鹃抢先做了开场白，她作为杜家的一员，对同是桃花涧村民的长辈十三爷的不幸表达同悼之心，死者为大，他的意外即是全村的不幸。聪明的杜鹃给了丁飞一个表达感谢和友谊的机会。丁飞代表丁家回报了更多的善意，会议向着双方谅解互信，甚至冲着握手拥抱而去了。

杜天成一边抽烟，一边冷眼旁观妹妹和她的心上人一唱一和，最终还是开了口，因为他不能不开口。杜天成仔细分析过形势，十三爷死在大屋内，这是谁也抹杀不掉的事实，而两大家族不共戴天几十年更是人所共知的事实，这样一来，杜家人首先就要吃大亏；其次，丁飞是市公安局的刑警，今天来办案的都是他的同事，他们能保持公正之心吗？再说，这么关键的时刻，丁飞公开当上丁家的代表，分明是想替丁家人出头。尽管丁飞一再强调双方要克制，谁也不要主动生事，要配合政府和警察的工作，但这不就是叫我们任他宰割吗？所以，杜天成必须跳出来，他必须非常强硬地表达两点意见：第一，杜家从不惹事，只有别人一次次闯进大屋找杜家人的麻烦，杜家人什么都没做，如果有人想借机整人，几千名姓杜的绝不会答应；第二，丁飞必须公开十三爷的死亡真相，如果十三爷真的是被人所害，别说丁家人，连杜家人都不会答应，一定会找出凶手讨个公道，还杜家人的清白。

丁飞见杜天成咄咄逼人，一副不肯罢休的样子，只好告诉大家，根据现场勘查结果，十三爷可能死于意外，而非谋杀。所以，他以丁家领导者的身份保证，绝对束缚好每一个丁家子弟，绝对不允许任何一个人向杜家发难。

杜天成万万没想到丁飞会如此承诺，打小起他就没见过如此友善的丁家当家人，丁飞的坦诚让他一时还不能适应。

丁飞所做的努力远远超过了杜天成的想象。他刚回到十三爷的灵前就有几名十三爷的亲戚提出，一定要在十三爷遇难处做法事超度亡灵。显然杜家人绝对不会答应。丁飞做了大量的说服工作，在争取到几位丁家长辈的支持后宣布，法事可以举行，但地点就在十三爷的屋前，因为只有这样才符合祖宗立下的规矩。

刑警队眼见勘查结束了，纷纷离开桃花洞。赵胖提醒丁飞，问他要不要趁机脱身，免得被这些村民纠缠，丁飞谢绝了。马汉大概率在此处被杀，黑子失足摔死，韩月芳卧室离奇失火，现在十三爷又死于意外，这段时间，他试图给这一系列事件找到逻辑，但始终没能办到，这无疑是他从警以来遇上的最大挑战。好猎手遇上罕见的猎物，豁出命也会缠斗下去。更何况至亲的十三爷死了，破获此案更成了他必达的使命。

吃过晚饭，马丁在桃花洞边上找到了赵长生。

赵长生显然受到了惊吓，他心有余悸地告诉马丁，他是在下山之后才听说十三爷的事，脑海里总闪现十三爷怒目圆睁的样子。

马丁将笔记本还给他，他这才知道一直随身携带的笔记本丢在了老蔡家。赵长生否认自己在研究后山的墓葬秘密，他只是对大屋的建筑结构感兴趣，至于判断大屋的龙形结构以及二十八处下葬地点也只是给马丁等人提供一种参考，而自己对这个并不关心。马丁不得不佩服赵长生，此人不但学问精湛，而且城府也深，如果不拿出点真材实料来，只怕他不会和自己交换任何有效信息。

赵长生见马丁拿出一套鬼脸面具的图谱，顿时来了兴趣。

马丁告诉赵长生这是自己尚未整理完的最新学术记录。当年，杜义雄出殡共有二十八支下葬队伍，不但确有其事，而且当时下葬队伍佩戴的面具都被他考证出来了，正是当地民俗流传的"五行地鬼"——传说中的一种恶鬼的形象，据说有驱魔祈福的作用。更重要的是因为杜义雄下葬时过于隐秘，下葬的人需要互相隐瞒身份，所有人佩戴面具，是为了最大限度地防止别人猜出真正的墓葬之处。

赵长生在仔细研究这种面具图案后，确认这种绘画确实有上世纪二三十年代湘西民间美术风格，并拿出手机拍下图案，声称带回学校研究。桃花涧虽然没有手机信号，但可以拍照。但对于马丁打听什么墓葬内幕，赵长生表示自己并无兴趣。

马丁这才明白又让赵长生白占了便宜。

这时，传来吹吹打打的动静，赵长生趁机脱身，声称要去丁家看超度十三爷的法会，这是典型的民俗活动。

在马丁眼中，丁家所谓的超度法会实在没什么可看的，就是一场最普通的招魂仪式。

马丁绝对不相信赵长生会被如此寻常的招魂仪式所吸引，他不过是找个理由结束和自己的谈话而已。

突然，涧溪对岸发出惊天动地的巨响，在山谷间回响不绝，震得脚下的大地都在颤抖。

正在十三爷屋前的丁飞一惊，难道又出事了？

第九章————神秘身影

1

惊天动地的巨响分明是杜家人燃放的天地响礼炮,那声音排山倒海般冲击着山谷的每一个角落,身在山村中的每一个人都体会到了什么叫地动山摇。

涧溪对岸的杜家人在大屋门前的广场上摆放着一个巨大的火盆,从大屋中鱼贯而出几十个身穿白袍头戴怪异面具的人跳着叫着,像一群群舞蹈的魔鬼。

杜天成捶动一面大鼓高喊着把冤魂赶走。

马丁不禁笑起来,这原本是最寻常不过的驱鬼仪式,驱鬼者头戴的也是寻常的牛头马面而已,但隔着涧溪,一家在招魂,另一家在驱鬼,这种现象倒真是难得一见。

丁家子弟开始不满,他们中有人向丁飞表达对杜家人的愤怒。丁飞却淡淡一笑,十三爷一辈子坐得直行得正,现在送他老人家上路越热闹越好,要让阎王爷看看,十三爷在阳间有多大的面子。

丁家子弟明白无论如何也没有办法说服丁飞。他们只能暗中嘀咕,这么一闹,只怕惊动冤魂,桃花涧会闹鬼呢。

没想到说闹鬼,就真的闹起鬼来了!

首先见到鬼的是苗青和许佳。

她们一直在看两大家族跳神斗法,开心得不亦乐乎,等到曲终人散时还意犹未尽。她们待到皎洁明月升起,只见桃花涧静得如同太古时期的荒原,似乎从未有过人迹,不知刚刚那番热闹是不是幻觉,也不知道那群人去了哪里,四下里黑乎乎的山峰和连绵的大屋像沉睡的怪兽。苗青一下有点心悸,她催促许佳立即回去,回到那个有人气的旅馆。

就在这时,鬼怪出现了。就在大屋那一侧的矮墙上,鬼怪露出了头。

猛然发现鬼怪,苗青猝不及防。她有些发愣地看着这个似曾相识的怪物,对视之下,鬼怪的头颅轻轻摇晃,不知是不是在同她打招呼。苗青这才撕心裂肺地尖叫起来。

许佳平生第一次亲眼见到鬼,也是灵魂出窍般地狂叫着,和苗青跌跌撞撞地向旅馆跑去。

她们受到的惊吓是刻骨铭心的,直到向丁飞叙述经过时,她们依然脸色煞白、嘴唇发抖。

被惊吓到厉声尖叫逃回旅馆的还有小霜。

逃回旅馆的小霜披头散发的样子就像个厉鬼,把出门看情况的唐虎吓了一大跳。

已经上床休息的小雪听到此起彼伏的尖叫声,也想出门看个究竟,却看到小霜像中魔一般冲入旅馆,大叫大嚷地跑上楼,似乎五脏六腑都要被她震出胸腔了。

整个旅馆的人都被惊动了。

苗青和许佳坐在旅馆门厅里不敢进屋,因为她们不敢走进黑漆漆的房间。无奈之下,唐虎去给她们开了灯。

汤米、马丁等人陆续来到门厅向她们打听究竟出了什么事。许佳只是一个劲儿地说闹鬼了，苗青更是蜷在沙发上瑟瑟发抖。

好在丁飞来了。虽然没有穿警服，但他的出现让大家有了安全感，连躲在屋内的小霜也下楼告诉丁飞，千真万确闹鬼了，桃花涧的邪门事情又来了。

看着几个惊魂未定的女孩以及受到刺激的其他人，丁飞淡淡地笑了，和他们开着玩笑聊天，并叫唐虎端来几盘瓜子，他要慢慢地询问，找出其中的玄机究竟在哪里。他是听说了闹鬼的事才从十三爷的灵堂赶到旅馆来的，可惜他在朗朗月光下就是找不到所谓鬼怪的身影。

难道是几个女孩子胆小多疑自己吓唬自己？

答案很快就有了。

许佳是美术学院的学生，几笔就将见到的鬼怪模样画了出来。看到这张鬼脸，不仅苗青和小霜尖叫了起来，连马丁也变色了。

马丁去房间拿来他的笔记本，上面画的面具图案和这张鬼脸简直一模一样。

这副面具正是当年杜义雄下葬时送葬队伍所戴的。就是说，传说中的"五行恶鬼"今天真的露面了，因为，小霜和苗青她们看到的显然是同一张面孔，绝对不是幻觉。

这下连丁飞都不知道该如何回答这一群受惊吓的男男女女了。

听说这种恶鬼出现在七十多年前，苗青等人就更加惊恐了，不知这个恶鬼徘徊了这么多年，究竟想干什么。

丁飞肯定地告诉大家，他绝对有办法把这只恶鬼找出来，让它不能为害一方，请大家放心睡觉，捉鬼的事，交给他就可以了。他玩笑着说，警察的命硬，阎罗王都要给几分面子呢。

马丁原本被丁飞的态度所感染，他猜想兴许这是一场别有用心者策划的恶作剧。既然恶鬼形象是桃花涧人所达成共识的，村里居民众多，了解五行恶鬼的肯定大有人在。丁飞对闹鬼的传闻嗤之以鼻，自己也该释然了。但他万万没想到第二天遇上赵长生后，又一次被惊到了。

赵长生说他也见到鬼了。昨夜，他走在巷道中，突然察觉到一个诡异的鬼脸出现在他身边，长得和马丁所绘的面具一模一样。一辈子和民俗打交道的赵长生没少听过神神道道的事情，但真正撞鬼则是头一遭。

马丁又蒙了，按丁飞的说法，这不过是有人戴着面具出来恶作剧而已。马丁原以为几个女孩子胆小，连人鬼都分不清，没想到连见怪不怪的赵教授都被吓住了。

赵长生心有余悸地告诉大家，以他的年龄、资历和见识，不会连人和鬼都分不清的。那个东西脚步悄无声息，连影子都没有，不是鬼是什么？当时他大喊救命，可是大屋里连应声的人都没有，活像一座鬼屋。

小霜又一次尖叫起来。她本来就战战兢兢，现在听闻赵长生在餐厅讲昨夜的遭遇，忍不住又惊叫起来。她要夏文涛好好听听，昨晚撞鬼的人可不止几个女孩子。

马丁皱起眉头，不管怎么说，那鬼也没把人怎么样，赵教授不是好端端地活到现在吗？

赵长生连连摇头，他认为是自己命不该绝，但这种惊吓让他有些胆寒，看来要早点离开这个不祥的地方才对。

夏文涛安慰大家，既然丁飞已经答应捉鬼了，我们就等着看结果再说。

2

丁飞的方式没有什么特别的，跟他平时办案一样，无非是看现场，取证据。

赵胖率队撤离时给丁飞留下了实习警察张海。丁飞带着张海到了苗青、小霜等人撞见鬼的地点寻找蛛丝马迹，轻易地在几处地点找到了相同的脚印，丁飞见此笑了起来。

一个人影从丁飞他们身后连忙闪到墙角，丁飞认出来了，是山耗子。老蔡一再禁止他下山惹事，可这个小太岁真的很难管教。但丁飞并不想节外生枝，当务之急就是找出所谓的鬼影。

山耗子见丁飞和张海离去，闪身出来，跑到十三爷家后门口。

十三爷家后门口有一个小池塘，平时人迹罕至。

山耗子见四下无人便点燃两支香烛插在地上，然后跪在地上朝向屋内叩头。

几名丁家子弟冲出来将其按倒，不但山耗子受了惊吓，连按倒他的丁家子弟也大吃一惊：为什么山耗子要来拜祭十三爷？那堵围墙倒塌，难道与他有关？

山耗子连声喊冤，下山拜祭十三爷真不是他的主意，完全是老蔡让他来的。虽然老蔡替杜家守了多年的后山，但他和十三爷有几十年的交情，因为平日老蔡从不到村里活动，所以，特意派山耗子来给十三爷敬一炷香。虽然山耗子品行不端满口谎言，但从不敢拿老蔡当幌子，因为太容易被拆穿了，所以丁家子弟没再为难山耗子，并将他请到屋里给十三爷上香。

几处现场看完之后，小警察张海对丁飞的态度有了一百八十度的转变。

昨天，张海对传闻中的丁飞很是失望。这个号称市局第一神探的高人竟然成为封建宗族的代表，而且办案过程中态度暧昧，没有手段，没有办法，甚至连想法都没有，他真不明白丁飞的名字是如何在警界以及警校内传开的。今天他才明白，原来人家真不是浪得虚名。

丁飞不但准确地找到了恶鬼出没处诡异的脚印，而且立即找到了与那些脚印相吻合的鞋子。说脚印诡异是因为在现场遗留的各种脚印中，只有一双在几个闹鬼区域都出现过，新鲜的印记显然是刚留下的；这些脚印在现场都只有半只脚掌，相当于是走得好好的人，一旦遇见苗青、小霜突然就踮起脚尖，不但身影怪异，而且脚步无声——果然是有人在装鬼。

至于那双鞋，丁飞说这是一种气垫型的旅游鞋，全村穿这种鞋的人不超过五个，找到它一点都不难。也许是昨晚踩了泥水需要洗干净，此刻，那双鞋子正在大屋内的一间房顶上晒着太阳。看来主人很珍爱这双鞋。

丁飞承认他没想到这么快就能见到晒出来的鞋子，现在只要拿鞋子比对一下现场的鞋印，就知道鞋的主人是不是那个恶鬼。

这时，院子里有一支竹竿伸到屋顶将两只鞋一一挑下来。

张海打算冲进院内抓人，被丁飞拦住了。

丁飞笑眯眯地告诉他：第一，现在不能肯定脚印是不是这双鞋留下的；第二，就算是，一定也会有许多人为鞋子的主人提供不在现场的证明，桃花涧的情况比张海想象中的复杂得多；第三，受此惊吓，恶鬼将再也不会出现，捉鬼计划只能流产。

张海这才发现，自己在丁飞面前不过是一只菜得不能再菜的菜鸟，脸一下红到了耳根。

丁飞在丁家子弟中挑选了十几个胆大的小伙子准备晚上行动。张海、村主任和丁飞各带一队分别守在旅店附近的三个路口。

村主任有点害怕，他一再问丁飞那个东西究竟是不是鬼。丁飞好笑地说，如果真是鬼就叫它来吃了自己，行不行？村主任讪讪地笑着不说话了。

张海有点怀疑丁飞的布置，为什么不去大屋内堵恶鬼，而是守株待兔？万一恶鬼不到这里来怎么办？

丁飞胸有成竹，这个恶鬼的兴趣只有这一带，就是桃花旅馆附近。

桃花旅馆的人也知道今晚要捉鬼，丁飞让他们守口如瓶，而且，不许他们出门破坏行动。胆小如苗青者早早地就上了床，躲在被子里从太上老君念到圣母玛利亚的名号。夏文涛和汤米等人也各怀鬼胎地等着。

小雪十分紧张，她是为丁飞的安全担心。私下里，昨夜撞鬼事件的亲历者已经把事态渲染到一个十分恐怖的境界，她们根本不相信丁飞的恶作剧一说。小雪当然愿意相信丁飞说的话，但愿意归愿意，桃花涧人的本能告诉她这些恶鬼是真实存在的。

看着小雪紧张的样子，唐虎实在看不过眼，他说连杜鹃都没有这么牵挂丁飞，小雪这又是操的哪门子闲心呢。不料，小雪脱口而出他们俩已经分手了。

确实，杜鹃态度明确地告诉过小雪，丁飞和她没有关系了，她不想提及他。但是小雪说这话时一下红了脸，难道自己希望他们分手不成？丁飞的心里能好受吗？

恶鬼出动了。

那双旅游鞋的主人是杜天宝。

杜天宝换上走路飘忽无声的气垫鞋，拿着一只面具闪身出门，四下看看潜入一条巷道。

等到十点半，传说中的恶鬼并没有露面，三个伏击点上的人都有点不耐烦起来。

丁飞吩咐大家坚持一会儿，自己去大屋附近转转，看恶鬼是否迷了路。

当他顺着大屋快走到杜天宝家的小杂货店时，却听到了隐约传来的惨叫。

声音好像杜天宝的，传自遥远的后山。

丁飞心里一沉，连忙向后山飞奔。

那个狰狞的鬼脸果然是一个面具。

头戴面具的黑衣人果然是杜天宝。

一切都没错，错就错在杜天宝出了意外！

不知什么原因，杜天宝倒在黑漆漆的山坡上昏死过去，身上没有外伤。

丁飞请村主任去找杜天成等人，通报杜天宝的情况。

3

杜天宝居然疯了！张海加上几名精壮的后生都按不住。

赶到村公所的杜天成和杜鹃等人都被疯魔一样的杜天宝给惊呆了。

杜天成听说杜天宝出事还特意带上了家族秘制的还魂汤药。村主任带人七手八脚地按着杜天宝把汤药硬灌了下去。

杜天宝服下药，目光变得呆滞，神情也缓和下来，不再闹了。

杜天成过去用手帕擦他嘴角的药渣，并轻声询问他究竟出了什么事。杜天宝看着杜天成喃喃地说："杜老爷，义雄公，您还魂回来了？"

杜天成大惊，生怕他鬼魂附身，抬手一个耳光打过去，大喝道："孽障，你看仔细了，我是你大哥，杜天成！"

杜天宝摸着脸颊，喃喃地说："金头啊，我们家的金头复活了，他要杀人了。"

丁飞趁着杜天宝情绪稳定了些，便把面具递给杜天成，告诉他们杜天宝原本想戴着面具出门吓人，没承想出了意外。

杜天成脸上一阵发烧，其实他对杜天宝的行为心知肚明。这是在杜泽山授意下进行的一场恐吓行动，目的是警告那些对杜家财富以及杜家大屋图谋不轨的人，希望能把村里不怀好意的人吓走，可没承想杜天宝反而被吓疯了，这如何向杜泽山交代呢？

丁飞看杜天成的表情就明白了自己的推测是对的，他早就料到这不过是杜家人一种另类的驱魔行动，问题是他们遇上了真正的"魔鬼"，那么这个"魔鬼"和十三爷之死有关吗？和前面两起命案有关吗？是不是也为了杜家的巨额财富而来的呢？

杜鹃非常生气。闹得沸沸扬扬的恶鬼事件不管背后真相如何，对汤米未来的投资总是不利的，所以她满心希望丁飞能够揪出鬼影，还桃花涧以阳光，可没想到装神弄鬼的居然是杜天宝，不用问就知道，背后的主使人一定是杜泽山以及杜天成。杜鹃狠狠地瞪了哥哥一眼，叫人将杜天宝扶回家去。一名叫小凯的后生发现杜天宝背后粘着一片破布条，好奇地将它摘下来，谁知杜天宝一见破布条突然又发疯了。

"救命啊，金头杀人了，鬼来了！"杜天宝凄厉的惨叫让所有人都感到窒息。张海和丁飞不得不再次出手制服心智异常的杜天宝。

真正让丁飞震撼的是这片破布条,其来历透着十足的诡异。

杜天成家的堂屋内悬挂着先祖的绣像,质地上乘的苏绣显示出这个家族曾经殷实的家底。据说这种绣像在大屋内有好几幅。

丁飞拿着这片年代久远但织工精美的布条和杜家的绣像相比,工艺和质地几乎一模一样。

杜天成骇然了,难道这布条竟是我杜家的东西?杜天宝究竟遇上了什么人或者什么鬼?

杜天宝不时发出凄厉的喊叫让杜天成心绪不宁。

丁飞非常严肃地告诉杜天成,必须尽快送杜天宝去城里看精神医生,一刻也拖不得。

杜天成心中叫苦,他真不知道该如何告诉杜泽山。

杜泽山知道此事是在早饭后。他站在议事厅门口,望着墨色的云山,一言不发。

杜天成知道他的感受,是这个叔叔亲口叮嘱杜天宝,作为杜家的子弟,应该为捍卫祖宗、捍卫家族做点事了。杜天宝被吓疯,几乎是杜泽山一手造成的,杜泽山中年得子,这可是他的独苗。

"叔叔,您别担心,天宝不会有事的,我们马上送他去城里的医院,会治好他的。"杜天成希望这可怜苍白的语言能够缓解一下叔叔心中的痛楚。

杜泽山的喉咙发出阴冷的声音:"我想知道是谁干的,是谁吓疯了天宝。"

杜天成无语了,他也想知道答案,但他明白,能给答案的人也许只有丁飞了,可惜他现在是丁家的主心骨。杜泽山吩咐尽快带天宝进城看病,并满脸杀气地说,村里的事都交给他处理。

杜天成犹豫一下没敢告诉杜泽山，其实这次进城，坐车、找大夫、住宿等都是丁飞一手安排的。

天刚刚亮，闹鬼的内情已经流传开来，桃花旅馆的人也都知道了，装鬼的人是杜天宝，但他遭到了报应，被真的鬼怪吓疯了，而且是真疯了。碍于丁飞还在村中，桃花旅馆内涌动着暗流。

小霜听说昨夜金头复活，吓疯了杜天宝，心中越发害怕，因为事情正在朝恐怖的方向发展，这种方向验证着儿时听到的种种传闻，传说中恐怖的寓言，正一步步变成现实。她满脸畏惧地告诉夏文涛，自小就听人说，后山的土动不得，一旦惊动了杜义雄的冤魂，凝聚了天地精气的金头会复活人间，桃花涧将再次面临劫难，杜天宝被吓傻恐怕也只是个开始。为安全起见，最好还是暂时撤出桃花涧。

夏文涛冷笑，也许别人就是希望桃花涧的外人都撤出去，这时候走的人只能说明他的智商有问题，不信等等看，桃花旅馆里的人一个都不会走。

不得不说，夏文涛掌握了所有人的心理。马丁、汤米等人纷纷躲在自己屋内打着小算盘，等到丁飞和杜天成等人将杜天宝带上警车驶出山村，所有人心里都隐隐地松动了。汤米更是长叹一口气，清静了，可以盘算一下再干点什么。

可没有人注意到小雪不见了。

4

丁飞向小雪告别时，说有急事要回市区一趟。可小雪发现杜鹃、杜天成他们都上了丁飞的警车，她想不通了。

杜鹃不是说和丁飞分手了吗？丁飞不是说要回局里吗？杜天成难道仅仅是搭车这么简单？杜天成和丁飞为什么可以如此亲近？难道是因为杜鹃？

小雪越来越想不通，她就一个人走出了村子，走上盘山道，走出直通村外的十多公里的土路，转上了盘山的国道，终于在公路上遇到了一辆开往市区的长途公共汽车，她精疲力竭地上了车，又经过近一个小时的颠簸，终于到了城里，此时是中午时分了。

此时，丁飞已经安顿杜天宝在医院住下，又找到熟识的医生替他开出化验单，然后和杜天成扶着他一项项进行化验，忙得像个忠实的杜家兄弟。杜鹃看在眼里，内心颇为感动，但碍于哥哥在身旁，她不敢对丁飞有过于亲热的表示。

杜天宝被注射过镇静剂之后显得安静了许多，丁飞独自带着他出入检查室。杜鹃抓紧时间做哥哥的工作，希望他能够吸取这次教训，别再干荒唐事了，时代在进步，过去的恩恩怨怨不应该复现在今天的桃花涧人身上。

杜天成口中狡辩着，但进城以来的震撼让他久久无法平静。他没想到城里的高楼盖到高耸入云；他没想到城里的人流如此拥挤；他没想到城里的商店如此繁华。这是一个他完全不认识的世界，这个属于丁飞、属于杜鹃、属于成千上万人的世界，却不属于他，不属于桃花涧的人，杜天成的心像是被人揪了一把。虽然他口中依然强硬，不肯承认杜家有什么不得体的地方，但丁飞作为丁家的代表，为了给天宝治病在医院里忙前忙后，所以，杜天成在态度上对他已经友善了许多。丁飞心里暗暗高兴，跑前跑后脚下也分外有力气，但他万万没有想到在B超室门口遇到了小雪。

见到丁飞，小雪手中的烧饼掉在了地上。她的中午饭还没来得及吃。

出了长途汽车站,小雪熟悉的地方只有一个,就是脑科医院。她在这里住了蛮长的时间,是丁飞安排的,医生也是他找的。当时听说丁飞和杜鹃要结婚了,她受不了这个刺激,精神异常起来。住院期间,丁飞几乎每天都来探望,这是小雪记忆中最美好的日子,哪里还有比脑科医院更亲切的地方呢。沮丧的是,小雪看到了杜天成和杜鹃,她猜丁飞也在脑科医院,他是以杜家女婿的身份在操办杜家的事。果然让小雪猜中了。

比小雪更吃惊的人是丁飞,他没想到小雪会突然出现在这里。他都没时间判断一下小雪为什么会突然出现在这里,便立即向她解释,因为杜天宝的病情很重,因为自己认识精神科的王主任,所以他自然要帮杜家这个忙。

而这时,杜鹃又不凑巧地出现在他们身旁。

刚才,蒋市长的秘书告诉她,市长正在吃午饭,有一点空,她打算马上去市政府汇报有关汤米投资事宜的进展,医院的事就托付给丁飞,没想到丁飞和小雪在一起。

小雪见到杜鹃,脸色更加难看了,什么跟丁飞分手,什么回市局办事,甚至给杜天宝看病都是借口,他们无非是约好了一起进城而已。实际上他们完全不用如此偷偷摸摸,回避自己。看到丁飞把杜鹃拉到一边去解释,小雪的心都要碎了。她流泪了,她很想质问丁飞为什么要骗她,她可以为丁飞和杜鹃祝福,但她不需要欺骗。

午饭时的桃花旅馆很热闹。虽然小雪不在,但唐虎把小旅馆安排得井然有序。

客人们在餐厅用餐，马丁特意拉着前来看他的赵长生喝两杯。那个恶鬼真被丁飞抓到了，大家都虚惊了一场。

赵长生却不以为然，装神弄鬼的杜天宝居然被吓疯了，事情越来越诡异了，杜天宝究竟撞见了什么恐怖的东西，真是让人不寒而栗啊。

夏文涛和汤米只是听着他们聊天，并不插话，也不明白这两个民俗学家究竟相不相信桃花涧里有冤魂。

在市长吃午饭时，杜鹃把工作汇报完了。走出市政府大门，杜鹃的肚子也咕咕叫了。她惦记着丁飞还没吃中午饭，思忖着买几个汉堡赶到医院去。

可小雪在市政府门口拦住了她。小雪追问她究竟爱不爱丁飞，为什么要丁飞骗自己。

杜鹃有些恼怒了，她何曾让丁飞欺骗过小雪？相反担心小雪受刺激，丁飞推迟了他们的婚期，足见是她小雪影响了自己和丁飞的感情，无论如何也轮不到小雪质问自己。

小雪逼着她做出选择，如果爱丁飞，马上和他结婚；如果不爱，立即和他分手，不要折磨他，不要欺骗别人的感情。

杜鹃实在忍不住驳斥小雪并告诉她，纠缠一个不爱自己的男人太过无聊。

小雪崩溃地大叫，说杜鹃是个骗子，叫丁飞永远不要理她。

杜鹃看着绝望而去的小雪，一下有些后悔，她不应该和一个精神异常的女孩计较，何况在感情上自己还是个赢家呢。如果让丁飞知道了，他又该生自己的气了。

果然，丁飞听说此事后十分恼火。小雪是个病人，怎么就不能让让她呢？

也难怪丁飞情绪不佳，对于村里出现神神鬼鬼的事情，一开始他胸有成竹，甚至认为是好事，因为从破案的角度来看，这个过程中可能会出现更多的线索。桃花涧的系列案件，归根到底是由杜家财富引起的，是以盗墓或其他方式企图获得后山的墓葬陪葬品而引发的系列命案，这时另一方为了保全利益不被侵犯，当然会断然采取措施，包括杀人、装神弄鬼等手段。通过杜天宝装神弄鬼这件事可以一点点搞清楚杜家如何防御外来的侵犯，在防御中究竟做了哪些事，包括是否对十三爷痛下杀手等，但杜天宝被吓疯一事完全把丁飞的计划和节奏打乱了。

丁飞非常想从医生的口中知道杜天宝被吓疯的真相。按常规讲，一个装神弄鬼的人极容易被自己吓着，这个道理就像做贼心虚一样容易理解。但精神科王主任的回答完全出乎他的意料，根据检查结果，王主任否定了杜天宝是因为幻视幻听而诱发自身基因中的缺陷突变成精神分裂症的，而是因为外界强刺激引发的外源型精神疾病。也就是说，杜天宝一直说金头要杀人，这绝不是他主观臆想，而是真的看见了金头。

杜天成被吓得几乎站不稳，医生说的话不可能假嘛，金头复活的传说原来是真的，而且已经复活了？杜天成一下想到金头复活后的种种可怕预言，不禁面色煞白。

丁飞皱眉安慰他，心里却一遍又一遍地推敲着逻辑：这有可能吗？杜天宝装鬼的目的非常明确，也符合逻辑，但什么人会伪装成金头把他吓疯？显然不可能是杜家人。那这个人想利用金头干什么？如果是汤米、夏文涛等人，他们又如何知道金头是什么样子的？最为诡异的是，杜天宝背后粘着的旧布条确实是几十年前的旧货,也难怪杜天成等人会相信金头复活的说辞。

丁飞急于知道这片破布透露出的信息,于是他在安置好杜天宝住进病房、由杜天成暂时陪护后,便拿着破布条去法医室找杨晓梅,希望她开后门先帮自己做这个检测。

法医杨晓梅经常开玩笑说若不是丁飞名花有主,自己一定会下手摘下他。杨晓梅一边说她受不了丁飞为别的女人办事,一边还是把他交办的布条收了下来,不过这种检测一时半会儿出不了结果,还需要耐心等待。

就在这时,杜鹃的电话打来了。丁飞口无遮拦地说了杜鹃一通。杜鹃满心委屈,但自知理亏,便答应回医院找小雪——她在城里熟悉的地方并不多。

5

几乎一天没看到小雪,唐虎有点心绪不宁,以前小雪离开旅馆绝不会超过一个小时。

晚饭前,丁飞打来了一个电话,唐虎这才知道,小雪独自去了城里,据说已经坐下午的长途汽车回来了。丁飞叮嘱道,等小雪回来了最好给他去个电话,好让他放心。唐虎口中答应,心里却是另一种担忧:小雪的失踪肯定和丁飞、和他们的情感有关系,但愿她能平安地回到村里。所以,唐虎一边做饭一边替小雪熬着中药。这一阵子,小雪一直在服用中草药,精神状态还可以,当然最好别再有人打扰她。

餐厅里,最早用餐的人是夏文涛和小霜。

丁飞一离开,他们就立即展开了行动,以拍片为由在大屋内探寻着有关秘密。同样活跃在大屋内的还有马丁和赵长生等人。夏文涛暗中叮嘱小霜切不可大意，目前的局面就像草原赛马，看谁能笑到最后。

令他们有点惊讶的是，汤米居然带着苗青和许佳来餐厅用餐，并对她们大献殷勤。没想到杜鹃前脚离开，汤米马上就暴露出花花公子的面目。

其实也难怪汤米，浪荡子苦守清规戒律是不会长久的。他刚来时对杜鹃有极大的兴趣，但杜鹃和丁飞的关系让他思忖再三，不敢轻易施展泡妞的手段。而且要保持投资商的体面形象，他又不敢妄施轻薄，所以当他见到小雪姣好的面容和诱人的身材时，虽然心里痒痒的，但只能多看两眼，背地里流口水而已。今天杜鹃不在村中，在涧溪边又撞上更加青春迷人、性格泼辣的女大学生，汤米不禁言语轻薄起来。她们肆无忌惮的话语撩拨得汤米心里痒痒的，便邀请她们吃饭，她们也一口答应了。

小霜看着汤米嘻嘻笑，这种男人熬不过几天寂寞的，他身上绝对会有破绽。

马丁没来吃晚饭，他决定再去找赵长生。自从赵长生进村后，他一直借宿在大屋的居民家中，进退自如。需要时，他可以来旅馆找马丁，只要想回避，他就可以马上躲进大屋里。

赵长生告诉过马丁，自己借宿的主家叫杜天河，和杜天成是一个辈分的叔伯兄弟，是个靠磨豆腐为生的跛子，和赵长生有相同的生理缺陷。可杜天河告诉马丁，两天前，赵长生就搬走了，他说是这一带风水和他有点犯冲，于是就搬到杜天河的三叔家去了。马丁暗自好笑，表面正气凛然的赵长生，心里如此忌惮风水，可见这几天的事对他打击不小。

马丁在巷道中看见神情严肃、正四下观察的张海。这个年轻气盛的小警察让他有点头疼，如果自己被一个乳臭未干的小子盘问，实在有些抹不开面子。所以，马丁悄无声息地转入另外一个巷子，躲开了张海。

晚上的巷道实在是黑，张海几乎没有注意到不远处的马丁，他的全部精力集中在赵长生的身上：他在前两条巷道发现身形有些诡异的赵长生，正探头探脑地逐个辨别着一间间的杜家大屋。他不明白这个赵教授要干什么，又实在想弄明白他想干什么，所以，就一直跟踪着赵长生在黑暗的巷道内穿行。

赵长生一路走走停停，来到韩月芳的卧室门口，张望一下虚掩的屋门内，一点动静都没有。赵长生犹豫一下，还是推开了房门。

韩月芳就在屋内。她像往常一样，饭后坐在一个蒲团上，闭目念诵每天必修的《般若波罗蜜多心经》：

> 观自在菩萨，行深般若波罗蜜多时，照见五蕴皆空，度一切苦厄。舍利子，色不异空，空不异色，色即是空，空即是色。受想行识，亦复如是。舍利子，是诸法空相，不生不灭，不垢不净，不增不减。是故空中无色，无受想行识，无眼耳鼻舌身意，无色声香味触法，无眼界，乃至无意识界，无无明，亦无无明尽，乃至无老死，亦无老死尽。无苦集灭道，无智亦无得，以无所得故……

赵长生踏进门方才发现坐在香案前做晚功课的韩月芳，不禁有些尴尬。

韩月芳微微睁开眼打量来人,一时有些恍惚,问:"阁下是?"

"一个游客。"赵长生轻轻回答,"刚吃过晚饭,到处走走看看。搞了一辈子的研究工作,第一次见识到这么了不起的建筑。"

韩月芳又闭上眼,淡淡地说:"对我们而言,它不过是一间睡觉的屋子罢了。"

赵长生客气地请教:"您是这里的尊长,一定了解家族的历史吧?"

韩月芳下了逐客令:"对不起这位先生,我要做晚功课,不能陪你说话。"

张海见赵长生从韩月芳卧室里出来,便现身拦住了他,询问他到处乱窜干什么。明明主人不在家,推门进去想干什么?

这时,韩月芳主动出来替赵长生解围,她告诉张海,这位先生只是串门聊天,并没有什么恶意。张海警告赵长生检点行为,别自惹麻烦。

张海也很郁闷,这个古怪的村庄,一群怪模怪样的人,连丁飞来到这里后都变得十分诡异,办案缩手缩脚。他要趁着丁飞不在时揪出一些牛鬼蛇神,不但要证明自己的能力,而且他也不信这个邪。难道桃花涧是法外之地?

村口一块巨大的石头上,唐虎如一尊石像似的一动不动,透着几分诡异。

张海决定守在树下,他一定要等出个结果。这个小伙子的神情告诉他,一定会有重要的事情发生。

汤米殷勤地邀请两个美女大学生吃饭,绝对不是对她们产生了感情，他只是想在两个猎物当中分辨谁有可能今晚睡到他的床上去。可他万万没想到的是，两个在饭桌上打情骂俏的姑娘酒足饭饱之后就告辞回屋，连一分钟都不肯陪他坐坐。汤米懊恼地想现在的女孩竟然如此实际，她们接受饭桌上言语的挑逗，不过是为换到今晚的饭票而已，只要你供养她们，也许明天她们愿意继续陪你，但你想碰她们一个手指，连门都没有。长期饭票的问题就更加复杂了，复杂到用函数都算不清楚的地步。

就在这时，小霜像天使一样出现在汤米的面前，不但坐下来陪他喝啤酒，并且暗示可以陪他上床。

这个身材和气质异常风骚的女人当然是汤米理想的床上伴侣，他甚至十分嫉妒夏文涛每晚都有如此妖媚的女人陪着。今天这个女人居然主动勾引他，按常理他求之不得，但汤米并不傻，他怀疑小霜是夏文涛派来耍阴谋的。

小霜媚笑着问汤米，她这里有什么阴谋值得别人动脑筋？如果有，无非就是汤米这个人。老实讲，小霜这样傍着男人，无非是想给自己找一张长期饭票。夏文涛固然是个不错的选择，但在一个回国投资的大老板面前显然没什么竞争力，而且这个美籍华人还是个帅哥。阅人无数的小霜看得出来，汤米对自己的身体很感兴趣。她不怕和别的女人比，如果汤米愿意，她可以主动转投汤米的怀抱，这种"跳槽"对她来说并不是第一次了。

汤米觉得一切都很合理，女人甩了原男友傍上更有钱的男人并不是稀罕事，他高兴地叫小霜去他的房间。小霜告诉汤米，夏文涛还没睡，她陪汤米在餐厅喝一会儿啤酒，晚一些再回房间。

人逢喜事精神爽，汤米一口气喝了好多瓶啤酒，连声说自己不可能醉。

　　唐虎望眼欲穿终于等到了小雪的身影。
　　黑漆漆的山路上，小雪的人影向村头走来。
　　唐虎心疼到了极点，他连忙过去搀扶住小雪，一个劲儿地问她怎么了，吃过了没有。
　　小雪神情恍惚，直到被唐虎摇晃着肩膀，才稍微恢复了一点理智，她推开唐虎，说自己要一个人走走。
　　唐虎不敢违抗，叮嘱她马上回旅馆，自己先去厨房，把草药加热一下。
　　张海在树影下看着飞奔而去的唐虎，觉得这个村子太莫名其妙了，都疯了，每个人都是疯子。

　　小霜当然不是见异思迁想投靠汤米，只是她发现今天汤米见色起意，有了攻略他的机会。她想拖住汤米，然后给夏文涛争取时间潜入汤米屋内搜寻他的行李。
　　汤米禁不住几位美女轮流灌迷魂汤，显然已经喝高了，拉住小霜的手不放，许诺以后到美国会如何善待小霜。在风尘中见多识广的小霜对这种逢场作戏有较强的免疫力了，她敷衍汤米，叫他一个人在楼下再喝一会儿，自己先进入他的房间，洗了澡等他。汤米果然很配合，将他的钥匙递给了她。
　　小霜立即叫上夏文涛进入汤米的房间，将他的行李包裹逐一打开仔细搜寻。小霜看汤米醉得几乎不省人事，今晚怕是要在餐厅的椅子上过夜了。
　　他们显然低估了汤米，虽然他喝得大醉，但心中依然想着今晚香艳的场景。他等了片刻发现时间不早了,便摇摇晃晃地起身去楼上找小霜。

而神情恍惚的小雪从旅馆门外进来,径直向自己的房间走去。

醉眼蒙眬的汤米哪里分得清小雪和小霜,他以为是小霜迫不及待下楼来找他,便前去一把将小雪拉过去亲吻。

小雪不仅没有挣扎,反而紧紧地抱住了汤米。

第十章　　　遗迹重现

1

　　小雪身上的香味顿时让汤米血脉偾张，他抱起小雪往楼上走去，口中喃喃地念道："宝贝想死我了。"
　　正在汤米屋内的夏文涛和小霜听到外面的动静，连忙逃离，躲进夏文涛的房间。他们很奇怪，汤米在和谁说话，难道喝多了在发酒疯？
　　汤米将小雪抱到自己的床上，一边解她的衣服，一边乱吻小雪的脸。
　　小雪像丧失知觉一样任由汤米摆布，直到汤米唇上的胡楂扎痛了她，这才清醒过来。她奋力推翻汤米，坐起身来，将扯开的衣服裹在胸前，惊惧地问汤米："你想做什么？"
　　摔在地板上的汤米缓了半天才发现，这是小雪。面对质问，他有些语无伦次。登徒子总会下意识地将这种事和钱联系在一起，于是他顺手掏出几张钞票塞到小雪的手上，说他认错人了，他愿意赔点钱，但如果小雪愿意陪自己睡一觉，要多少钱他都给，其实他早就想跟她睡觉了。
　　小雪一个耳光打在汤米的脸上，哭着冲出门去。

小霜看着小雪的身影，瞬间明白刚才发生了什么事。

唐虎熬好药给小雪端过来，发现小雪正伏在桌上抽泣，他以为小雪是在城里受了丁飞以及杜鹃的欺负，心里不免隐隐作痛。

他放下药碗劝慰小雪，说早就劝小雪别进城，没什么好处，可她偏偏不听啊，这样糟蹋自己没任何意义，别人也不会记在心里。

小雪被唐虎唠叨得号啕大哭，药碗几乎被摔到地上。

唐虎心里燃烧起对丁飞的怒火，明明知道小雪不能受刺激，偏偏要招惹她，简直是个混账。

其实丁飞心里何尝不痛苦，甚至他的处境更加为难，他既不想伤害小雪，又怕杜鹃受伤。他对杜鹃发火，人家二话没说，到处寻找小雪的下落，看着她上了长途车回家，又打电话通知自己，仔细想想杜鹃也挺冤枉的。丁飞满怀歉意地向杜鹃解释，说他是为小雪的病情担心，严格来讲，她现在还是个病人，大家应该对她宽容和多关照一些。

杜鹃从来没有认为小雪是他们俩之间的障碍，她计较的是丁飞对自己的态度。自从小雪生病影响了他们婚期之后，丁飞非但没有给自己更多的关怀，反而把刑警队当成了家，平时连人都见不到。再怎样自己是个女孩子，也需要人哄，需要人疼，说不结婚就不结婚，为了别的女孩子推迟婚礼这些全都算了，可自己连说理的地方都没有！别的女孩子都有向男朋友撒娇的权利，自己凭什么没有？如果丁飞能对自己好一些，她完全可以拿小雪当亲妹妹看。

夜深人静的医院走廊，似乎更适合闹矛盾的恋人修复分歧。丁飞的诚恳和杜鹃的推心置腹很快让静谧的灯光显出温暖的色泽。丁飞像个孩子一样笑起来，他听出了杜鹃对他的谅解以及善待小雪的承诺。

杜鹃看着丁飞纯净的笑容心里异常感慨,幸亏他俩有着坚实的感情基础,要不然,如此风雨之下,一对罗密欧朱丽叶式的情侣无论如何也走不到今天。

唐虎被小雪撵出门后一直不敢回到房内睡觉,他担心小雪又不敢忤逆她,只好躲在餐厅里时不时关注一下经理室的动静。

厨师早就收拾好回去睡了。通常厨师在做好饭菜后便下班了,客人需要什么都在厨房自取——啤酒、凉菜,还可以自己在锅里下水饺、煮馄饨。次日早晨,厨师会来清理残局,收拾锅台,洗碗洗筷,这和城里厨师的作息时间正好颠倒过来。

唐虎经常帮厨师洗涮和洗菜配菜,今天他一边顺手清理着餐厅和厨房的残局,一边竖起耳朵倾听外面的动静。

突然,他听到门响,好像是小雪的房间。他不敢确定是不是自己产生了错觉。

门再也没响过。

唐虎将手上的一把筷子轻轻地洗擦干净,他不敢发出声响,生怕错过了一点动静,可确定没再听到第二声声响。他犹豫一下,还是不放心,他要去看看,哪怕是被小雪骂一次。

然而,小雪不见了。

她果然不在房里。

房门开着,被子掀开了,显然她是起床出门去了。橱柜门打开,那把长刃的匕首不见了。

唐虎大惊,他明白小雪几乎每天晚上都会起床梦游,甚至会在梦中游历大屋,在黑灯瞎火的大屋内转上一圈,然后回到床上躺下，像什么事都没有发生过，只有鞋上会沾满泥巴。唐虎以为这是鬼附了身。他异常焦虑，不知如何才能替小雪驱除邪恶的鬼魂，无论怎么努力，都不见成效。唐虎像疯了一样冲出旅馆，向大屋跑去。

他了解小雪梦游的习惯性路径，他似乎能看到身穿睡衣披头散发的小雪手执雪亮的匕首在微微烛光中行走在幽暗的大屋里。

小雪早上醒来时，精神比前一晚好了不少。

她坐在床边，努力不去想昨天和丁飞、杜鹃发生的种种不愉快。

当她将目光看向床边摆放整齐的鞋子时，心中像被人猛地揪了一把，恐惧瞬间淹没了她。

她的鞋子被人动过了。

不知什么人把她的鞋子洗得干干净净并整齐地摆放在床边。

难道她夜里真的出去过？出去干什么了？

在梦中，她把企图侮辱自己的汤米给杀了，像杀马汉和黑子那样一刀穿心。这一次会不会再发生灵异的事情？汤米会像他们一样离奇死亡吗？

小雪吓得全身颤抖起来。

汤米从楼梯走下来。

他的肚子咕咕地叫，昨天晚上被小霜灌了一肚子啤酒几乎没吃什么东西，此刻他很想下楼喝一杯热牛奶。在楼梯口，他看见经理室的门被打开，小雪出现在门口。

汤米习惯用"哈罗"招呼早晨见到的每一个人。

小雪有些惊惧地看着他，那神情简直就像电影《鬼眼》中可以见到鬼神的通灵小子。汤米猛然想起昨天夜里自己对她的侵犯,不禁尴尬地笑笑,转身走向餐厅。

小雪猛地关上房门,又惊又喜,阿弥陀佛,汤米好端端地活着。

唐虎端着药和早饭进门,小雪的心情已经舒缓了许多。她打量一下忙碌的唐虎,问他昨夜是不是帮她锁上了房门?

唐虎摇头,忙说,不是,之前不是说以后都不要再锁门了吗?不过他请小雪放心,只要有他在,就不许任何人伤害她。

小雪心中叹气,她明白唐虎为她做的一切。幸亏有这个傻小子在身边,否则,她真不知道该如何应对凶险的人生。

2

杜天成终于艰难地对丁飞说了一声谢谢。

忙碌了一整天,又在医院里守护杜天宝一夜,可以说丁飞为了杜家竭尽全力,其中固然有杜鹃的因素,但无论如何杜天成能从他的一举一动中感受到他的真诚。杜天宝经过各项检查,大部分结果显示病症还不算太严重,关键是送医及时,而执意带天宝进城就医的人正是丁飞。就冲这一点,杜天成也不能不向人家道声谢。

丁飞诚恳地说,他真不相信对于两家人来说,信任就这么困难,不管上辈人发生过什么,今天的人都应该按自己的意愿活下去。

杜天成暗自叹气,他明白,如今丁飞已经是丁家的领导者,相当于又一个桃花涧少壮派族长,像七十多年前一样,如果没有发生冲突,今天他是不是也会和丁飞磕头拜把子?加上杜鹃的因素,两家又成就一桩亲上加亲的姻缘,全村人会像过去一样享受着老祖宗和大自然赐予的美好生活。

可惜啊，历史就像洞溪的流水，拐了弯就再也回不了头了。

杜天宝被封闭治疗，暂时不允许亲属探望，丁飞劝杜天成早点回去，他们待在城里没有什么必要。其实，丁飞是希望他早点回村主持杜家的事务，毕竟他比杜泽山要开明很多。杜泽山本来就是杜家最保守强硬的当家人，加上被吓疯的是他唯一的亲儿子，真不知道他会不会干出什么极端的事情。在丁飞的心目中，桃花洞村一系列离奇的案件也许和这位像幽灵一样的老爷子有关，只是自己还没有找到时机去突破他。

杜天成想想也觉得对，长这么大第一次离开家乡，又是在动荡时期，他心里也不踏实。同时，他还关心着那个破布条，丁飞把它送去做检测，还没有出结果呢。

早饭饭桌上，大家讨论的话题还是离不开那些灵异之事。

汤米、夏文涛包括马丁等人一边说话，一边观察周围人的神情。神神鬼鬼的事情让他们既有些忐忑不安，又有些不甘心，也许是有人散布恐怖言论以达到吓人的目的。

看来赵长生是最胆小的。按理说，这些旅客当中年龄数他最长，加上他的研究需要，走南闯北，荒野历险，什么灵异的事情应该都见过，但他真是被吓到了。他架不住马丁的追问，终于道出一件隐秘的事情。

原本他把民俗中尤其是上古民俗中驱鬼的巫术、通灵的仪式都归纳为一种人文的情怀，和皇帝册封三山五岳是一个意思，从来没有当过真。直到十几年前去山西省灵石县参观洪门堡，也就是去现在的王家大院的路上，在山沟里遇见了一个老道士，他才渐渐明白，这些神灵仪式，鬼怪传说，都并非捕风捉影。黄土高原山壑中突然出现一尘不染的老道士本身就透着诡异，更诡异的是老道士说他在三天内必有血光之灾，虽性命无虞但必成残疾。赵长生原本以为这不过是个游戏风尘的癫道人，处世寂寞与人逗闷而已，不承想第二天他就在洪门堡城墙上摔断了腿。原本好端端地站着，一下在原地摔了一跤，而且还摔成了残疾，你说邪门不邪门？

高国栋听得有些害怕，私底下他已经劝过汤米离开桃花洞，另觅其他帮手再来。他只不过是京郊一带的农民，祖上有人干过盗墓营生，到他这一辈连亲身实践的机会都没有，要不是以为跟着汤米能发大财，他才懒得来受这种惊吓。进村几天就闹出这么多古怪的事，还闹出人命，不管要命的是鬼还是人，总之要的是人命，把命搭在这个穷乡僻壤太冤枉了。更何况，原以为汤米是个堪舆学的高手，自己跟在后面打打下手划水混日子，没想到汤米也是个半吊子，在某些方面还不如自己懂行，这不拿自己当炮灰了吗？今天听赵长生神神鬼鬼的渲染，他再次催促汤米早点离开这个是非之地，反正地下宝藏也不会插翅膀飞了，改日再来呗。说实话，一大早起来，高国栋始终觉得有人在盯着自己，也不晓得是不是传说中的金头，他心里实在有些发毛。

汤米见高国栋如此紧张，以至于出现被人跟踪的幻觉，连忙安抚他说，趁着丁飞、杜鹃都不在村里，他们应抓紧时间把查找的重点放在后山。他们认为，不管这些什么专家教授把古代建筑堪舆学说说得如何天花乱坠，也是万变不离其宗，宝藏终究是埋在后山的某处风水宝地里，老老实实去后山找才是正道。于是汤米叮嘱高国栋去村中的杂货店买两把铁锹和镐头，立即上山刨地。

法医杨晓梅把那块破布还给丁飞，告诉他一个令人心惊的消息：这块几十年前的织物很可能出自某处墓葬。附着物中的微生物透露了这个信息。

显然这是盗墓后的战利品。难道杜天宝会盗墓？还是有人盗墓被杜天宝撞见了？当然，当地村民会认为有人动了后山的怨气，金头复活，从墓中出来报复杀人，这块墓中的织布就是证明。

丁飞发愁了，他当然不相信金头会复活，但现实推翻了他早先的预见。难道杀人者果真是盗墓者？如果系列凶案的动机是盗墓犯罪活动，那么就不可能是杜家以及杜家的盟友比如老蔡、山耗子等人。桃花旅馆的人又有多少杀人可能性呢？是谁能这么杀人于无形，让人连个基本规律和基本逻辑都找不着？

趁着丁飞不在村里，早饭后，桃花旅馆的人纷纷行动起来。

高国栋买来铁锹等工具，汤米就带上罗盘和他一起上山，光天化日下，就开始对山中的风水绝佳点进行挖掘。

盗墓者有他们自己的一套行事准则。对风水的判断、对葬墓选址的要求，以及这种习俗在历史上历经过怎样的变革，了解这些才能稳、准、狠地找到葬墓点。当然还要辅以其他手段，比如对土质的研究、对地下水中某些矿物成分的研究等。

从大屋一处缺口登上山道不多久就有一处所谓的风水不错的凹地。虽然汤米也不相信当年的杜义雄会葬在如此易找的地点，但他依然想掘开土层做一点土壤分析，以验证自己的方法是否可行。但他很快就惊讶地发现，夏文涛也在此处。

夏文涛和小霜正在凹地上鬼鬼祟祟地铲土，夏文涛还在往一支试管里装新鲜的土——那种带着地下水的湿湿的泥土。

汤米刚想伸手示意高国栋藏身，就被夏文涛看见了。汤米索性冷笑着威胁说，如果让杜家人看到夏导演在后山动土，只怕他会吃不了兜着走。

夏文涛笑起来，因为他看见汤米和高国栋各自扛着铁锹，他们也终于按捺不住跳到明处来了。其实从夏文涛的本愿来讲，他希望能和汤米合作。他为了能名正言顺地进入桃花洞，最大程度得到偷盗的便利，煞费苦心才弄到联合国教科文组织赞助的文化项目。即便如此，他觉得也不及汤米以美国客商的身份来得保险——相关部门都特别派人陪同。如果以汤米的便利加上自己的研究成果，双双联手很难不会取得突破性进展。可惜人家看不上自己，也许他还想保持着那份大老板的矜持，不愿把底交给自己。

汤米当然不会相信夏文涛。这个每天搂着女人睡觉的下三烂导演，昨天还派他的女人来勾引自己，除了人品不可靠，其专业水准也不值得被高看一眼。就凭着他和小霜组成的草台班子，想找到杜家人处心积虑安排的墓葬，这两人简直可以和望着天鹅肉流口水的癞蛤蟆相媲美。

这时候又有人走近了，是苗青和许佳。

她们在不远处的树林里写生，听到附近有动静，两个女孩子就放下画笔走了过来。看来挖地砸石的声音在寂静的山林中传得还是很远的。

夏文涛让大家把铁锹藏在灌木丛里，盛情邀请汤米去他房间坐坐，好好聊一聊，既然大家已经图穷匕见了，还有什么好隐瞒的。什么条件都可以谈，只要能合作。

苗青和许佳来到凹地时，这伙人已经穿过树丛向村中去了。苗青又皱起眉头：搞什么古怪，怎么会没有人呢，难道大白天又闹鬼？

眼尖的许佳一下发现附近有被挖掘过的痕迹，她也听说了发生了盗墓的犯罪活动。这还了得！许佳决定立即报警。

3

夏文涛让小霜泡了一壶上等的金萱乌龙。这种从台湾传过来的半发酵茶的极品，率先在沿海地区风靡起来，由于供应量有限其他地方，也仅仅是闻名而已。汤米还是第一次喝到真正意义上的金萱乌龙，不由得暗自惊异，这个看似不起眼的导演居然还懂点门道。

让汤米更加吃惊的是夏文涛不仅确认自己是骆氏后人，甚至还透露了连自己都不知道的一段秘史，或者说是对几十年前那桩公案的又一种说法。

夏文涛讲，当年桃花涧人私藏枪支一事东窗事发后，确有三家族长抽签领死之事，但是没有人知道，杜家族长杜义雄其实早已做好手脚，要出卖骆家族长骆青松。

当年三大家族中骆青松的年纪最小，杜义雄和丁翰臣就让他先行抽签，结果骆青松抽到了死签。问题是骆青松抽中死签后，根本就没有想到，另外两张也同样是死签。

杜义雄提前说服丁翰臣一起做下这个局。因为骆家当时是三大家族中最弱的一支，人口只占村里总人数的十分之一，骆家可以没有骆青松，因为丁、杜两家可以照顾着骆氏一门，但桃花涧不能没有杜义雄和丁翰臣这样的领军人物。为了顾全大局，他们必须牺牲骆青松保全整个村子的利益。后来骆青松的举动引起杜义雄的误会而向板爷举报，然后杜义雄遭报应被板爷砍头则是后话。仅这一点就可以说明所谓杜义雄的金头是一笔不义之财，是建立在丁、骆两族家破人亡基础上的邪恶之物，人人得而取之。由此观之，针对此金头而进行的盗墓行为某种程度上似乎具有了正当性和合理性。

汤米有点佩服夏文涛居然给盗墓行为找到了理直气壮的借口。当然，他也在怀疑这个江湖骗子。仅凭一段看似胡诌的故事就想和自己合作？夏文涛有利用价值吗？

夏文涛见汤米犹疑不定，知道这些诱饵还不足以让他上钩，于是微微一笑，奉上一杯滚烫的浓茶，告诉汤米自己对桃花涧的墓葬研究，至少也有十年的心得了。

果然，汤米非常吃惊。照这么说，这小子岂不是十几岁就开始研究桃花涧的秘密了？又有什么突破呢？对于桃花涧挖掘地点的研究，汤米也没少下功夫，他和夏文涛今天能够找到同一处挖掘地点就说明他们的成果有一定的契合性。汤米以及所有研究杜氏墓葬风水的人都十分困惑，当年这二十八处墓葬点是根据什么选出来的？按常理讲，在连绵几百里的山区内，符合墓葬条件之地何止百千，这么漫无目的地找，即使将愚公世家请来怕也见不到头啊！最可气的是，杜家干脆就没留下线索让人去推测，这可比曹操的七十二疑冢之谜难多了。看夏文涛一脸神秘的样子，难不成他已经有了突破？

夏文涛相当得意、相当肯定地告诉他，刚才他根本不是在开掘墓葬，而是在往地洞中填土，因为他已经证实这里是二十八处墓葬之一。

在桃花涧里待了好多天，他终于可以肯定这里是当年杜家的墓葬点之一，于是才冒险去开掘，可万万没想到此处已经被人挖过了。浅层的土质告诉他，不久前这里已经被人盗过，可惜这里仅仅是个疑冢，里面只有一具空棺。

汤米惊讶得说不出话来。如果夏文涛说的是真的，抢在他们之前盗墓的人是谁？是马丁？是赵长生？他们才来几天，有这么大的本事？

生硬的敲门声毫不客气地打断了他们的密谈。

警察张海怀疑他们上山盗墓，所以上门调查来了。

早一会儿，张海接到女大学生的报案，怀疑夏文涛他们实施盗墓的犯罪行为。他查看了现场后勃然大怒，这帮兔崽子明明知道他还在村里，就胆敢公然干起违法的勾当，简直无视警察的存在。所以，张海闯进门质问夏文涛和汤米等人究竟在挖什么。

没想到夏文涛不慌不忙地拿出几株草药。他告诉张海，这种草药叫还魂草，据说有养生作用，村主任、老蔡他们都说可以用来炖汤喝。汤米也证实在美国这种中草药很吃香，是华人圈里很时髦的馈赠佳品，价值不菲，所以他们上山挖了这些药材。这是老天爷赐给桃花涧人的，凭什么警察不许别人采摘。

汤米心里暗暗佩服夏文涛，并向张海证实，自己投资开发桃花涧，当然也包括各种药材的采摘，如果警察认为不合适，自己会找相关部门反映，看看自己是不是真的犯了法。

张海像一拳抡空，反因用力过猛震伤了胸口，一股淤气顶得他说不出话来。他指着夏文涛等人，警告他们别干违法的事情，小心栽在自己手上。

看着张海有点狼狈地离去，汤米心里打起了小九九，这个夏文涛明显比自己有准备。该不该和他联手呢？

其实想找人合作的并不是夏文涛一个，马丁也急于要找神出鬼没的赵长生合作。

赵长生在大屋内借宿的地点经常换,充分说明他在院内活动得非常厉害。为了得到他的成果,马丁不止一次地表达了双方应当共享成果的愿望,并主动把自己的某些发现和盘托出以表诚意,可惜赵长生城府极深,一直敷衍和推托。在马丁看来,桃花涧的难解之谜凭一己之力破解难度太大,还是采取合作方式,大家共享成果比较好。他希望能够找到赵长生,将自己的真实意图全部讲出来,以达成合作。

在大屋门口,他看见了丁飞和杜天成,犹豫了一下,他还是决定回避丁飞,从另一处通道进了大屋。

丁飞去大屋是为了找到杜家最年长、最见多识广的长者判断一下那块布条的来历。

杜家还有数名超过八十岁的老者是那次大葬的亲历者。几个老人记忆犹新,几乎众口一词地断定这块破布来自墓葬。

当年,为了能够风光大葬,杜家在江浙一带重金聘请了纺织高手制造了这批织品,全部用于陪葬,没有留下一件。可以肯定这布片真来自地下,这和法医的鉴定结果完全一致。

杜天成的震惊程度不亚于看到杜天宝发疯——传说中地下的金头重现人世了,现在墓葬中的陪葬品又被证实重见天日,这对杜家而言意味着什么?

丁飞坦言局势的发展已经超过了他的预期,甚至他对危机来临感到了一些恐惧,不是因为他相信什么金头复活能够杀人的传闻,而是目前肯定有人已经盗掘成功了。对于盗墓者而言,也许当他寻到窍门,掌握一定的规律后,找到全部的二十八处墓葬点并非难事。虽然盗墓是严重违法行为,警察打击这种犯罪也是责无旁贷,可茫茫后山方圆数百里，连清东、西陵都不敢说能御盗贼于墓园之外，警方又如何能做到杜绝山区人迹而守护这些墓穴？这显然是不现实的。如果杜家真想守护杜义雄的墓穴，同时协助警方找出窥探地下珍宝并作案杀人的凶手，那么就应该立即把二十八处下葬的确切地点告诉警方，这样警方才可以有目标地蹲点守卫，既可以保护墓葬又能抓获犯罪嫌疑人。

杜天成听了半天才明白，丁飞其实是希望问出杜家二十八处下葬的地点，不由得变脸。他警告丁飞别妄想打听杜氏家族的最高机密，否则就是别有用心。

4

被杜天成拒绝后，丁飞并没有气馁，准确地说，他也没有资格气馁。目前的局势明摆着，不管自己花了多大的力气，非但没有在案件中理出头绪，反而越发被淹没在更多触目惊心的现实当中。杀人者是谁？制造混乱者是谁？盗墓行为和杀人者有无必然联系？盗墓开展到了何种程度？什么时候开始的犯罪行为？这对丁飞而言简直是难解之天书，除了请求杜家合作，还能有什么办法？就算他怀疑杜家有人卷入这起案件之中，不愿和警方合作，但他依然希望如杜天成这样的一家之长能够明辨利害，和自己合作。

杜天成不肯说，不代表所有姓杜的人都不愿意说，至少杜鹃在明白了事态的严重性后就表示会帮丁飞想办法。

丁飞还有一个目标就是老蔡。虽然老蔡是杜家至交，但他毕竟不是杜家人，比如丁飞在凶案发生后每次对老蔡进行例行调查后总会把他排除。按理他住后山，有作案的便利，但他犯得着为杜家杀人吗？这毕竟不是他的祖坟。另外，他替杜家效力多年，多少知道一些杜家的隐私，为了守卫好祖宗墓葬，杜家人难道不会向他透露一些重点防护区域？玄机就在重点里，只要向老蔡说明利害，相信他会配合警方行动的。

老蔡苦笑看着丁飞，告诉他实情，现在活着的人中，没有一个知道杜义雄的真正墓葬点在哪里，包括杜家的任何一个人。原因很简单，杜家不但防着那些盗墓贼，同时也防着杜家后人中出现不肖子孙。其实这也是杜天成等人苦恼的地方，他们要守卫祖坟，可他们根本不知道祖坟在哪里。

丁飞长叹一声，杜家先人还真是高瞻远瞩，他们不但要守护据说是稀世珍宝的金头，更要守卫传说中的风水佳地，他们怕盗墓人会挖断杜家的风水龙脉。丁飞再次叹气，都过了这么多年，时间已经进入了二十一世纪，难道还有人相信这些荒诞的传说？

老蔡悠悠地向丁飞描绘那件金头的来历。据说，杜家煞费苦心请了当时最负盛名的金匠——人称"金手指"的奇人替他们打造这具金头。匠人们在桃花涧里开炉熔金，采日月精华，取山川灵气，以纯金打造，各种名贵珠宝镶成玉冠，再加上金手指的铸造神功，这件金头无疑能成为价值连城的艺术极品。据说，这是金手指倾其毕生所学而成的绝品，被赋予了不朽的灵魂。金头打造完成之际，将有风云际会、天现神光，它将在千秋万代，始终护佑着子子孙孙。

丁飞笑起来，这种类似孙悟空出世的描述，他以前也听老蔡讲过，但其实，这种传说只会吸引更多的不法之徒前来冒险。

老蔡说，这些年断断续续总有不法之徒潜入山区，自己年纪大了，也撑不上他们，能吓唬住的，自己就警告他们一二；吓唬不了的，他就会叫山耗子下山通报杜天成，杜家子弟会上山帮忙。前面死掉的马汉和黑子，老蔡都见过，但并没有发现他们有实际的犯罪行为，只是在口头上敲打过他们，连杜家人都没通知。最近的一次是昨天在后山遇见了马丁，虽然马丁的行为有些诡异，但他是老熟人又是专家，所以就没多想。等他下山后，老蔡才惊异地发现马丁活动过的地方，出现了一个个很大的土坑，像盗墓人的手法。但老蔡依然不愿相信，像马丁这样的文化人会干下三烂的事。

一直到了晚饭后，马丁才在一个叫杜天青的人家里遇见赵长生。赵长生也不知去哪里转悠了，前脚刚回到屋中，马丁后脚就进了门。

赵长生有些吃惊，马丁居然能找到他如此隐秘的住所。马丁坦言他花了好大的力气才找到这里，因为他有极大的诚意想和赵长生合作。赵长生连连摇头说，他不敢称合作二字，对于桃花洞而言，马丁研究多年，著作丰硕，而自己仅仅是个小学生而已。

马丁将一摞资料放到赵长生面前，他希望赵长生不必对自己忌惮，他不仅愿意将自己所有的研究成果拿出来与赵长生共享，而且把自己进桃花洞的目的也告诉了赵长生。马丁的目标正是传说中神奇的金头。

赵长生一边翻着马丁的资料，一边表示自己对金头完全没有兴趣，他还希望马丁不要像某些贪婪之徒那样沦为违法乱纪的盗墓贼。

马丁指天发誓，说自己对金头的兴趣完全出于学术研究。在他看来，找到金头并破解其中的奥秘将在堪舆学、殡葬学、民俗学、传统手工艺等学科取得独特的学术成果，甚至有可能独创一门桃花洞研究学。如果赵长生也希望在学术上有所建树，将来可以由两人共享学术成果；如果赵长生爱财，发掘到的金头归他一人所有，自己绝不眼红。这是马丁开出的合作条件，料定赵长生没法拒绝。

不料，赵长生真的拒绝了他，并说举头三尺有神明，掘人家的墓穴是会遭报应的，学术研究是学者的分内之事，但不能为一己之欲出卖灵魂，他赵长生实在干不出来。

马丁不明白赵长生真是个迂腐的文人，还是个演技高超的骗子，也许这个人的高明之处根本不是自己这肉眼能觉察的。虽然马丁非常生气，但既然话都说到这个份儿上了，人家仍不愿合作，还有什么好费口舌的。

其实赵长生义正词严地对马丁说话时，已从马丁的资料里偷偷抽出一叠塞进自己的包内。马丁离开后，他立即在灯下研究这部分成果，并对重点段落进行摘抄。

这一切都没逃过一双窥视的眼睛。

这双眼睛的主人叫杜泽山，是这座威严大屋的现世灵魂。

祖宗们都已不在了，能够守住他们的尊严及子孙福祉的只有他，只有这个在大屋内随意游荡的隐形守护神。

第十一章————惊心一刻

1

尽管丁飞叮嘱所有知情人不要把墓葬点被盗挖的事外传，以免引起麻烦，但杜鹃还是把真相告诉了韩月芳。她是想请母亲做杜天成的工作，能配合警察，把二十八处墓葬点的秘密说出来。

韩月芳闻听有人已经盗墓得手，脸色大变，闭上眼睛念诵七佛灭罪真言——

"离婆离婆帝，求诃求诃帝，陀罗尼帝，尼诃啰帝，毗黎你帝，摩诃伽帝，真陵乾帝，莎婆诃。"

她说有人动土惊动先人之灵，让他们得不到超度影响了转生，罪孽深重，同时，她也希望能帮助盗墓的不法之徒消业减罪，凡人怕果，菩萨怕因，坏事做不得，只恐种下了报应。她同意杜鹃的说法，现在已经顾不上所谓的秘密了，应极力阻止罪孽发生。

杜天成这才亲口承认，宝藏已经是永久的秘密了，因为当时就没有留下任何的记载。后来历任杜氏族长都曾发誓不探究有关宝藏的真相，就当从未发生过。那尊神灵附体的金头，会在不知名的福地默默地护佑着杜家子孙后代。

杜鹃暗自叹气，只好又一次叮嘱杜天成，千万约束好杜家人，别擅自行动，有关违法盗墓之事自会有警察管。

张海在村公所里画图，准确地讲是画一幅嫌疑人关系图。他实在不能像丁飞一样谈笑风生后就能找出关键之处从而一举破案，他只能老老实实地做功课。画人物关系图是警察的基本功，在犯罪现场的所有人及其关系人之间必然有他们的关联，寻找其中不合理的部分集中分析，一定能在一些片段中找到答案。奇怪的是，张海在画关系图时根本找不到任何可以破解的思路，因为所有人物的关系都不正常。难道是这个理论出了问题，或者是自己头脑出了问题？

刑警学院的高才生张海陷入无比苦闷之中。

而此时小霜赶来报警说差点遭到汤米强奸。

下午张海走后，汤米和夏文涛达成口头协议，信息共享、财富同分。虽然夏文涛不可能把对桃花洞的探秘心得以及黑子多次孤身探险的所有发现都拿出来，但他终究拿出了合作诚意。可没想到刚刚答应有福同享的汤米，一转身就带着高国栋偷偷上山，根本没有一点诚信可言。更可怕的是，他随时可以检举夏文涛和自己挖宝藏的事情，人家是政府请来的客人，说的话比他们管用得多。所以小霜想出办法，去告汤米一状，让他明白他的身份优势不是绝对的，只要小霜捣乱，他一样有巨大的麻烦。

果然，张海一听说汤米涉嫌强奸就立即来了精神。他正陷于一系列怪事当中无法自拔，像强奸这类案件是相对好办的，有受害人、有现场，甚至可能有证人，遇上这种案件正可以打击一下敌人的气焰，长一长自己的威风。张海立即起身打算传讯汤米。

小霜又抛出了更为严重的事件：汤米对自己强奸未遂之后，挟持小雪进房施暴，幸亏小雪拼死反抗才保住清白，一个美国人仗着自己有钱就可以在中国的领土上欺男霸女、为所欲为、无法无天吗？

张海异常震惊，这个汤米居然如此嚣张，难道他以为桃花涧还生活在鸦片战争时代吗？

汤米被喊到村公所讯问，立即意识到自己被小霜暗算了，此刻，小霜和夏文涛一定已经潜入了自己房里，想要偷盗自己的秘密。

小霜确实正在汤米的房间里四处乱翻，不过还没等她找到有价值的线索，就遇上高国栋来敲门了。

见是小霜应门，高国栋大吃一惊，他不明白小霜怎么会和汤米搞到一起去了，汤米还允许她待在自己的屋内。

小霜暧昧的态度，让高国栋犹豫不决，最终他还是从汤米的包内拿走了摄像机。大屋纵火后的录像还完整地保存在摄像机的硬盘里，落在别人手里很可能成为罪证。

高国栋怕再有人潜入汤米的屋子，等小霜走后，他将汤米的行李包拿到了自己屋内，反正晚上他也不会出门了。

张海拍着桌子在吼叫，让村主任有些为难，这么大的事，还是应该请丁飞和杜鹃出面处会好些，所以，他拉开门，走出了村公所。

汤米本来有些惶恐，但当他看见村主任的身影，一下意识到自己好歹也是市政府请来的客人，对警察绝不能服软，否则连扳本的机会都没有了。于是，汤米气势汹汹地质问张海凭什么污蔑他？

张海大怒，哪有这么嚣张的嫌疑人。自己之所以把他喊到村公所来讯问，一方面是给让他丢掉幻想老实坦白，另一方面也是给他面子。没想到这个混蛋居然不撞南墙心不死,那还不容易,南墙不过一百多米远,就在桃花旅馆内,一堵南墙叫小雪,另一堵叫小霜。

这时,两堵南墙正在小雪的办公室内激烈地争吵。

小雪非常生气,昨天晚上被汤米非礼的事,她没对任何人讲过。一想到汤米那双肮脏的手在她身上摸过,小雪就几欲作呕。而昨夜那个杀汤米的噩梦又让她阵阵惊悸,她极力想忘掉这件事,不让任何人知道。偏偏小霜去报了案,马上就会惊动丁飞,而自己被流氓抱过、亲过、摸过,丁飞都会知道了。小雪心中怦怦乱跳,红着脸斥责小霜没有廉耻之心。

小霜不以为然,她义正词严地捍卫着女性的尊严,要求小雪勇敢地站出来指证汤米的犯罪行为,最好让警察把这种人驱逐出境。她说自己也会指认汤米调戏并企图强奸自己在先,未遂之后才找上小雪。

小雪恼火地叫小霜滚出去,她绝不参与小霜的阴谋。

虽然丁飞以权威的身份力排众议,决定尽快将十三爷的遗体下葬,但按当地的风俗需要替亡灵守七天大孝。为了以德服人,他身先士卒充当守灵孝子。十三爷没有子嗣,孝子这个角色由他担当是最为妥帖的。

杜鹃也在晚饭后来到十三爷家陪同守灵,这不仅可以跟丁飞心平气和地交流一些看法,更重要的是能向丁家人示好,杜家的大小姐为丁家亡故族长守灵,充分展现了杜家人为推动两家和睦关系做出的积极努力。

杜家墓葬被盗的消息看来没有封锁住,丁飞担心这会不会激起杜家上下数千人的仇恨之心，继而导致更多的意外发生？他现在最希望村内局势稳定，两大家族成员配合，尽快把前面的系列案件破了。

杜鹃也担心，但口中安慰丁飞，自己会尽一切力量说服家里所有长辈，约束好子弟，等待调查。

这时，村主任赶来了，他说张海抓了汤米，因为汤米企图强奸小雪姐妹俩。

丁飞只和汤米对视了一眼，就断定这小子干过，尽管汤米坚决否认，并向杜鹃大吐苦水。丁飞犹豫了一下，判断着形势。真是怕什么来什么，离开桃花涧一天多的时间里，自己无时无刻不吊着一颗心，他明白村里有太多不安定因素，除去大屋内有捉摸不透的不明底细的重重危机，小小桃花旅馆里的房客，也没有一个是省油的灯啊。现在应该是按法按章办事，还是再松一松手中的风筝线呢？

杜鹃听着汤米的控诉，他在讲昨晚怎么被居心叵测的小霜灌酒并挑逗。虽然他多喝了一点但还是严肃地拒绝了她，没想到这个女人诬告他强奸，而警察居然还相信，真是荒唐。杜鹃皱着眉头，她其实也担心汤米是不是喝多了做了失德行为，就被小霜抓住这一点利用了，毕竟小霜背后那个导演是个有城府的家伙。

汤米一口咬定昨天晚上根本没有见过小雪，不可能对她非礼。

张海十分恼火，汤米的反抗无非是证明他的武断。于是，他说要去找小雪取证。

丁飞制止了。他说看来这一切都只是误会，让汤米别介意，以后也别贪杯喝醉免得产生这种误会。丁飞心里明白，以小雪的个性，对质是不可能有任何结果的，与其被汤米逼得被动，还不如主动放他一回。至于真相，只能私下向小雪求证，一切便可以大白，但绝不是大动干戈地当面对质。所以，不管张海如何想不通，丁飞还是客客气气地将汤米送回了旅馆。

2

果然，小雪在单独面对丁飞时完全是另一种状态。

早一会儿，杜鹃陪丁飞来看她，她还极力保持着镇定，这是近几年来她经营这个小旅馆训练成的职业素养。杜鹃非常诚恳地就昨天的事情向她道歉，说在市政府门口不应该向她发火，希望她别放在心上。小雪居然也在检讨自己，说她其实并不怪杜鹃，主要是自己没有控制住情绪。离开桃花涧的时候，她没有带药，目前她还在药物治疗时期，自己不该纠缠杜鹃。看到小雪能如此理智，丁飞心里还是挺高兴的，他不愿让汤米和她对质，也是怕她再受刺激。

杜鹃看见小雪似乎有话想和丁飞单独谈，便识趣地离开了。

女孩儿的心事就是这么玄妙，小雪平时是多么希望能够见到丁飞，单独和他待着；当丁飞真来了，她又不知说什么。等杜鹃走出门去，小雪更加紧张了，她已经意识到，丁飞这么晚来找她，肯定是为了昨天晚上的事，想起来她真是羞愧难当。当时她神情恍惚，如何从城里回来的都记不清了，后来汤米将她抱上楼，抱到床上去，她连反抗的意识都没有。更令她羞愤的是，汤米居然要用金钱来收买她，这证明汤米根本没有醉，若不是关键时刻她清醒过来，后果将不堪设想。

看着小雪又抹眼泪，丁飞心里也挺紧张的，好在事情问清楚了，小雪没受到太大的伤害。他只能安抚她，告诉她把心里积压的怨气发泄出来对精神状态的好转至关重要，但他这次真没明白小雪心中真正的压力是什么。

多少天来，小雪一直想把心中的苦闷和惊恐像垃圾一样倒出来，倾诉的理想对象当然是丁飞，可她每次都开不了口，今天头脑中的弦丝又紧张地绷着，临近断裂的边缘。她一把抓住丁飞的手，目光开始迷离起来，说这段时间她一直很恐惧，因为她梦到什么，什么就会实现，梦见丁飞，丁飞就真来了，非常准。今天早晨她的梦就更恐怖了，她梦见她杀了汤米，可汤米好好地活着。只有这一次例外，其他梦都应验了，而这一次例外，是因为丁飞住在村里，只要丁飞一走，离奇的事情就会发生。

丁飞错过了她话语中最有价值的信息，因为他把小雪神神叨叨、语无伦次的叙述当成一种孤独者的倾诉，心里生出无限同情。他相信随着治疗进程加深，小雪身上的异状会慢慢好起来。

小雪察觉到这个认真的倾听者虽然十分配合，并温柔地安慰自己，但他只是拿这些话当一个故事在听，所以她真诚地告诉丁飞，尽管听起来很荒唐，但她所说的一切都是真的，和她的精神状态异常无关。

丁飞当然会说相信她说的都是真的。这就像一个醉酒者越说自己没醉越能说明其醉酒越深，这是一个类似二十二条军规的悖论，醉酒者永远无法证明自己没醉。丁飞知道杜鹃在门厅等着自己，在这里待太久了，对所有人都不好，所以，他安慰过小雪后，就尽快离开了。

杜鹃听说汤米果然非礼过小雪，脸上掠过一丝失望，有钱人酒后无德的行为并不少见，但温文尔雅如汤米者如此表里不一，多少还是让杜鹃有些失落，也有一丝担心。目前她的首要任务是保证汤米对省级高速通道以及桃花涧山区的建设开发，这是她在市长面前立下军令状的，她不想出任何差错，所以，她反而希望小雪与汤米当面对质。

丁飞不同意，他清楚地知道小雪再也经受不住任何刺激了。

其实杜鹃倒也不是一定要把是非曲直弄清楚，而是想借此警告一下汤米，做事别再鲁莽和放肆，说到底她是为了保证自己工作顺利。而丁飞却更加考虑小雪的感受。杜鹃不由得生出一丝嫉妒和惭愧。

杜天成回村不久就到处找杜泽山，一直到晚饭后都没找到他。正当杜天成惊疑会不会出了什么事时，杜泽山却如幽灵一样出现在他面前。听着杜天宝在城里治病的情况，杜泽山一直没有说话。昏暗灯光下，鼻眼间的阴影将其脸部切割成阴阳两部分，使他看上去如一尊雕像。

"医生说了，只要好好调养，天宝的病是可以治好的。"杜天成小心地补充着。

"都怪我们总是手软，连天宝都……"杜泽山的语调令人窒息，"这笔账，迟早要算的。"

杜泽山今天一直在部署杜家子弟守住大屋的出入口，尤其要在夜间防止外人随便进出大屋。当初，韩月芳的屋子失火，十三爷的离奇死亡，他都没下决心，这一回他一定要这么做，对敢于侵犯杜家利益的人，决不能再姑息容忍。

杜天成只能点头答应，这么大的屋子不加强守卫，迟早会遭到别有用心之徒的再破坏。

他们只是不知道比大屋大许多倍的后山，又该如何保卫，尤其在夜晚，想上后山的人可以轻易地上山，比如说汤米。

汤米从村公所出来，见高国栋守在自己屋内，为了防止小霜再捣鬼，他甚至把汤米的行李锁到隔壁自己的屋里。汤米勃然大怒，他更加断定夏文涛和小霜这对狗男女在算计自己，白天谈合作，晚上就来暗算。这招太过阴险，如果自己没有外国国籍及投资客的身份，只怕要被这个臭丫头害死。汤米恼怒地去砸夏文涛的门，要当面和他理论清楚。

可夏文涛和小霜的门都无人应声，看来这两个混蛋又偷偷上山了。

汤米有些不安，他怕被夏文涛抢了先，也许地下宝藏的答案已经近在咫尺了，也许夏文涛主动向自己示好就是一个障眼法。于是，他决定留下高国栋看家，自己上山探个究竟。他甚至来不及去隔壁行李袋里拿别的衣服，匆忙和高国栋换了件外套，就出门了。

因为他自己身上的白西服太扎眼了，高国栋的黑色风衣以及皮质的鸭舌帽更适合夜行。

实际上夏文涛和小霜根本就没有出门，他们从汤米气急败坏的砸门声中听出了愤怒，便躲在房间不吭声。他们暗算汤米的动作过于明显，而杜鹃又回到村里了，如果事情闹大了，他们还是会吃亏的。没想到他们不应声让汤米产生了错觉，独自上了后山。

后山的夜晚确实有些阴森，尽管月光还是亮堂堂地照着，但后山的阴影里永远像隐藏着未知的意外——也许是一头受惊吓的野兔，也许是猝不及防的一声猫头鹰的惨叫。

汤米大着胆子沿着崎岖石块垒成的山道向上爬着。平常上后山他决不会走这样一条人工路，而是在树林里荒野中攀爬，以便发现地表的异样，但今天他实在不敢踏入沉沉的黑森林中，只能一边走一边竖着耳朵听周围的动静，他的目标是有可能上山动土的夏文涛。

走了一路也没有发现什么可疑的响动,半小时后他来到了山腰一处平坦的地方。老蔡的山居就建在这里,屋后有好几亩菜地和果树,按现代标准是绝佳的绿色山景豪宅。

看来老蔡父子都已经睡了,屋里一点灯光都没有,像个无言的怪物蹲在山腰,汤米犹豫一下蹑手蹑脚地走向老蔡的屋子。

汤米隔着窗户上的玻璃往里面窥视,在他看来,这个长期住在山上的守林员,肯定知道很多内幕。

3

老蔡其实根本就不在家。

晚饭后不多久,老蔡就提着一根木杖背着包出了门,他要去巡山,通常在后半夜才会回来,所以,他一再叮嘱山耗子要早点睡,更不能偷偷下山去撒野,最近局势越来越乱,让他一定要小心。

山耗子不是不知道利害,他不但知道杜天宝被吓疯了,还知道金头复活杀人的传闻,连杜天宝都疯了,要是轮到自己,命丢了都有可能。所以,义父的谆谆教诲从没像现在这样管用过。他早早就上了床,关了灯,躺在床上玩游戏,等到睡意袭来,刚准备放下掌中宝,就听窗外有响动。

这是汤米在窥视窗内时,一不小心碰翻了窗户前的竹竿。

山耗子开口就问是谁。

汤米一听行踪暴露了,转身就跑,飞快地隐入阴影之中。

山耗子听屋外再也没了声响,反而更加害怕了。在山中,他听过太多山鬼野狐的传说,加上发生在身边的恐怖事件,他的头皮一下就麻了。他最害怕的是某个冤魂惦记上自己,此刻正在吐着它血红的舌头。但山耗子毕竟是个浑不吝的山里泼皮,他也知道鬼怕恶人的道理，于是他大着胆子起床，拎着一根手腕粗的木棍，拉开门猛地冲出去。

门前的开阔地上空无一人，月光下的山色越发阴郁。

山耗子将木棍往地上一戳，破口大骂，什么鸟人活得不耐烦了，敢上山撒野，有种给老子出来。

声音传出去在空谷里激荡起多重回声。

树林中有夜鸟惊飞掠过。

山耗子被掠过头顶的鸟吓得面色骤变，他索性闭上眼睛冲着山里大声吼叫——我不管你是何方神圣，冤有头债有主，该找谁你找谁去，少来惹老爷，老爷天不怕地不怕，不怕和尚不怕老道，不怕僵尸不怕游魂，就算你是恶鬼，老爷也敢把你油炸了下酒吃，识趣的赶快滚蛋，老子要睡觉了。

山谷间，山耗子变了声的叫喊越发空旷而诡异。

山耗子根本撑不到回声消减，他壮着胆子喊完话，便逃跑似的回到屋内将门关上，又找了张椅子抵住门，然后钻入被窝里，蒙住头在床上瑟瑟发抖。

汤米在后山转到下半夜也没找到夏文涛的行踪，等他潜回旅馆时，似乎所有人都睡了，楼上楼下一片死寂。

由于运动量有点大，汤米睡得非常沉，等到起床时已经日上三竿，早错过了早饭的时间。

汤米去敲隔壁高国栋的门，却没有人应声。

这时，夏文涛和小霜神色可疑地离开房间，走出旅馆。

汤米便紧随其后一路观察。

夏文涛和小霜果然来到藏匿铁锹的地点，从灌木丛中拿出工具。

汤米现身出来，恼火地质问这两个背信弃义的小人。尽管小霜一再狡辩，他还是痛快地把夏文涛和小霜骂了个狗血淋头。

夏文涛任由他暴怒，只咬住一条，目前他们双方唯一的出路就是合作，汤米休想对自己使坏，逼急了，他就去告发汤米和助手高国栋上山盗墓一事，自己就是人证，这些农具就是物证。他让汤米好好掂量，如果同意，自己和小霜愿意马上撤下山，下午带上高国栋一起上山合作开发。

汤米犹豫了一下，考虑到夏文涛对桃花涧大屋以及后山杜家祖坟分布的研究比自己内行，所以他答应合作，先让他们撤下山，等他和高国栋商量之后，再做决定。

杜鹃来到旅店找小雪，这次小雪有点吃惊。

小雪以为昨天杜鹃上门道歉完全是出于礼貌，或者说源于丁飞的压力，但今天杜鹃又一次主动上门找她，关切问候，小雪心里有些感动，但又有些遗憾，如果她们之间没有丁飞，那该多好啊。

杜鹃是来找她谈工作的，而且还是市里的工作。

桃花涧的开发，是杜鹃主动向市里提出来的，关于这个项目的前景和难度她心中有一本明账，如果不协调好两大家族的关系，别说是汤米，就算比尔·盖茨来，这里的开发也只能停留在想象之中。所以，她要最大程度地取得两大家族多数人的支持，她更要成立一个筹备组，把两大家族的代表人物请进来一起协商。丁家的首要目标是小雪，她能在相当程度上影响不少丁家成员。

以小雪的学识和经历，她实在判断不出该不该答应杜鹃，所以她只好坦率地说出自己的困惑，她的心情非常乱，她没办法现在回复杜鹃，但至少从她的态度中，杜鹃看到的是友好，不同于在城里时显示出的那种偏执和恼怒。

杜鹃反而安慰她不必着急，开发是件长远发展的事情，在桃花涧像小雪这样的人才还真不多见。

凡合作者皆以是否有利可图为标准，比如夏文涛和汤米。但马丁却不明白赵长生究竟想要什么。

早饭后不多久，赵长生就来到马丁的屋内，归还笔记中的部分资料。马丁这才发现自己的独家资料缺失了一部分，明显是昨天晚上被赵长生偷去的，这个家伙口中唱高调，下手却一点不含糊。

赵长生坚决否认自己干过这种有辱斯文的事情，资料是马丁遗留在自己屋内的。他还批评马丁功利心太重，好像他们除了合作窥视人家的祖坟，就没有别的话题可聊了，既然马丁和自己话不投机，他只好去后山找老蔡谈话去，来到桃花涧以后，他发现这个守山林的山中老汉和他非常谈得来。

汤米回到旅馆就有些心神不宁，除了发现马丁和赵长生、夏文涛和小霜等人心怀鬼胎，更重要的是，高国栋也不知道跑到哪里去了。这两天他一直嘀咕着要走，说这里太危险，这小子该不会开溜了吧？自己的行李家当都在他屋里，由于昨天夜里自己回来得太晚，没敲高国栋的门。他本想找小雪帮自己开高国栋的门，可又看见丁飞在和小雪说话，他怕面对丁飞，所以他四下找唐虎，可是唐虎也没找着。

小雪看见汤米楼上楼下到处转悠，主动和他打招呼，汤米这才开口请小雪帮忙，然后冲着丁飞点头哈腰地一笑，随着小雪上楼去。

汤米真怕高国栋卷走了他的行李,这将导致他不得不提前离开桃花涧。

汤米跟着小雪来到高国栋的房门口,等着她打开房门。小雪手中一串钥匙叮当作响,正在找正确的那一把。而汤米在她身后,看着她雪白的脖子,心旌摇曳,想入非非。

当小雪打开房门的一瞬间,他的心像被提线拎着一下蹿出喉咙——小雪尖利的惨叫像刀锋划过玻璃。

割裂头皮式的惊惧不仅因为小雪的厉声尖叫在耳边划过,更源于屋内的恐怖场景——

高国栋躺在床上,胸口插着一柄匕首,深没手柄……

鲜血是最惨烈的印记,无处不在——高国栋的身上、床上、地板上,而且从床前一直流淌到了门口。房间里大多地板上都浸染着猪肝色的血迹,已经凝固的血渍散发出浓浓血腥味。

空气中弥漫着死亡的气息。

小雪在晕倒之前,丁飞已经来到她身边,一把抱住她绵软的身体。

她完全是惊厥晕倒,前天在梦中她一刀结果了汤米,没想到这个凶兆隔一天实现了,而且死的还是另外一个人,太恐怖了!

4

当警察陆续进村的时候,丁飞和张海已经封锁了现场并做了初步的勘查工作。

丁飞在旅馆外的桃花树下一个人呆坐着,浑然不顾自己身边来往的人。

案件的发生令他猝不及防,从十三爷出意外到高国栋被杀,桩桩件件都出乎意料。他实在想不明白为什么事态总在不经意间、在他无法预料的方向生出枝节。尤其是高国栋的死亡和前几起案件会不会有什么关联？难道是他在杜家纵火的事情被人知晓招致杜家的报复？如果说这件意外对整个破案有什么正面意义的话，那就是——它是一起百分之百的凶杀案！由此可以作为重大刑事案件，名正言顺立案展开正面调查，他也不用再拐弯抹角地对所有他认为有必要讯问的人反复查证，比如说汤米，他曾前后讯问过三次，就是想在他多次的回答中找到破绽。

杜鹃早一会儿去了后山老蔡家中。在她看来，在协调两大家族关系的问题上，老蔡有着他独特的优势，她想说服他加入筹备工作组。

老蔡只是一个劲儿地摇头，说他年轻时倒是认识几个字，在山里待了几十年，连外面的世界是什么样子都不知道了，就别丢人现眼了。杜鹃看得出他是有所顾忌的。

这时，山耗子连滚带爬地跑回来了，说死人了，村里肯定出大事了，他不知道谁死了，但他亲眼看见警车开进村里，而且来了许多辆，亮着警灯，按着警笛，那阵仗就像有人叛乱了。

老蔡一拍桌子大吼山耗子，叫你别下山偏不听，早晚叫警察把你抓去。

杜鹃赶到旅馆时，丁飞正在餐厅对汤米进行第二次讯问。杜鹃当然明白审讯的严肃性，只得自觉回避了。此刻她也和丁飞一样急于知道是谁杀了高国栋，毕竟他是自己客户的助手，严格地讲，自己要对他们的安全负责任。

法医杨晓梅勘验结果判断，高国栋是在凌晨二点左右被人杀害的，凶器是一柄在村里随处可见的刀具。根据这个结果，丁飞再一次讯问汤米、夏文涛等人。

汤米克制住心头的惊恐，极力让自己保持镇定。

高国栋的死对他打击非常大，尽管前面发生过黑子失足、十三爷意外去世等事，他有所触动，但毕竟事不关己，甚至在震惊之后还会有些幸灾乐祸。这一次不同了，死的是他的伙伴高国栋，而且是血淋淋地被人谋杀了。

血腥的场景让他一再产生生理反应。面对丁飞的讯问，他努力地回忆着可疑的人和事，终于向丁飞告发，夏文涛和丁小霜有重大嫌疑！

第十二章————关键线索

1

如果在以前,汤米告发夏文涛之事,丁飞会淡淡一笑只当他们互相诬咬,但这次毕竟是命案,他不得不重视每一句证词,因为也许真相就藏在某一句证词的背后。他认真地思考着汤米的每一句话并寻找里面的漏洞。

汤米非常仔细地回忆昨晚的每一个细节。当晚小霜诬告并让张海抓了自己,然后她潜入自己的房间,打算盗取行李中的东西,结果被高国栋撞见了。于是,高国栋就将自己的行李挪到了他的房间。平日里,高国栋从未和旅馆内外的人发生冲突,如果不是因为这一举动,怎么会招致杀身之祸?所以,旅馆内部唯一有理由杀高国栋的只有夏文涛。

丁飞忍不住点头,汤米这番指证,逻辑性还是比较强的,他不能不去找夏文涛求证。

夏文涛一听汤米指控他谋杀,立即跳了起来,面部憋成猪肝色。

丁飞不动声色地看着他,他对这个夏文涛的来历已经有了大致的了解。自从接受领导丁家的使命后,他对于家族的历史故事有了许多惊人的发现,只是他不知道这些往事对他当下的破案有没有帮助。

夏文涛大呼冤枉,他称这是汤米嫁祸于人,欲盖弥彰,贼喊捉贼。

丁飞看看手表,盘算着张海他们的外围调查还需要点时间,所以并不急于结束讯问。以他多年的审讯经验判断夏文涛几无可能是昨夜的行凶者,但此时,在犯罪嫌疑的巨大压力下,是可能将夏文涛和汤米打成原形的最佳时机,至少可以将他们撵出桃花涧,减少村里的祸乱之源。于是,丁飞对夏文涛说起了故事。

杜义雄被斩首示众并不许完尸入葬,对于杜、丁两家人而言都是一种惩罚。两家世代交好,加上杜义雄为全村利益而死,所以,当杜家人决定倾其所有打造金头时,丁家也将祖祖辈辈积攒的财富化成黄金和珠宝捐献出来,以示同受此罚。杜氏族人曾经跪谢当时的丁氏族长丁翰臣。十三爷家的杂货间里,至今还有一块牌匾,上面镌刻着当时杜家的秀才杜晓苏亲笔题写的"义隆秦晋",以彰显两家人血浓于水的世代交好,本来它挂在丁家祠堂里,后来被十三爷摘下,扔进杂货间,怒骂道,口蜜腹剑的畜生。

据说,原来杜晓苏写的是"义隆桃园",意思是桃花涧的三家如同桃园三结义,但骆家背弃盟约,显得这个结义像一场笑话,所以改成了"义隆秦晋",只说两家世代修好。丁飞遗憾地讲到,其实当初三姓通婚是很正常的事,丁家和杜家更是频频联姻。事变之后,多少个家庭被撕裂,又有多少至亲间互相手刃对方,有些受不了的,只好举家逃离出山,与两个家族断绝往来。

就像你和杜鹃小姐一样?夏文涛看来也了解了丁飞的故事。可是你跟我说这些干什么?

你接着往下听。丁飞竟然笑起来。

等到杜义雄大葬之后却突生变故，杜家从感激涕零到突然反目，他们声称是丁翰臣害死了杜家族长，杜义雄的子女更是要为父报仇，如果丁翰臣不出来谢罪，他们将对丁家族人大开杀戒。

最终丁翰臣不得不把泄密者——自己在城里念书的姨太太梅姑交出来以命偿命，结果酿成了当年的又一桩惨案。

梅姑所生的女儿后来被偷偷送出桃花涧，投奔了孩子的舅舅夏子曰。

夏文涛就是梅姑的后人，算起来，跟丁飞还有亲戚关系。

夏文涛现在相信了这个在市里出了名的警察果然有着异于常人的嗅觉，既然他已经猜到自己的身份了，隐瞒就是最蠢的做法，于是他爽快地承认了自己的身世，并且告诉丁飞，丁家人对历史的描述也是不客观的。他们为了美化丁翰臣，没有公平地对待梅姑。虽然梅姑曾经在城里念书，但她根本就不可能去向军阀告发杜义雄贩私盐和买卖军火，更没有机会讲漏嘴，她不过是当了丁翰臣的替死鬼。

如果当时丁翰臣声称自己以死向杜家谢罪，非但救不了丁家人，反而全族人会因群龙无首招来杜家的大开杀戒，重蹈骆家灭门之祸。所以，他希望以梅姑的性命保全族人的性命。

梅姑伤心欲绝，她并不完全是因为怕死，而是不甘心在丁家上千人中偏偏替罪羊是自己。后来她心里也明白了，当时的替罪羊只能是她，因为她是丁翰臣最心爱的女人，只有牺牲她，杜家才会相信丁翰臣诚心谢罪；只有牺牲她，才可能平息杜家人的怒气；只有牺牲她，才可能保全丁家上千条性命，包括她自己的孩子。所以，她请求丁翰臣派人把年仅三岁的孩子送到自己兄长家去，然后毅然自刎。

夏文涛感慨自己曾外祖母梅姑是一位大义凛然的奇女子，舍命换回了丁家上千人的安全。但是，她的后代没有人恢复丁姓，都以夏姓为荣。

丁飞点头，这样就对了，夏文涛这一次不但仇视杜家，对丁家人也充满怨恨。所以，他们重回桃花涧就是别有用心。

夏文涛马上予以否认，他之所以承认身份恰恰在于他问心无愧，非但没有干出杀人越货的勾当，甚至还以德报怨，为桃花涧的文化走向世界做着不懈的努力。至于昨夜的杀人案，汤米当然会嫁祸于人，因为他自己才是真正的凶手！

这是一个既在情理之中又在意料之外的告发，情理之中是因为汤米和夏文涛似乎一开始就是一对天敌，意料之外是因为他们在某些方面有相通的基础，尤其面对警察时，应该结成同盟才合逻辑。看来面对杀人罪名这个巨大的压力时，他们不得不拿出一部分事实来证明自己。丁飞要的就是这样有价值的互相告发！

果然，夏文涛说他认为高国栋来历可疑，也许是从事地下犯罪活动的盗墓分子。汤米聘请高国栋当助手，正是觊觎传说中杜家祖坟中珍贵的陪葬品。至于高国栋被杀的理由也很简单，是因为他害怕了，他不止一次劝汤米离开桃花涧，肯定是汤米怕阴谋败露才动手杀了他。谁能在旅店里神不知鬼不觉地将高国栋杀了？除了汤米还能有谁？

丁飞一下皱起眉头，这两人互相攻击并不奇怪，可为什么他们的说辞中却隐藏着某种可靠或者是合理的东西？这个捉摸不定的信息像流星划过，一瞬间，丁飞有点恍惚。

这时，张海匆匆进门向他反映了一个重要的情况：昨天夜里有人看见高国栋上了后山。

2

有一个丁家的老者因为夜里起来上茅房，看见高国栋鬼鬼祟祟地上了后山，同时看见的还有一个杜家的后生。因为杜泽山下令在夜里加强对大屋重要出入口的看守，所以一些杜家小伙子自告奋勇地值夜。年轻人视力好，他肯定偷偷上山的人是高国栋。次日中午，他刚向杜天成汇报这个情况就听说高国栋被杀了。

丁飞一下陷入困惑之中。这个情况实在过于诡异，首先根据前面的讯问综合判断，高国栋根本没有出过旅馆大门；其次，即使高国栋上山了，那他究竟是何时回来的？再次，他出了旅馆之后都干过什么，接触过什么人？这个情况使高国栋被杀的原因更加复杂。

张海一向浑不吝的脸上，居然露出了一丝恐惧。他说，从目击者看见高国栋上山的时间看，他应该在旅馆睡觉，难道他还会分身术不成？

丁飞皱眉想想，决定马上找汤米，这小子一定隐瞒了极重要的情况。

汤米不在屋内，床上放着一件黑色的风衣和一顶棒球帽。

这是高国栋的衣服，丁飞认识。高国栋酷爱戴棒球帽，晚上在屋内也不肯摘去。

丁飞的心有些异样地下坠，他弯下腰检查汤米的床下。

床下有一双旅游鞋，丁飞见过这双鞋，在韩月芳居所失火时，汤米就穿着这双鞋。现在鞋上沾满了泥土，还没来得及擦去。

丁飞的心一下敞亮了，又迅速地堕入黑暗之中。

必须马上找到汤米，因为凶手要杀的人是他！

昨天夜里上山的人根本就不是高国栋，而是穿着高国栋外套的汤米。村民认错人了。这下丁飞心中的疑问就有答案了。

但为什么凶手不在山上杀了他，而是要跟进旅馆动手，甚至还杀错了人？张海觉得他总是跟不上丁飞的思维。

丁飞现在顾不上解释这么多，当务之急是找到汤米，他目前非常危险。

好在汤米并未走远。丁飞找到他时，他还在厨房里找唐虎商量怎么处理高国栋的后事。唐虎挥着大刀在剁肉，不满地责备汤米总是惹麻烦。

汤米听说昨夜凶手的目标是自己，这才不得不承认自己确实穿了高国栋的衣服上了后山，回来时已经是凌晨一点钟左右。由于太累，他进门就上床睡了，而且睡得很死，什么动静都没听见。

丁飞要求他重新演示一遍昨晚回来后的所有细节。汤米回忆，当时他推开门，觉得腿像灌了铅一样，于是他不想去找高国栋，连澡都不想洗，把外套和帽子往衣架上一挂便上了床。

衣架正对着房门的墙角，外套和帽子确实挂在这里。丁飞一下解开了心头所有的疑问。

这件衣服救了汤米！

凶手要杀的目标肯定是汤米，只不过他夜里进门时猛然看见高国栋的衣帽，一时以为走错了门，等他再打开高国栋房门时正好看见汤米的行李放在桌上，这才确认床上是汤米，于是手起刀落。

这说明，凶手的目标非常明确，而且没有任何因财起意的动机，显然是报复杀人。剩下的问题是——汤米和谁有仇？

旅馆二楼是封锁的，进进出出的警察让这里显得特别肃穆。住客们都有几分人人自危的意思，毕竟死亡近在眼前，只隔着几个标准间的距离而已。

小霜已经听说凶手要杀的人是汤米而非高国栋，心里更加紧张了，如果这个杀手操作失误有没有可能杀到自己的头上来呢？另外，要寻找与汤米有仇的人，夏文涛显然跑不了，警察会不会把他和自己抓起来？

夏文涛和马丁正坐在旅馆的门厅内，看着进进出出的警察有些无奈。小霜过去冲他使眼色，让他到旅馆外边讲话。

小雪紧张地坐在丁飞对面。她有许多话一直想告诉他，早先开口说了出来，但从他当时的表情看，几乎就没有相信自己的话。现在他突然又找来，问自己梦境成真的事，难道他真的相信自己了？相信自己能在梦中杀人？面对警察，自己能把什么话都说出来吗？

丁飞柔和地笑着。他脸上的线条是那么好看，像后山的峰峦，寥寥数笔就勾画出万千气象，有时冷硬坚毅让人充满信心，倍有安全感；有时又温情脉脉如春风化雨；有时像阴湿天气里山腰上凝成的水汽，雾气蒙蒙，隐约之中带着难以解读的神情，令人忍不住想多看几眼。面对着他，小雪的心情能够保持平静，甚至获得了勇气，直面人生的勇气。在这种勇气的召唤下，小雪将多日来心底的纠结娓娓道来。

3

首先是马汉。这个油腔滑调的男人从第一眼见到小雪时就像个流着口水的哈巴狗,色眯眯的眼神一直在小雪身上打转转。虽然在马汉死后,丁飞来村里调查时,小雪介绍过这个情况,但真实情况比她说的还要糟糕。这马汉不但数次在无人的场合动手动脚,还有一天缠着小雪,非要她开个价钱陪他睡一觉,多少钱他都愿意付。

于是,当晚小雪做了个噩梦,梦中她亲手用刀捅进了马汉的心窝,杀人地点好像在村口的一棵大树下。至今她还记得马汉微笑着站在树下,自己手中的刀穿过他的身体,这场景像电影片段一样在她的头脑中闪现。

可怕的是,马汉第二天真的被人杀了,而且死在几十公里外。

不是死在城里,马汉是在这里被人谋杀了,城里只是抛尸现场。丁飞认真地告诉她真相。

小雪脸色煞白,难道是自己的诅咒起了作用?更恐怖的是,也许是自己亲手杀了他,在梦游的状态下。

丁飞冷静得像一台闪烁着各种指示灯的仪器,他让小雪继续说下去。

接下来就是黑子,也就是夏文涛原来的那个摄影师。

黑子倒不像马汉那样打小雪的主意,但他一副阴森的样子让人有点不寒而栗,小雪对他没有一点好感。

汤米进村的那一天,因为换屋一事,黑子就对小雪破口大骂,言语十分恶毒,加上小雪因为马汉之死、丁飞进村、杜鹃出现等一系列的事情,心情非常糟糕,晚上又做了类似的噩梦。

第二天，黑子也死了。虽然警方的结论是死于意外，但在小雪看来，黑子又是因她而死，她的恐惧已经到了极点。

丁飞皱起眉头，他在掂酌小雪的话中有没有玄机，照这个逻辑，昨天夜里她又做了杀掉汤米的梦？

昨天夜里，小雪还真没做梦，因为唐虎见她心力交瘁的样子，给她服了安眠药，她倒是一觉睡到大天亮。不过现在，她刚有起色的心情被高国栋之死弄得又跌宕起来。

因为她前天夜里做了怪梦。像杀马汉一样，在相同的场景下，一刀刺穿了汤米的身体。

为什么死的却是高国栋，而且还隔了一天？

小雪快要崩溃了。她从橱内拿出那柄用毛巾包好的匕首，打算彻底向丁飞坦白认罪，这是她在梦中杀人的凶器，真实地存在着。

丁飞连忙安慰她，从古到今都没有做梦定罪的事情，而且马汉也好，黑子也罢，都不是死在这把刀下。再说了，汤米还活着呢。丁飞唯一关心的是小雪知不知道自己有梦游症。

小雪抽泣起来，她正是怀疑这一点，所以才害怕，她怀疑自己是在梦游时杀了人。一直以来她都以负罪的心理面对办案的丁飞，她的压力大极了。唯一能理解她心事的人是唐虎，这几天夜里，他就悄悄地把小雪的门反锁起来，看来他也知道小雪会梦游。

丁飞立即找唐虎了解情况，这是办案过程中一直被忽视的盲点。

唐虎住在旅馆主楼与餐厅之间的一处简易房内，由于采光不好，门前昏暗。平时小雪很少来这里，有什么事只要一喊，唐虎立即闪现，动作麻利，态度端正。但今天小雪叫了几声也不见他反应。

丁飞看到唐虎门上挂着锁,一脚将门踹开。

小雪吓了一跳,她不理解丁飞突如其来的动作,但随即自己惊呆了。

唐虎的小屋内到处贴着各种照片。一间没有窗户的狭小房间内,四壁满是大大小小的照片,主角都是一个人——小雪!

小雪实在想不到唐虎什么时候拍了自己这么多的照片。

丁飞突然冲出门外,向楼道内的张海大叫:"抓唐虎,他就是凶手!"

4

小雪几乎坐倒在地上,她无论如何也不相信唐虎是凶手。随即她的心悬了起来。早一会儿,唐虎带着汤米出去了,据说杜鹃来找汤米,叫唐虎通知他去大屋一趟。

这下连丁飞都变了脸,杜鹃怎么可能叫唐虎来找汤米?他率张海等人像冲锋一样向大屋狂奔。

十三爷遇难的场景不断出现在他眼前,大屋里巷道太多,唐虎将汤米骗进去绝对是想要他的命。错杀高国栋之后,唐虎一直在寻找下手的机会。

丁飞指挥所有进村的警察立即前往大屋,务必尽快找到唐虎或汤米。但说实话,丁飞心里实在没底,他的发现是不是晚了一点?

好在他冲入巷道不多久,就听到汤米大喊救命的声音。

原来,唐虎动手杀人时被汤米察觉到了危机,于是不管三七二十一扯着嗓子撒腿便跑。

丁飞大叫着迎上前,同时抽出手枪……

唐虎面对丁飞的手枪,猛然停住脚步,眼中流露出豺狼一样凶狠的目光。

汤米由于跑得急,急于赶到丁飞面前,摔了一个跟斗,头破血流趴在地上,丁飞只要晚到半步,唐虎的剁肉刀就已经砍了下去。

丁飞枪指唐虎,厉声呵斥他放下刀。

唐虎号叫一声,猛地向丁飞扑过来,像一头失去理智的野兽。

丁飞心里叹息一声,收起手枪,迎着闪光的砍刀上前,擒住唐虎的胳膊,奋力将其兜头摔下——俗称背口袋。

在军警的格斗术中,这是一个难度极高的动作。按要求要将敌人的胳膊当发力点,用自己的背部与敌接触成为支点,像杠杆一样将敌人的躯体撬动甩到空中再掼到地上,不但要求有力量,尤其是爆发力,还要求有技巧。当年在警校训练时,丁飞每天都要加练一百个背口袋的动作,因为他深知这个动作的威力,不但可以将敌人摔得七荤八素找不着北,还能从心理上击垮敌人的心气,打掉其自信。

唐虎像一袋沉甸甸的黄豆被摔在地上,震得地基都在颤抖。停顿片刻以后,他竟然伏地痛哭,哭声在巷道间引起嗡嗡回声。

汤米也摔得不轻,头上划开一个裂口。

法医替他包扎了伤口,丁飞亲自送他回到房间。这时,杜鹃也被惊动了,匆匆赶到了旅馆。

听说惊魂的一幕,杜鹃出了一身冷汗,只差一秒钟,自己的大客商就命丧大屋了。她感激地看了丁飞一眼,传达了自己的谢意。

从鬼门关转了一圈回来,汤米有些恍惚,此刻他根本顾不上掩饰和反驳对自己不利的事情,包括他对小雪的侵犯。

杜鹃这才明白来龙去脉,是因为汤米玷污了小雪,所以唐虎才对他痛下杀手,昨天高国栋被杀真是一个意外。

唐虎默默喜欢着小雪，他的感情压抑在内心深处直到变态的程度。但凡小雪的心愿，他会千方百计地替她完成，这才使得小雪每天梦中的场景次日能够成真。小雪有梦游的毛病，在梦游时，她会把心中的愿望说出来，所以唐虎能够替她完成。

杜鹃心中暗暗叹了一口气，这是两个多么可怜又可叹的人啊！

唐虎十分剽悍，真面目暴露以后完全成了一个桀骜不驯的野兽，非但不好好配合刑警队的临时审讯，反而大闹村公所。赵胖让丁飞去一趟，看看有什么办法。

唐虎见到丁飞更加激动起来。他指着丁飞的鼻子破口大骂，一下又号啕大哭。

眼前这个癫狂的唐虎是如此陌生，但丁飞完全听懂了他的咒骂。

因为丁飞对小雪不好，给她带来了伤害。为了丁飞，小雪甚至患上了精神分裂症。多少次唐虎打算杀掉丁飞替小雪报仇，但令他更痛苦的是，小雪内心深深地爱着丁飞，他不但不能杀掉丁飞，还要对他恭敬有加以讨小雪的欢心。他太痛苦了，以至于当着丁飞的面，他号啕痛哭恨自己没有本事，不能保护好小雪。

一众警察看着这个疯疯癫癫的唐虎，不知道审讯该如何进行下去。

第十三章————暗藏玄机

1

丁飞冷静地看着唐虎。他在等唐虎情绪发泄过后松软的一瞬，那是人类几乎最软弱无助的时刻，很短，稍纵即逝。

果然，在唐虎哭得几乎上气不接下气的时候，丁飞告诉他，小雪想见他。

唐虎一下安静了，他无助地看着丁飞。

丁飞告诉他，可以安排小雪和他见一面，前提是他必须配合警方的询问。

唐虎立马像换了一个人，不但回答了警方的询问并在逮捕令上签了字。

小雪和他见了面，两个人抱头痛哭。

丁飞让其他人退出村公所，让这一对姐弟相称的失意人单独待上几分钟。

眼见天色阴沉下来，而且据说将有暴雨来临。赵胖决定立即收队，将犯罪嫌疑人唐虎带回市局审理，高国栋的尸体也被技侦大队带回。

丁飞也随队而去。临行前，小雪拉着他的胳膊哭成个泪人，她依然不相信唐虎会杀人，也不相信唐虎从此将走出自己的生命。

汽车驶出桃花涧之后，唐虎再次放声痛哭，他明白此生恐怕再也回不到这里了。他在这个村子度过他的童年、他的少年和青年时代，这里是他生命的全部。丁飞默默地抚着他的后背，这是他曾经的小伙伴，今日再抚他的后背，自己的内心居然能感受到他的绝望和痛楚。丁飞的眼泪潸然而下。

一溜警车鱼贯出村向山下驶去，山里人的心情随着警车的离去渐渐地松弛下来。

杀人凶手抓到了，不管这个凶手多么地出人意料，震惊之后带来的是欣慰，无论如何悬着的心放下了，凶手抓到了，误会解除了，连杜家人因墓葬而绷紧的神经也放松下来，村民们的脸上重现笑意。

旅店里的住客更加放松，那种心情简直像浮在水面的泡沫，有放纵飘浮的感觉。苗青甚至为自己的浅薄而感到可笑，前阵子她不断想象夏文涛是坏人、汤米是坏人，马丁也有可能是坏人，结果，最让她有安全感的唐虎才是系列杀人案的真凶。本来已经打算离去，现在她和许佳打算在此再住一阵子，多画些画儿。

唯独汤米感受不到一丝喜悦，毕竟他的助手高国栋死了，作为雇主，他不能弃之不管，于情于理他都得在这两天暂时离开桃花涧回到市里。另外，要延续寻找杜家宝藏的计划，他这个光杆司令必须尽快找到得力帮手，所以，他借小雪办公室的电话和大洋彼岸的舅舅联系上了。他希望家族里尽快来人增援，尤其要再物色懂堪舆术的高人尽快破解杜义雄墓葬之谜。

丁飞坐在警车内，看着一直抽泣、身体颤抖的唐虎，他能体会到那种鱼儿离开水的窒息感。这种无助对于预审官而言是个好消息，他将不会作任何抵抗便把全部情况交代清楚。

颠簸的山路给了丁飞整理思绪的时间。从高国栋出意外到抓唐虎，这期间他的头脑像一直在工作的计算机，高速运转着，各种信息充斥在耳中和脑中，他要分析、整理和判断，哪些能引起他的兴趣，是什么能够令他的直觉像刀口一样能割出血来。

现在他终于明白了，当汤米说高国栋没有得罪人为什么会招来杀身之祸，只有可能是店里的人，就是夏文涛；而夏文涛一口咬定能在旅店神不知鬼不觉地杀了高国栋的，肯定是汤米。当时，丁飞有种说不明的直觉，就是他们的说辞中有部分可靠的信息，现在完全清楚了，他相信凶手一定在旅店内，除了客人，只有小雪和唐虎等人，这恰恰是他潜意识里不愿相信的。就是说作为一名刑警，他还是犯了主观臆断的毛病。另外，他当时已经隐约地怀疑高国栋不该是被害者，因为不符合逻辑，直到看见高国栋的衣帽，他才大胆推测，凶手的目标是汤米，这才是破获本案的关键。

但是问题都清楚了吗？从马汉被杀案开始他就进村调查，当初为什么没有突破而漏了唐虎这个疑点？还有后来，黑子死后呢？需要理清楚的细节实在太多了。丁飞在车上试图翻回头来，寻找过去调查中的遗漏之处和破绽时，突然，他脑海中被一剑洞穿！

可怕的真相和思维的错误可能会撕裂一个人的神经，当一个侦察员发现办案中致命的漏洞时，就像被敌人用利剑刺穿。

丁飞大叫着让车停下，他要徒步回村。

因为他猛然发现，唐虎可以杀马汉、可以杀汤米，但他绝对不可能杀十三爷，甚至没有时间杀黑子。

就是说村里还有杀人凶手！

2

雨终于下下来了,刚开始并不大,只是天色黑得较快。

旅馆里的人有点欢欣鼓舞,没什么比夜色雨声更容易保护别有用心的人。

夏文涛在晚餐时特意叫了一瓶红酒,他心里非常高兴,不仅仅是警察离去、凶手嫌疑解除,同时还因为汤米受挫后一蹶不振,如果这些竞争对手陆续退出,自己还真不着急了,慢慢下功夫,墓葬中的财宝迟早会落在自己囊中。他的底气来源于黑子,黑子经过几次踩点后夸口,破解几十年的谜团只差了最后一步。黑子在自己研究几十年的基础上究竟有哪些突破?留下鬼画符似的文字究竟能说明什么?这些固然一时难以揣测,但他相信自己有能力找到答案,所以他决定当晚趁热打铁冒雨上山。

但是,小霜带来了一个令人震惊的消息,丁飞回来了。

丁飞回到村里时天已经黑了,他浑身被雨淋湿,只好去十三爷的故居中洗了把澡,因为他的换洗衣服都在那里,然后又去村公所,向村主任讨了碗稀饭喝。

对于丁飞冒雨赶回来,村主任十分不解,为什么唐虎就没有可能杀十三爷?也许是他杀人阴谋败露,被十三爷发现,所以杀人灭口。

丁飞否决唐虎杀十三爷的任何可能,因为十三爷对他恩同再造,以唐虎的个性宁愿自杀也不会向十三爷下毒手。

十三爷是在山路边上捡到唐虎的,当时他只有三四岁,说不明白自己的来历,只是手上拿着一串糖葫芦,所以一直就叫这个孩子糖葫芦，等到上学的年龄了，就把糖葫芦改成了唐虎。

唐虎从小被十三爷拉扯大，就像老人家膝下的小孙子，而且是特别骄纵的孙子。在学校里学习不上心，调皮捣蛋犯错误，十三爷从来不责骂他，反而去学校找老师理论，最后一怒之下带着小唐虎回村子，发誓不再去学校受罪。后来，唐虎就向丁家一些会识文断字的长辈学文化，吃百家饭串百家门。这小子性情内向不善表达，心里却和十三爷特别亲，十三爷遇难那天，他哭得昏厥过去绝不是演戏。

现在的问题是，如果不是唐虎，那么杀十三爷的凶手是谁？

小雪此刻在唐虎的房间内，看着他收藏的自己的照片，心里非常痛苦。她万万没想到这个老实木讷的糖葫芦心里竟然隐藏着对自己如此深重的感情。

当年这个小鼻涕虫进村时，第一个替他擦脸的人就是小雪。小糖葫芦呆呆地看着小雪，任由她擦自己的鼻涕和泪水，也许那个时候，这小孩就在心目中刻下了小雪姐姐的印记。后来，小鼻涕虫变成了小跟屁虫，无论小雪到哪里，后面始终跟着这个憨憨的小弟弟，寸步不离地保护她，即使她的姐姐小霜欺负她也不行，糖葫芦总会挡在小雪姐姐面前，随时接受小霜踢来的飞脚，哪怕疼得掉眼泪也绝不退让一步。

可谁也没有想到，他居然为了小雪去杀人，连丁飞都没有想到。

小雪真不相信，事情是什么时候发展到这一地步了？直到她在村公所里见到唐虎，她才相信用刀扎进高国栋心窝的人真是他。

唐虎见到小雪，眼泪像滂沱的雨哗哗而下，他说人是他杀的，高国栋、马汉都是，他还差一点杀掉汤米。从少年时，他就发誓此生要保护好小雪,他也一直非常努力地去做,可惜现在已经不可能了。唐虎痛哭流涕地责备自己没有完成任务,未来的日子,他希望小雪好好照顾自己,忘掉他这个不争气的弟弟。

小雪看着他肝肠寸断的样子,心里难过极了,忍不住放声大哭,直到丁飞把她劝出门,她的身体都哭软了。

3

小雪这次与唐虎见面果然对唐虎的心理起了极大的稳定作用,在市局预审室里,他很快就交代了自己杀人的事实。

和丁飞判断的一样,因为马汉和汤米冒犯了小雪,又因为小雪在梦游状态下表达了对这两人的不满,于是唐虎决定满足小雪的心愿,亲手把他们杀掉。在杀汤米时确实出现了意外,他在当日没找到下手的机会,在次日晚错杀了高国栋。在那么多警察进村后,他本想暂时放过汤米,但他听说丁飞已经猜到凶手杀错了人,担心自己很快会暴露,于是铤而走险刺杀汤米,可惜被丁飞出手破坏了计划。

虽然唐虎竹筒倒豆子似的将罪行一件件交代出来,可他对十三爷和黑子的死拒不承认。他在审讯室里扑通跪下,恳求警察尽快找到杀害十三爷的凶手以告他老人家的在天之灵。

赵胖怎么看也看不出唐虎像在撒谎,于是追问他杀害马汉的详情以及如何瞒过了丁飞的第一轮调查。

在小雪梦游中,唐虎发现她恨不能杀了马汉泄愤,便决定连夜杀人。可是他潜入马汉的卧室却发现他根本不在屋里,猜测他又偷偷上山去了。于是,唐虎立即潜入后山欲杀马汉,他相信能够找到这个该死的东西，因为当天上午，他在后山跟踪过马汉很长时间，知道他对墓区一带感兴趣。

当时，他去后山找了老蔡。老蔡平时托他代买一些生活用品和厨房的调味品，这天他去找老蔡拿采购的单子，在山道上就看见了鬼鬼祟祟的马汉。马汉一边走一边拿着罗盘四下看，他诡异的样子又引来了老蔡。老蔡在后面尾随并监视着他，一直不离开。唐虎便悄悄地尾随在两人的后面，他知道这个混蛋对小雪动手动脚，要不是小雪再三警告，自己早就狠狠地揍他一顿了。他怀疑马汉会干坏事，怕老蔡年老力衰遭马汉的毒手，于是一直跟在他们身后，但一直转到下午也没个结果。由于唐虎还要去山下的供销社进货，所以他只好离开。

就是因为跟踪马汉耽误了时间，下山进货太晚了，他又怕被小雪责备，便电话叫供销社把一车酒水用车送上山来。供销社的刘麻子家买了一辆二手的面包车，帮别人拉活，因为没有营运证，送一趟上山只收五十块钱，但唐虎还是嫌贵，平时一直舍不得，但这次他咬咬牙叫刘麻子送上村口，把货卸在自己的三轮车上，还不敢叫店里的人知道。恰恰是这个阴差阳错的安排，掩护了唐虎的作案时间，来回拉货再加上搬运和整理货物的时间把丁飞给骗了过去。

马汉被唐虎追杀到悬崖边，人被打倒在地，脑袋被大石头重重地砸了好几下，奄奄一息的时候，唐虎又将其推下悬崖正好摔在驶过的自卸车上。这一切和丁飞的推测完全一致。

黑子死亡的夜里，唐虎、汤米和夏文涛在旅馆里喝了一夜的酒，如果黑子真死于谋杀，这三个人都不可能是凶手。十三爷之死又是另一起谋杀？当时究竟发生了什么呢？赵胖心里多么希望丁飞这次判断错了,他看一眼窗外泼天而下的暴雨,思考着丁飞的推测,桃花涧里还有比唐虎可怕得多的凶手?

唐虎忍住悲痛回忆着十三爷出事那天的情况。

当天中午,马丁、赵长生、汤米和夏文涛等客人都在餐厅吃午饭,还开了酒,他和厨师忙到快下午两点钟才松下一口气。他走出旅馆大门却发现十三爷一个人坐在门口发呆,他以为十三爷在等什么人。十三爷有点恍惚又有点急躁地叫他立即把丁飞找来,马上来,而且十三爷还说了一句莫名其妙的话——"我倒要看看他们搞什么鬼。"

这句话谁也猜不出意思,丁飞也猜过,他不知道十三爷指的是什么人,这个"他们"显然是后来的凶手,一定是十三爷发现了凶手的破绽才遭到毒手。

唐虎痛苦地捶打着自己,无论如何也没想到这是老人家留下的最后一句话,否则,他唐虎就是拼着去死也要问问是谁在搞鬼。

赵胖挠着头,他心里十分相信丁飞的敏锐。黑子和十三爷都不是死于意外,可没有证据的支持根本没有办法立案。队里办案任务那么重,总不能花着纳税人的钱去做一些捕风捉影的事吧,虽然十三爷临死前说的这句话大有玄机,但一样不能成为立案的证据。所以只能让丁飞一个人在村里苦苦摸索,一想到这儿,赵胖就觉得十分过意不去。

可是,很快就传来了好消息——

一直协查黑子身份的侦察员送来四川省公安厅的情况通报,证实黑子本名陈金刚,是个从事盗墓的罪犯,在圈里赫赫有名,前年因在川陕一带盗掘汉东乡王墓葬被四川警方通缉,一直没有下落。

赵胖立即拍起桌子,这下有了充分的理由派人入村协同丁飞作战了。此番务必一举查明黑子和十三爷之死的真相,还有闹鬼、金头等传闻,彻底整治桃花涧的治安环境。

丁飞接到赵胖的电话,激动得几乎哽咽。终于盼来组织了!

这些天他一直在孤军奋战,又受到诸多非办案因素的干扰,实在有些心力交瘁,这下好了,不但有了"四肢"替自己开展各种调查取证的工作,还会增加若干个聪明的"头脑"进行碰撞。

丁飞望着黑漆漆的窗外,瓢泼大雨一刻也没停歇,但他心里有了盼头,因为唐虎的口供证明了他的预测完全准确。那么,潜伏在黑暗中的另一半隐情即将被揭开,隐藏在雨幕下的真凶,很快就会落网。

电话断了。赵胖还未向他通报完所有的情况,电话就断了,一点声音都没有。

小雪办公室的电话也没了声音,说明整个进山的线路全部中断了。

头顶上滚过响雷,天幕上划过耀眼的闪电。

昏暗的白炽灯黯然失色,等到屋内突然陷入黑暗,丁飞才明白原来进山的电路也出现了故障。

风雨摇撼中的桃花涧,整个陷入了黑暗之中。

第十四章————风暴来临

1

突陷黑暗对于久居光明中的人们来说是一种心理上的打击，旅馆里一下人心浮动起来。

好在有丁飞，他浑身湿透地跑到旅馆来借电话，正巧赶上苗青受惊吓正在大叫。他给几位住店客人送去了蜡烛应急。这种粗糙的白蜡烛，不仅耐用，光还很亮，只是有点冒黑烟。山里的供电不稳定，这种很实用的廉价蜡烛是旅馆里常备的。旅馆的客人尤其是女孩子，见到丁飞时心里都踏实很多，连一直对他非常敌视的小霜都明显增加了依赖性，她希望今晚丁飞能留在旅馆里，这场狂风暴雨实在太吓人了。

丁飞当然明白在紧急状态下，人的心里是需要某种安全感的。他打开旅馆茶吧的应急灯，让小雪烧好开水，暂时不愿睡觉的人可以在此喝喝茶、聊聊天。几个女孩子立即响应，苗青是福建漳浦人，老家出产好茶叶，她将仅存的一小罐乌龙茶贡献了出来。

正当几个女孩子缠着丁飞要和他聊天时，村主任却神色慌张地进来找丁飞。

由于暴雨太急，引起一部分山体滑坡，几户依山而建的丁家人几遭灭顶之灾。

丁飞二话没说就和村主任冲进了暴雨之中。

众人面面相觑,这还了得,灭顶之灾啊!不会连这座小旅店也要被埋葬了吧?

汤米突然怪笑,他说看这种天象就知道是天怒的意思,死人失火天灾人祸,现在全赶上了,如果大家都被埋葬了,几百年后这里不是又多了一群讨债的冤魂吗?

马丁居然还感慨地附和。他说有些事情是有定数的,是祸是福谁也躲不过去,既然大家都来到风雨飘摇的桃花涧了,只能认命了。

几个女孩子吓得花容失色。马丁浑然不觉,一瓶啤酒喝完,他习惯性地叫——"唐虎"。

苗青变色尖叫起来,烛焰都被吓得飘摇起来。

马丁这才抱歉地苦笑起来,人吓人,吓死人呢。

由于暴雨几株粗大的树被冲倒了,连同它们根部的土石也顺山坡垮塌下来。山坡旁有几户人家,所幸这几处房屋的山墙都是就地取材用大青石砌成的,而且山墙连成一体,有较强的抗冲击能力。但即便如此,成吨重的青石墙已经被滑坡的泥土冲得倾斜欲倒,房梁则七横八竖,砖瓦砸塌,门窗敲碎。大雨中的残垣断壁,让人触目惊心。

丁飞打着手电筒,踩着积水,察看几户人家的受灾情况,所幸没有人员伤亡。他和村主任商量,马上把村公所腾出来,让这几户暂时住下。

目前的局面最先解决的应当是照明问题。好在村里当年建过一座自行发电的小电站。

小雪告诉他,电站近几年很少使用,也不知设备还能不能派上用场,需要试试。马丁等人立即附和说愿意帮忙,他们宁愿与丁飞一起忙乱地干活也不愿坐在黑暗里苦熬等死。丁飞点头同意,反正缺少人手,而且调动他们参与抢险,至少可以增加他们之间的信任,免得再钩心斗角发生意外。但令他没想到的是,众人离开旅馆时,汤米和夏文涛悄悄地返回旅馆,隐藏在黑暗之中。

发电站大门上的挂锁足足有三四斤重,巨大的铁锁一旦生了锈就非常难打开。丁飞在村主任的帮助下费了好大劲才打开门。

为了保护好这套老旧的发电机,在每次使用过后,村主任都会将其拆装成几个部分,关键的齿轮部位封上一点润滑油,然后装入几个箱子保存。村主任查验了一下,发现几个箱内的设备,尤其是皮带轮还算正常,应该没有大碍。几个曾经拆装过设备的丁家子弟七手八脚地装着电机,村主任则去地下室找柴油。如果没有柴油,大家就算白忙活了。

丁飞看着落后社会至少二十年的乡亲们,心里有些不忍,现在他特别理解杜鹃想改变桃花涧的迫切心情,可惜,她找的这个汤米似乎无法实现她的心愿。

这时,杜鹃带着几名杜家的小伙子赶来了。

暴雨、闪电、山体滑坡,虽然没有给杜家人带来直接影响,但杜鹃愁得睡不着了。她在大屋内巡查,布置人手值班以防恶劣天气给村民带来灾难而无法预警。对岸丁家子弟在丁飞的指挥下忙于抢险,面对如此自然灾害,杜家人岂能袖手旁观,于是她带人赶来看看有没有什么可以帮到丁飞。见他们在想办法修理发电站,杜鹃十分欣喜，也暗暗敬佩丁飞的临危不乱。

村主任检查了一下，发电站还有十二桶柴油。按照四桶可以支撑发电站一夜运转来算，目前油料可以使用三天。谢天谢地，这就是有备无患的好处。去年，镇里派人对古村落进行安全检查，曾有人提出要处理掉这十二桶柴油，说它是埋在古村落中的定时炸药，幸亏村主任坚持不处理，把这些柴油放在了地下室，今日果然派上大用场。

丁飞看着即将拼装成形的发电机，脸色凝重地叮嘱，务必要派人24小时看守这批柴油，这确确实实是村里重大的安全隐患。刚刚掏出香烟的村主任被吓出一身冷汗，发电站的柴油万一发生爆炸，桃花洞将万劫不复。

关注这批柴油的人还有杜泽山。当他听说丁飞带人抢修发电机，立即面孔变色地骂起来，这个丁飞还嫌村里不够乱吗？他一来，村里就出事，真是个灾星。

发电机的声音响了起来。

村主任双手合十，生怕老化的皮带断裂，那样就什么都完了。

头顶上的灯泡亮起来，又暗了下去。

灯光终于稳定下来，灯下的人们重新看到了熟悉的景象。

蜡烛吹灭了，应急灯关掉了。苗青、许佳高兴地拥抱丁飞和村主任。

丁飞有些不好意思地笑看杜鹃。灯下的杜鹃面色红润，异常娇美。

旅馆里的汤米等人举起啤酒庆祝起来，他们悬在黑暗中的心也有了安放的地方。

暴雨下的山村有了些许灯光，显得有一丝暖意。一直提心吊胆的杜家人在大屋内感慨丁家人终于做了件好事。

混沌中的暴雨丝毫没有停歇的意思，反而被发电机的轰鸣声激怒了，裹挟着狂风贴地横扫着大山的沟沟壑壑。树木像被掀翻帽檐的帽子，几欲倒飞，悬挂空中的电线电缆像荡秋千的绳索摇晃着发出啸叫。

终于，电线杆轰然倒地。电线拉扯之下，钢架像笨重的躯壳砸在大屋一隅，砖瓦四溅，惊呼一片。

地震了！惊恐的人们已经不辨真相，只觉得天塌地陷，地动山摇。

远远地，丁飞听见了杜家人的惊叫："大屋要倒了！""救命啊！"并有人逃进滂沱的大雨中。他只好带着村主任、马丁和苗青等一群人赶向大屋救险。随着杜鹃而来的赵长生虽然十分恐惧，但不敢落单，只好随他们一同赶往大屋。

听说电线杆砸倒了大屋的房舍，而一旦电线短路引发火灾，后果将不堪设想，丁飞身先士卒，立即率村主任等人迅速消失在巷道中。苗青、许佳和腿脚不好的赵长生落在了后面。

赵长生四下张望，心惊肉跳，他住在大屋中，听窗外的风声雨声吓得睡不着。刚刚入夏，居然就有这般地动山摇的狂风暴雨，他以为这是山神震怒要向桃花涧施以惩罚，天气才会如此反常，所以，他跟着杜鹃来到发电站，见到了光明后才松了一口气。他声称打死也不回大屋住了，马上就收拾好行李，连夜走，兴许还能逃出一劫。

苗青和许佳听他说大屋有冤魂，会向人们进行报复，不禁吓得脸都绿了，再也不想管闲事了，只想回到旅馆里去，至少那里有小雪，是她们温暖的归宿。

幸亏丁飞提前断了电，要不然，电线挂在土木结构的大屋上真的很危险。丁飞指挥着丁家的几个壮小伙子试图将电线杆从大屋顶上卸下，可这座铁塔式的线杆太重了，又缺乏专业工具，几个壮小伙子又拉又推，钢架纹丝不动。

杜鹃沉下脸训斥一旁看热闹的杜家人，这是在替他们抢险，难道还要人家回丁家搬救兵？很快就有十几个杜家的青壮年走了出来。

其实，他们并不想袖手旁观，因为他们实在没见过丁家人在族长的带领下为杜家人玩命，同时也不知道该不该和丁家人一道干活儿，但大小姐一声令下，大家立马行动起来。他们找来绳索、撬棍等工具，很快，几十个人干活的号子，在遮天的大雨中汇集成了一股力量。铁塔被缓缓抬起，离开砸塌的屋顶，又缓缓放置在地上。

丁飞叮嘱杜家派人保护好凌乱的电缆以防伤人。

这边电线杆倒塌事件尚未处理完，大屋里又爆发了更加慌乱的骚乱。

闹鬼了！

2

苗青和许佳打算回到旅馆去，可她们完全不认识路，在巷道里深一脚浅一脚地摸索着，猛然就看见暴雨倾泻的庭院中有一对闪亮的绿眼睛在俯视她们，瞬间，震耳欲聋的犬吠在耳鼓里炸响。

这是一户做豆腐的人家，庭院里放着几十麻袋黄豆和一板一板做好的豆腐，凶猛的狼犬显然是看家护院的。暴雨声中传来清晰的铁链碰撞声，可见得猛犬冲击过来的力道有多大。

苗青吓得攥住许佳的手向后逃去，可偏偏一转身，她们看到了平生最恐怖的景象——

一个金头在空中飘浮过来！

黑暗中隐约可见这只栩栩如生的金头向前滑动过来，目光注视着两个女大学生。

许佳撕心裂肺的惨叫从丹田发出，她拉着已经魂不附体的苗青胡乱地狂奔起来，也不管猛犬在叫，也不辨东西南北，只是往巷道深处狂奔，而金头一直飘在身后。

杜家有人听到如此疯狂的犬吠和人叫，打开房门，不禁也骇然变色。

"有鬼啊，救命啊！"

巷道里鬼哭狼嚎，撒腿乱窜的人越来越多，凄厉的惨叫声渐渐盖过漫天的雨声。

看着杜鹃坚定地点头，丁飞这才敢离开大屋，率人直奔发电站。无论大屋里如何哭爹喊娘，他心里始终坚定一个念头，就是发电站绝不能出事，但他又不放心让杜鹃单独去处理大屋的骚乱。杜鹃当然明白他的顾虑，她叫上杜家几名壮小伙子陪着，让丁飞放心，守卫发电站是第一位的。丁飞叮嘱她一会儿去旅馆碰面，便冲入大雨中。

果然有人在发电站里抽起烟来，丁飞铁青着脸把这位叔伯兄弟骂了一顿。往严重一点讲，目前也许是桃花涧面临生死存亡的时候。如此混乱的局面，隐藏在村里的凶手不会闲着，尤为可怕的是目前既不清楚凶手属于哪一派势力，比如是企图进行盗墓犯罪的还是打击罪犯的？是本村的还是外来的？同时也不清楚他行凶的针对性，比如是与个人为敌，还是向全村复仇？为财为情为色还是报复行凶？同案的罪犯究竟有几个人？在目前一无所知的情况下，这么一个炸弹必须打起十二分精神守好。

被骂的丁家兄弟讪讪地笑，他保证不再犯错。丁飞犹不放心，他将召集到的二十几名丁家小青年分成四班，每班守六个小时，轮流值守，没有他和村主任许可，任何人不许进入发电站内。

旅馆的大门被砰地撞开。

苗青和许佳披头散发地冲入门厅。夏文涛和汤米等正打算各自回屋睡觉，他们喝了不少啤酒，情绪渐渐平复，以为一切都已经太平了。两个女大学生像鬼魂附体一样撞进门来，把所有人都吓了一跳。

小雪已经趴在服务台上睡着了，惊醒之后连声问出了什么事。

大屋发威了，要杀人，一个恐怖的金头鬼要报复杀人了……

苗青语无伦次地描述着所见的恐怖场景，令所有人的心都沉了下去。

丁飞来了。所有面如死灰的人都看着他，像看到了一根救命稻草。

许佳跳起来，连声说有鬼，叫他去大屋捉鬼。

两名女大学生被大雨浇得湿透了身子，衣服裹贴在身上，甚至可以清楚地看到内衣裤。

丁飞皱一下眉，随即让姑娘们回房洗个热水澡，然后再细细地提供线索。他让所有人都别怕。

许佳将信将疑地看看他，拉着苗青回屋。

丁飞让小雪赶紧煮些姜汤，今晚有太多人一直被浸泡在雨水里。

令杜鹃难以置信的是大屋里居然真的闹起鬼来，或者说是真有人，而且不止一个，亲眼看见了活生生的鬼。这次，绝不是杜天宝装神弄鬼的恶作剧。这个飘浮在空中的金头鬼究竟是什么来路？难道传说中杜义雄的金头真的复活了？就算如此，是不是义雄公的真正墓葬被人盗了？那么这个冤魂不去找他的冤主，跑来大屋里恐吓他的子孙算哪门子道理呢？

所有见过金头鬼的族人都吓得不轻。杜鹃连连安抚，她答应立即报警。

为了给族人以信心，杜鹃坚持独自去旅馆找丁飞，她说她偏不信邪。但说老实话，她一个人走在巷道内依然有些心惊胆战，生怕从哪个角落里突然闪出那颗金头。她相信，在气氛诡异的巷道中，尤其是目前这个惶恐的氛围下，即使飞过一只蝙蝠，也会被认为是吸血的妖孽。

杜鹃把自己的身体裹紧在雨衣里，让自己有了一种盔甲护身式的安全感，即使这有点自欺欺人的意思。

杜鹃来到旅馆的时候，丁飞已经让大家的心情放松下来。

两个女大学生冲了一个热水澡，喝了姜汤以后，情绪稍稍平稳了一些。丁飞记得她们是美术学院的学生，便叫她们把看到的鬼的模样给画出来，让大家见识见识。

画板架起来，苗青退缩了，她不敢去回忆这个恐怖的金头。许佳大着胆子画起来，即便如此，她画完以后，连忙闭上眼睛，不敢再看。

丁飞饶有兴趣地取下画纸端详，夏文涛和汤米等人也伸头来看。

画像看起来是个极其普通的人头像，并非传闻的那种恶鬼、夜叉、吸血鬼等种种异相。

丁飞笑起来,这有什么好怕的,一点都不凶神恶煞。

许佳摇头说可怕极了,只有一个金头浮在空中,根本没有身子。

丁飞更是大笑,笑得声震屋宇,大屋里那么黑,当然看不见他的身子,这有什么好奇怪的?

汤米和夏文涛惊异地对视一下,就这么简单?一个鬼哭狼嚎的恐怖事件就这么轻描淡写地一笔带过了,还是丁飞有意地引导甚至是误导大家以防更大的骚乱?他是不是隐瞒了什么真相?

这时,杜鹃进门了,她把丁飞叫到一旁小声嘀咕几句,丁飞便向许佳借走了那张金头鬼像,然后随杜鹃走了。许佳这下更怕了,她可以断定大屋内闹鬼的情况更加严重,以至于丁飞要收拾残局去了。

小霜脸色煞白地对夏文涛说,天一亮就离开这儿,千万别把命丢在桃花涧。

因暴雨断电以来,杜天成一直忙得没停过。他这个族长要顾及家族里几千名成员的安危,谁家漏雨了、谁家的稻谷被水淹了、谁家的煤油灯坏了、谁家的孩子找不见了,等等。连丁飞帮助杜家几户人家抢修被铁架压坏的房子一事,他都分不出身来看一下,直到众人都恐慌起来,他才放下手头的杂事赶到议事厅来安抚。听家族成员描述遇见鬼的经历,杜天成不由得分外紧张,他想起还在脑科医院的杜天宝,这难道是专门针对杜家的索命鬼?

现在,丁飞来了,至少可以让他心里踏实一点。

杜家众人的说法几乎和苗青、许佳一样,只不过变成了一个金闪闪的金头在空中飞,还有怪笑声。

丁飞拿出许佳画的像,众人一眼就认出了它,除了不是金色的,其他和那个鬼一样。

杜天成看到那张画像如遭受雷击般身体颤抖起来,追问这幅画像是怎么来的。当他听说是女大学生凭记忆画出来的,几乎崩溃地大叫这是不可能的。

原来,这幅金头鬼画像和杜家秘密族谱中的义雄公金头一模一样,也就是说金头真的复活了!

可他为什么要一再伤害杜家人?

3

杜家人对外从来也没有承认过金头下葬的事实,连老蔡都一再劝窥探后山的人,这是个根本不存在的故事,可今天为了彻底把事件查清楚,杜天成咬牙把杜家掌握的秘闻,告诉了丁飞。

因为丁飞是一名神勇的警察,此时的丁飞已经成为所有人生存下去的依靠。

当年杜家聚敛了令人咋舌的珠宝和足够多的黄金,剩下的就是要请天下第一金匠——金手指来完成这个庇护后世的金器。可是金手指以他的盛名早就积攒下了养老的资本,已经金盆洗手退隐江湖了。

金手指是四川人,他的家离桃花涧有好几百里的山路,但杜家人认定义雄公的金头非金手指不能打造,于是继任族长就是义雄公的侄子,亲自找到金手指的家,重金礼聘。但金手指依然谢绝了,他称老不出,并推荐江湖上其他的金匠高人。但杜家也倔强,除了金手指的鬼斧神工,其他人的手艺一概信不过。

义雄公的亲儿子在金手指门前跪求三日未得应允。据说，金手指曾经向他们出示过一个打造得极其精美的黄金指套，象征着他的名号"金手指"，他说这是他留给子孙的礼物，这个金手指是用来翻书的，他希望后代能读圣贤书，做文化人，再也不要学这些江湖技艺。这是一件真正的收山之作，江湖中人绝无食言的道理，他希望杜家人另请高明。

就在杜家人绝望之际，事情却突然有了转机。金手指钟爱的孙子莫名发起了高烧，如何医治也不见好转，而杜家人一眼就看出这是疟疾作祟。桃花涧人在山里数百年，用草药对付疟疾非常有心得，于是便根据孩子的情况配制了几副草药救治。两天后孩子退了烧，不到一周竟然痊愈了。这下金手指无论如何也无法拒绝杜家人的请求，答应免费帮杜家一次，据说免费就不叫破例，不会惹祖师爷震怒。

金手指打造的各类金器，数不胜数，他懂得制造各种金器的要求和规矩。杜家这种情况，金匠必须亲自去桃花涧内，用当地的水，用当地的柴生火，当然打造金器的地点最好在杜家的宗庙内，这样下葬的金器才会被赋予更多的灵气，才能护佑子子孙孙。金手指再三解释，这不是为了推托杜家才提出的刁难。古来手艺行里有许多说不清道不明的规矩，无论是塑金还是开窑，对于成品来讲，有许多不可控的因素，祖师爷便留下一系列的规矩。后来一代代越来越繁杂，加入许多玄之又玄的仪式。不管信不信，不按这套流程做，手艺人心里便发毛，生怕成品被毁坏。但杜家这情况，金手指一辈子也没有遇到过，只是他的这一门派的技艺传承秘籍中写过这种无法印证的规则。他还拿出从不示人的手抄本秘籍给杜家人看，随他们信不信。这时，杜家人才明白原来请金手指打造金头如此费事，等于把他一整套的工具都要运到村里来，还要带上他自己的助手，有许多的绝技手艺，外人不得窥探，金手指进村时就带来他自己的儿子和媳妇当他的助手。杜家人这才知道这份人情有多大。

金手指果然是一代圣手，他来到桃花涧后不但仔细研究了义雄公的各种画像，还认真地了解了他的爱好、性格、为人等，然后去杜家祖堂开工铸像，只花了三天时间就造出一具栩栩如生的金头像。据说铸成当天杜家人见到头像都情不自禁下跪叩拜，连金手指自己都说这是他平生绝唱，天成神品，有辟邪护佑的神功，可泽被杜家子孙后代。

可如今它怎么会成为残害杜家子孙的祸害呢？

丁飞苦苦思索，把几天来的所有怪事串成线，还是不得要领。

马丁回到旅馆，听说许佳画了一幅金头鬼的画像，非常好奇，他央求许佳再画一张让他见识见识。

许佳在马丁的怂恿下挥笔画了起来。

毕竟画了一遍了，这次无论是心理上还是技巧上都成熟了很多。几分钟后，许佳便把一幅画像递到马丁面前。

马丁口中的啤酒狂喷出来，人也差点摔倒。他骇然地看着被啤酒喷湿的许佳和她手中的画像，结结巴巴地问，金头果真复活了？

世界上包藏再严实的秘密，都会有人了解真相。比如杜义雄的金头画像，杜家人已经严密保存，在七十年前也仅仅是家族中长老一级的人真正见过，但还是防不住有心人。马丁就曾在 20 世纪 70 年代出版的一篇民俗学专著中见过杜义雄头像的摹本，也不知这位研究者动用了什么手段从杜家人处弄到了画像，今天印证下来，当年的画像果然是真的。

马丁倒吸了一口凉气,他看看两个女大学生,长叹一声说桃花涧内怨气太重了,想想杜天宝为什么疯的,就知道此事有多可怕,看来真该早点离开啊。

苗青再也支撑不住了,一个娇滴滴的,还是搞艺术的女孩子,哪里受过如此惊吓。自从进了村,死人、失火、闹鬼,现在又风雨交加恍若天崩地裂,简直堪称世界末日。她的神经已经绷到再也撑不住的地步了,她必须马上走,一秒都不能耽搁。

苗青近乎疯狂地收着行李,口中一直指责许佳,都是因为许佳不肯走,要留下来看热闹,现在好了,金头复活了,要大开杀戒了。如果许佳不肯走,她就一个人走,哪怕天再黑、雨再大,她也要一个人走,一个人走下山,无论要走多久。许佳见她已经歇斯底里,只好收拾行李和她一道走。

小雪苦苦劝告她们哪怕等到天亮再走,或者等到丁飞来,征求过他的意见再走。已经情绪失控的苗青根本不听劝告,一头冲进雨中。

马丁瞟了夏文涛和小霜一眼,长叹一声说,再待下去,谁都会疯了,谁也不比这两个女孩子更坚强。

丁飞坚定地告诉杜天成,有自己在,恶鬼不可能伤害到杜家任何一个人。给他一点时间,他将亲手抓住这只别有用心的鬼怪,请杜家上下安心,见怪不怪,其怪自败。

这时,一个小伙子脸色煞白地跑来说,杜家祖堂又闹鬼了!

祖堂是杜家世世代代供奉祖宗的地方,杜义雄以上杜家历代的族长以及族中德高望重的长者皆有画像和牌位供奉在此,这是杜家重要的祭祀场所，每年的春节、清明、中元以及冬至是杜家的四大忌日，一切活动都围绕祖堂展开。平时祖堂里有人值守，他们在这里无非是扫地擦抹灰尘，除了偶有游客入内看看稀奇，大多数时候连杜家人也很少来这里。

丁飞等人赶到祖堂时，只见里面的祖宗牌位散落一地，画像被扯得东倒西歪，桌椅翻倒，一片狼藉。

值夜的杜家人是一名不满二十岁的青年，显然他有些惊吓过度，躲在墙角瑟瑟发抖。

丁飞明白了，他让这个小伙子辨认许佳的画像，这名青年立即剧烈地反应，缩起头，指着画像，张口却叫不出声。丁飞让人把他扶走，给他喝一些糖水好好休息。

丁飞进入祖堂，想看看是否能找到一些有价值的线索，可惜进出的人太多，脚印实在太复杂。他冲着杜鹃无奈地摇头。

这时，杜泽山一头冲进祖堂扑通跪倒在列祖列宗的牌位前，号啕大哭。他自责以他为首的不肖子孙看守不力，让祖宗蒙羞，他害怕祖宗震怒而降罪族人，只怕桃花涧将大祸临头了。

杜泽山在杜家几乎一言九鼎，今日他居然不顾身份，当着众人的面哭祖庙，令所有杜家人变色。丁飞立即上前劝说，他向杜泽山保证，这不过是别有用心的小人在蓄意制造混乱，作为警察，他一定会将这些坏人绳之以法。杜鹃明白丁飞的意思，连忙让人扶走了杜泽山，以安抚杜家人的情绪。

丁飞吩咐杜天成，马上抽调几十名杜家精干的小伙子，四人为一队，千万别落单，以免自己吓自己。每人配备好棍棒、粪叉之类的武器防身，封锁住大屋重要的出入口并不间断在巷道内巡逻，无论是村里人还是外来人，一旦发现可疑人物立即扣下，交丁飞询问。

杜天成为难地问,如果是姓丁的人怎么办?

丁飞肯定地说,一样扣下,这时候还分什么姓丁姓杜的。目前大家面对的敌人是共同的,他完全信任作为一族之长的杜天成。

杜天成心里居然涌出一丝暖意。

4

丁飞回来时发现旅馆里没有灯光,疑惑间,他用力敲门。雨声太大,他不得不重重地拍打门板。

里面传出一阵尖叫,丁飞心中一紧,连忙高声叫:"是我,丁飞,出什么事了?"

这时才听里面传来小霜咋咋呼呼的声音:"原来是丁飞啊,吓死我们了。"

门厅里一阵忙乱的声音,好一会儿门才打开,电灯也亮起来了。丁飞进门一看,简直有点哭笑不得——旅馆的所有人居然在小霜的指挥下,用桌椅板凳将门堵上,并用木板将窗户钉得严严实实。

因为马丁称他研究桃花涧历史多年,深知其中厉害,据说金头一旦复活便会大开杀戒,全村将血流成河。所以,大家越想越害怕,便在小霜的指挥下关灯堵门。

丁飞认真地告诉大家,这起恐慌性事件正是别有用心的人在耍小把戏,他十分严肃地警告马丁不许散布迷信,危言耸听。

相对于其他将信将疑的人,小雪坚定不移地信任丁飞。丁飞说没有鬼,那就是没有了。但是,她现在很担心苗青和许佳,如此暴雨之下,山险地滑又天黑,两个女孩子会不会出事?

丁飞果然十分担心，但旅馆里所有人都不肯随丁飞出去找人。无奈之下，丁飞只有到村公所，发动村里年轻力壮的小伙子分头寻找，务必找到这两个漫无目的出逃又随时可能出事的女大学生。

没想到丁飞刚一走，村主任就派人来求援，看守发电站的丁家子弟被人打了，杜泽山带人冲了进去。

因为丁飞下了死命令，任何人都不得进入发电站，所以当杜泽山带着人强行进入时，当值的几个小伙子便持械抗击。结果，杜泽山带去的十多个精壮子弟不但把发电站给占领了，还把几个鼻青脸肿的丁家小伙子给扣下了。

村主任赶来好说歹说，杜泽山才同意把几个丁家小伙子放了，但他坚决不同意把发电站交给丁家人看管，并让村主任转告丁飞，村里的事轮不到他来做主，这个发电站是杜家人的性命，谁也别想占去。

村主任只好向丁飞求援，说实话他对幽灵似的杜泽山实在不放心，这个火药桶搁到他手里，谁知道会出什么乱子！可丁飞又能有什么办法呢？

好不容易找到丁飞，果然他也束手无策。据说发电站一直都是由杜家人看守养护的，因为他们人多，用电量也大。以前丁家懒得争这种事，现在杜泽山强出头，丁飞真不好正面与他顶撞，把村里本已乱作一团的局面弄得更加复杂。他叮嘱村主任务必督促杜家的子弟按照约定看守好发电站，无论如何也要保证安全，实在不行，请杜天成出面协调一下这件事。

杜天成也忙得一团糟。虽然他已经按丁飞的要求，安排一批壮小伙子在大屋内巡查以确保安全，但对杜家那些撞见金头鬼的人而言，丁飞一走，他声称会捉鬼保证大家平安无事等诺言岂不成了空话？于是大屋中又弥漫着恐慌，连一只老鼠出没也会引起灾难性猜想。杜天成实在没有办法，只好安排一些住得比较偏僻和房屋有安全隐患的人家暂时搬离，去房屋宽敞的人家暂住，这样，不但人员相对集中好管理，而且大家聚在一起也有安全感。

于是，大屋里出现了三三两两搬家的人，杜天成叮嘱巡查的小伙子们一定要保证大家的安全。所以，在各个巷道的交叉口，都有手拿刀叉头扎红布的小伙子守卫，神情肃穆，颇为悲壮。

韩月芳却不肯离开她的屋子。她说已经活到这个岁数了，又学佛多年早已心无挂碍，无所畏惧，一切随缘，该来的早晚也会来。

看到母亲如此倔强，杜鹃急得快哭起来了。母亲独居的小屋确实偏居一隅，现在周围人家又往中心区聚集，她就更加落了单，如果村里还有人意图制造混乱甚至是血案的话，母亲一个人就成了攻击的最佳目标了。杜鹃哀求她说，不管怎么样，现在村里如此混乱，她听从安排就当是帮儿女的忙，别再添乱了。

韩月芳长叹一声，默念佛经，人心总是断不掉贪嗔痴，这些人把好端端的世界搅成这样，难道就躲得过因果报应？

苗青和许佳终于被找到了，在出村口几里路的山坡边，这两个晕头转向的女生彻底崩溃。长时间浸泡在雨水中并惊吓过度，已经让她们有些神情恍惚。尤其是苗青，当人们把她抬回旅馆时，她已经发起高烧神志不清。

丁飞赶来时，高烧中的苗青一惊一乍地讲胡话，恐怖的表情十分骇人，汤米和夏文涛等均有畏色。丁飞听说她已经服下祛寒退烧的药，叫小雪再给她和许佳服用一点镇定药，这才放下心来，嘱咐大家去睡觉，不要被苗青的胡言乱语吓到。

被人们找到时，许佳已经如同行尸走肉一般了。直到丁飞出现，她才哭出声来。她绝望地告诉丁飞，下山的路找不到了，被山洪冲垮了，村里人出不去了，一个都活不成了，都会死的。

杜家的祖堂已经被收拾整齐了，两个小青年正在扫地抹灰尘。

赵长生走到门前，冲着他们俩友好地笑笑，进入祖堂参观起来。墙上挂的列祖列宗画像以及台上整齐排列的先人牌位，让人有肃穆之感。

韩月芳搬到附近的杜天成家暂住，她走过祖堂时，看见赵长生正在打量着先祖们的画像，不禁走进门来打招呼。韩月芳问他，赵教授对这些先人有兴趣？

赵长生无比感慨地说，杜家之所以成为一方的望族，跟历代族长的励精图治很有关系。今天的大屋就是杜家辉煌的见证，方圆数百里谁人不仰慕杜家如日中天的威仪呢？桃花涧杜家果然名不虚传，悠悠岁月，浩浩长风，令人心之向往。

韩月芳长叹，连声说赵教授言重了，所谓望族杜家不过一群平常百姓而已。她善意地提醒赵长生，今晚大屋内出了些事，他最好别到处乱走以免受伤害。

赵长生连连点头，他已经知道事情的凶险性，明天天一亮，他无论如何也要离开桃花涧，以后有缘再来。

苗青睡着了，精疲力竭的许佳也睡了。

发电站已经由村主任和杜泽山看守。

杜家大屋内局势基本控制住了。

此刻，丁飞可以抽空想一想自唐虎被抓以后，他要从什么地方着手来追查村里隐藏的真凶。他目前真正可以利用的线索并不多，长年养成的职业敏感性告诉他，面对茫茫大海时，千万别指望用水桶倒尽海水，而应该把沙滩上可能找到的贝壳先拾起来，那么，桃花涧这几枚贝壳无非是已经反复讯问过的老熟人。

被一阵阵意外牵动的神经暂时无法松弛下来，好在夏文涛房里的灯也一直未熄灭，丁飞决定再次拜访这几位神秘来客。

第十五章————孤岛危局

1

漫天的暴雨像天罗地网，把世界罩在一幢楼或者一间房或者一颗心里，它可能使人更聪明，也可能让人更加愚蠢。

丁飞主动找夏文涛的原因不仅仅是因为已经证实黑子是一名盗墓贼，而且，他希望了解到在夏文涛、汤米、马丁等人连日来的行为中，都有哪些发现，从而间接地获得破案的关键线索；同时，他还有一个重要的目的，就是在如此恶劣的天气以及被证明还有人蓄意制造恐慌且目标不明的复杂局势下，希望所有心怀不轨者停止一切干扰行为，给警方创造一个良好的办案环境，同时也对他们的自身安全负责。

夏文涛强作镇定地感谢丁飞的好意，但他并不承认有什么图谋，所以用不着这样提醒。他也不承认黑子是盗墓贼，或者就算黑子有什么违法行为也和他毫无关系，他和黑子仅仅是雇佣关系。甚至，他愿意当面和汤米对质，因为汤米才是一个心存不轨图谋杜家陪葬品的坏人。

丁飞完全同意让他们当面对质，他乐于看这两人当面揭对方的短，并在他们的争执当中发现破绽，至少昨天晚上他清楚了发生在旅馆里更多的细节——当张海在村公所扣留汤米时，小霜翻查过汤米的屋子；汤米恼羞成怒去敲门找夏文涛算账时，其实夏文涛和小霜就在屋子里并没有出去；汤米以为他们又偷偷上山盗墓，这才匆匆换上高国栋的衣服上山……

汤米没有办法解释他为什么要穿高国栋的衣服悄悄上山找夏文涛，这种行为哪里像个美国来的投资客。他又不能当着丁飞的面承认他和夏文涛有过共同盗取杜家陪葬品的约定，否则这等于亲口承认自己是盗墓贼。他愤愤地瞪着夏文涛，不知如何解释。好在杜鹃和村主任来找丁飞，解了他的围。

丁飞见到杜鹃的神情有些紧张，告诉她自己只是找汤米聊聊天让他注意安全，一切都挺好的。

而杜鹃带来的则是真正的坏消息。根据杜家几路人马的探查，暴雨引发了山洪，进村的所有通道都被冲垮了，尤其是盘山公路几乎不复存在，桃花洞现在成了一个与世隔绝的孤岛。

更为可怕的是，许多居民尤其是丁家人，因为他们的房屋基础条件比较差，储存的粮食大多被淹，山洪又导致饮用水受污染，村里的物资恐怕撑不了几天。村主任痛心自责，他真没想到暮春初夏时分会发生洪灾而且来得如此猛烈，几千人每天要吃要喝，如果这场雨继续下，只怕所有人都在劫难逃。

丁飞坚定地告诉村主任，天无绝人之路，只要大家不自乱阵脚，危机很快就会过去。他希望杜鹃以机关单位干部的身份，和村主任主持村里的工作包括物资调配，确保大家能共渡难关。

杜鹃明白丁飞这是向自己求援。杜家的粮食储备情况肯定好于丁家，由杜鹃出面调配物资当然比丁飞开口合适，但问题是杜天成和杜泽山可不那么好讲话，他们眼里可不认什么干部。

果然，杜鹃费尽口舌好说歹说，终于说服杜天成给丁家送两千斤大米以及一些肉和菜，杜泽山却突然出现在议事厅，他坚决反对把杜家的应急储备分给丁家人。

杜鹃苦求叔叔心胸不要太狭隘，在目前的情况下应该顾全大局。

杜泽山冷冷地回答她，杜家人的利益才是大局。七十多年前，杜家人就是一念之仁才养虎为患；今日这种事决不允许再发生了，即使丁家人全体饿死了，也是他们咎由自取，与杜家无关。

丁飞再次回到旅馆时，夏文涛和小霜有点紧张，他们也意识到刚才当着丁飞的面与汤米斗嘴有相当大的风险，精明的丁飞一定在捕捉他们话语中的漏洞。当时，夏文涛必须把矛头转移到汤米身上，又不能激怒他导致鱼死网破，还要防止自己的话中露出破绽被丁飞抓住，这需要极其高超的语言技巧。好在他是见过世面的，在江湖上跑久了，见人说人话、逢鬼讲鬼语的技能还是掌握了不少，而且，看上去应付得不错，因为丁飞是笑眯眯地进门，开口就要水喝。

小霜连忙替丁飞倒来一杯白开水，因为这个警察连茶都不肯喝，硬说自己的胃不好。

丁飞告诉夏文涛，其他的事他也不想问了，但黑子离奇死亡毕竟是命案，他还是会继续关注下去，目前他想知道黑子都留下了什么东西，有没有什么日记信件之类的东西，也许从里面能找到破案的关键线索，他希望夏文涛能配合。

夏文涛警惕地看着若无其事的丁飞，斟酌着如何用词用句。他已经吃够了丁飞的苦，只要稍不留神就会被抓住语句中的逻辑错误，他精心编造的故事也经常被丁飞一句话拆穿。所以，他简洁明了地告诉丁飞，黑子出事后他的行李已经交给警方了，连同黑子尸体一起送到公安局去了，他这里什么都没有。

丁飞起身，说太晚了，折腾了一天下来实在太困了，大家都早点休息吧。

直到丁飞走出去，关上房门，夏文涛这才把心放了下来。

他这时想起，黑子确实还有一些物件以前都是放在摄像包里，放在自己的床下。黑子出事后，就没用过摄像包，所以几乎忘了这些东西。也许丁飞讲得对，黑子说不定还留下了有价值的线索呢。都怨这几天出了太多的事，弄得人心惶惶的。

夏文涛床下的摄像包内果然有属于黑子的东西，有一本《堪舆学手册》和一本《星相宝典》，另外还有一本软面的抄写本，里面写着许多关于古代建筑选址以及形判的推测公式和图形，其中夹有几张复印纸，上面画着一些类似山川地形的图案，地图上画满了标记和注解，还有许多符号让人看不懂，应该是黑子进山以后画的。

这时又传来敲门声，小霜连忙把笔记本塞到被子里，又用脚将摄像包踢到床下，这才去应门。

是丁飞。丁飞将一只包忘在了椅子上。他走过去拿起包，打开之后，从里面拿出一只微型摄像机。他抱歉地笑起来，问夏文涛，想不想看看刚才发生了什么事。

又上了丁飞的当！

夏文涛开始恨自己，为什么一再落入人家的陷阱！刚才只注意防备丁飞的语言陷阱，根本没注意到，他用摄像机偷拍！

他不得不承认自己受了丁飞的启发，找到了黑子留下的一个笔记本。但夏文涛毕竟没有彻底被击垮，他强调黑子留下的这个笔记本说明不了什么，并没有什么秘密。

丁飞饶有兴致地看着这几幅草图，分明是桃花涧后山的一座座山脉，看来黑子真是下了大功夫了，画得真仔细。夏文涛强调这是他们拍片子用的图纸，上面标注的点是打算拍摄的景点，拍纪录片的功课做得越充分越好。

丁飞大笑起来，这些所谓的景点遍布好几座山头，夏文涛的纪录片居然有如此宏大叙事的野心？而且，图上标注的计算公式和他带来的《堪舆学》书籍中的算法极其相似；还有，几张图纸上标注的地点共有二十八处，正好对应了杜义雄二十八处下葬点的传闻，只是还不能确定最终真实的墓址，难道黑子打算把这些地点都挖掘一遍吗？

夏文涛坚决否认丁飞的说法，不承认这种牵强附会的说法，并要求丁飞归还他们拍摄用的图纸。

丁飞显得很客气，他说要研究一下这份图纸，就算他暂时借用。

对于丁飞而言，这其实是个意外之喜，他没想到夏文涛他们居然忘了黑子留下的东西，而且是如此富有成果的图纸。此前在黑子的遗物中没有找到任何有价值的物品，当时丁飞只是怀疑夏文涛他们隐藏了一些东西而已，因此，早一会儿，他敲开汤米的房门，向他借摄像机。一听说丁飞要拆穿夏文涛的谎言，汤米非常高兴，他立即痛快地把摄像机借给他。

现在，该是向汤米摊牌的时候了。

2

汤米掩饰着心中的狂喜，操作摄像机上的回放键，他想看看夏文涛在房间里究竟都干了什么。

丁飞也真的信任他,抱着胳膊在一旁看,并没有回避他的意思。

电视上出现摄像机拍摄的画面——

……

在韩月芳的卧室内,缓缓弥漫起烟雾。

韩月芳被烟雾呛得起身下床,用手挥扇着烟雾,墙角隐隐有火光闪现起来。

屋外有人高喊:"不好了,失火了,救命啊!"

韩月芳辨不清方向,索性坐在蒲团上闭目诵经。

汤米撞开房门大叫:"伯母,你在哪儿?"

……

看着电视上的画面,丁飞笑着说:"拍得挺清楚的。"

汤米目瞪口呆,这段画面为什么没有被丁飞拍摄的内容覆盖掉?他实在有些恍惚了。

丁飞笑了起来,他告诉汤米一个事实——他根本没有拍夏文涛他们,只是用汤米的摄像机吓唬他们,没想到就把黑子的资料拿了回来,顺手又揭开了汤米的秘密。

汤米看着笑容可掬的丁飞说不出话来,只觉得他把所有人耍了一遍,而且在他可控的任何时机。但他为什么现在才出手呢?看起来,他现在才腾出手来和自己玩真的,但是自己可以把一切都推给已经死掉的高国栋,称自己什么都不知道。

丁飞笑着将摄像机放进自己的包内。他猜到汤米会用高国栋做借口,但是,刚才那段录像假如让杜家人看到,只怕汤米很难离开桃花涧了。

汤米变色了，他这才明白，最好不要和丁飞玩对抗，因为他已经摊牌了，没有任何机会了。

丁飞告诉他，自己没打算怎么样，只是希望汤米老实一点，不要再耍小聪明，等候相关部门对他进行调查。

实际上，丁飞没有时间和精力跟汤米、夏文涛之流斗心眼，他心中非常关切黑子留下的那些研究成果。

他在小雪的经理室门口架了一张行军床，然后躺在行军床上翻看着今晚最大的成果。

这个黑子果然有些鬼门道，虽然他留下的笔记本上的文字和草图凌乱得像鬼画符，但仍可以看出这个人的功底非常深厚。草图上有口诀，需要在某些辞书上才可以查得到，幸亏前几天进村时，丁飞让杨晓梅帮他借了几十本与之相关的古籍和辞书。

如此高深莫测的盗墓贼究竟死在了什么人的手上呢？

杜天成敲开村公所的门，他领人给村主任送来十几担大米，还有一些鸡蛋、鱼肉等。

村主任明白，这些分明是给丁家人送来的，只是不方便说而已。

杜天成解释，这只是因为老母亲说要做善事、种福田，他纯粹是尽孝道听从安排，并不是因为杜家人做错了什么事，或者是向丁家人低头了。

村主任连忙安慰他，丁飞绝不会这么想，丁家人也不会这么认为，他们只会感激杜家人雪中送炭的大仁大义。

杜天成满不在乎地表示他不理会别人说什么，但他希望不要让他叔叔杜泽山知道，这件事是瞒着他干的。

村主任笑起来，因为丁飞早说了，杜家的领路人里，杜天成已经转变了很多，两大家族能否和解就看这一代人了。

不知不觉已经凌晨四点多了，只是暴雨声惊扰了打鸣的公鸡，听不到一声报晓，雨幕遮天蔽日，见不到一丝曙光。

丁飞也实在困了，他便放下书本躺下睡觉。

这时，经理室的门轻轻响了一声。

丁飞一下睡意全无，警觉地睁开眼睛。

他之所以选择在小雪的门前搭铺，一方面是给小雪安全感，让她踏踏实实地休息；另一方面，他也怕小雪又犯梦游的毛病，这种天气下，小雪绝不能去室外受寒受冻。

小雪果然出了经理室的门。

丁飞没有回头，他看着投射在墙上的人影，一动不动。他不想惊吓梦游的小雪。

小雪的身影慢慢走近行军床，走到丁飞的背后停下了，久久不动。

丁飞有些紧张，但他依然不敢回头。

小雪伸手替他掖一掖被单，然后缓缓地坐在床边，长长叹了一口气。

"我知道，你没睡着。"小雪并没有夜游，她神志清醒，幽幽长叹，"我也睡不着，想和你聊聊天。丁飞，我一闭上眼睛就想到我们小时候，那时的日子多美好啊，我很想回到那个时候。你不知道，我一个人在山里，没事就发呆打发日子，不像你们城里人有朋友、有事业、有社交，可我只有回忆，我有心事也不会对别人说，也不知道去跟谁说。我经常幻想，如果能飞到你身边，哪怕面对你痛哭一场，也是件很幸福的事情。因为我知道我早就是你的人了，从小父母就把我许配给了你。"

"小雪……"丁飞实在不能不开口,但他又实在不知道该说什么。

小雪不为所动地继续说着:"你不知道那种寂寞的滋味,刚开始我非常恨它,可慢慢地居然习惯了,有点享受它,然后变得再也离不开了。只是我不喜欢长大以后的日子,许多事情我都不愿去想,想尽快地忘掉它们,可越急越忘不掉。"

丁飞坐起身,认真地对小雪说:"小雪,人生从来就不是按照我们儿时的预设去发展的,有些挫折经历,其实是一种人生经验,也是一种财富。"

小雪连连点头,说:"医生也告诉我,人每天都在变,一部分虽然还存在,但另一部分却悄悄地变了,所以,每天照镜子的时候,你应该完全不认识自己才对。"

丁飞有些紧张,他伸手拍拍小雪的肩,说:"我们不要讨论这种让人伤感的话题了,好不好?"

小雪却显得很冷静,她看着丁飞,认真地说:"我这会儿绝不是在讲疯话,真的。出了这么多事,尤其是唐虎他……反而让我清醒了。"

丁飞心里涌出一丝感动和许多欣慰,他点头说:"你应该记住唐虎说过的一句话,你不要活在别人的阴影里,你应该牢记。"

小雪看着丁飞,坚定地说:"对我来讲,你不是阴影,而是明灯。这些年,我一个人在村里就像生活在黑暗中,因为你不在。你不要以为我是给你压力,我只是想把心里话都说出来,都告诉你,这样我的心里好受一些。丁飞,其实我也想明白了,你对我真的很好,我已经知足了。"

丁飞心中热乎乎的,他从来没有如此认真、如此坦率地和小雪毫无忌讳地谈论他们之间的感情。小雪似乎真的如她所说，因为经历了这么多事情，她变得逐渐清醒了、豁达了，这也正是他多年的心结啊。可不管怎么样必须结束这场可能无休止的聊天，他和小雪都必须抓紧时间休息了，这场肆虐的暴雨还在疯狂地下着，不知道村里还将会发生什么更疯狂的事情。

3

清晨的雨倒是小了许多，至少没有震耳的暴雨声。

丁飞仅仅睡了一会儿便悄悄起身去了村公所。

村公所里横七竖八地躺着十几个丁家的后生，辛苦了一夜，他们睡得很香，有人还打着呼噜。丁飞将他们都叫起来，趁着雨小，立即展开桃花涧自救行动。他挑出一些懂电工知识的人沿着电线线路巡检，希望能尽快让电网恢复正常；自己则带一路人寻找进山的电话信号，争取能尽快搭上线和外界取得联系。

真是心有灵犀，正当丁飞布置任务时，杜鹃也来到村公所找他。她称赞丁飞处事有方，并立即回去安排杜家的后生们也加入这个自救行动中。

虽然折腾了快一宿，旅馆里还是有许多人无心睡眠早早地起了床，夏文涛就是一个，汤米也是。

夏文涛经过汤米房间时，发现他的房门大开，坐在椅子上望着门外发呆，不禁好笑。

汤米一点也不觉得有什么好笑的，反正他已经没有什么可隐瞒的了，连摄像机都落在了丁飞的手中。

夏文涛感慨，实际上他们两个人因为不团结、不诚信，被丁飞玩弄于股掌之上，现在再追究谁是谁非已经没有必要了。目前，大家都面临着生死劫，再不同心同德，只怕过不去眼下这道阴阳界。据小霜打听来的消息，出山的路已经全部被封死了，村里人目前已无退路，加上山洪暴发、物资短缺，还有金头复活的恐怖事件，就算有人利用金头假象制造血案，那也一定是个丧心病狂的杀人魔王，桃花涧是万万待不得了。

汤米听得目瞪口呆，他没想到桃花涧已经成了与世隔绝的恐怖山村，任何地方、任何时刻都可能暴发灭顶之灾。更令人不寒而栗的是，杜鹃和村主任没有一个人向他讲述事态的严重性，只是轻描淡写地安慰他，对他封锁消息，这本身已经说明了问题。

夏文涛叹气说，目前他们应该摒弃前嫌，结伴出山，无论如何也要活着逃出去，等有机会再结伴回来。

汤米实在想不出在此情况下，夏文涛还有什么必要再骗自己，在逃离的路上多一个帮手当然要好很多，于是，他欣然同意和夏文涛一起逃离。

没有什么是比生命更重要的了，尤其是对汤米这种私欲过度膨胀的人而言。

早饭桌上，夏文涛主动告诉马丁，他们决定立即撤离桃花涧，并力邀马丁同路。马丁作为桃花涧村的常客，大小路径一定很熟。汤米这才明白夏文涛果然心思周密。马丁一口就答应了，原来他也打算在早饭后撤离。

马丁笑着说上山的路毁了也不怕，他们可以从后山走，大不了就是多绕几座山头，只要走出桃花涧这一片区域，肯定能找到出山的办法。而且，还有一个在群山中生活了大半辈子的好向导，可以带他们逃出生天，那个人就是老蔡。

众人眼睛一亮，只是不知道老蔡肯不肯帮他们寻找出山的路。山陡路滑，塌方、山洪随时会再次发生，这种天气进山是一件非常危险的事。

杜鹃和丁飞各自带人抢修电路和通信线路都不成功，尤其是丁飞。他拿一部旧电话改装成战地通信兵常用的话机，搭上路线就可以接通电信网，可惜走到塌方的路口都找不到信号，再往前就是横亘在面前的滑坡的山体，一时难以逾越。

如此巨大的山体滑坡，丁飞还是平生首见。在这样大的塌方现场面前，真正让人体会到什么叫覆巢之下焉有完卵。在群山中的小小桃花涧，一旦山体向它的山坳滑去，一切就不复存在了，包括它的过去和未来。

丁飞抬头看看仍在下雨的天空，看不到一丝放晴的意思，这意味着暴雨会持续甚至更猛烈，此时最为重要的是保证村内人员的安全，尤其村西的山坡因砍伐严重，在暴雨的冲刷下可能会引起更严重的坍塌，应马上组织人手转移附近的居民。

等到小雪找到他时，他才知道旅店里的这帮人又给他添乱了。

马丁率领的夏文涛、汤米和小霜等人还没上后山，就听到许佳和苗青在身后叫。这两个女大学生听到他们在餐厅的对话，非要随他们一同离开。

苗青刚刚退了烧，身体还很虚弱，在许佳的搀扶下肯定走不快。夏文涛非常不情愿带上她们，许佳一个劲儿地央求，马丁这才松口，让她们把所有行李都扔掉，然后一行人上山找老蔡。

老蔡刚刚巡山回来，雨衣上水珠滚滚而下。他听说这群人要从后山离开村子，有些吃惊，在听了马丁解释之后，他才明白进山的公路都被山洪冲垮了。

他苦笑着告诉众人，这里之所以被称为后山，就是因为它的山势更危险更不适合通行，所以才在另一个方向开辟了进山的通道，即现在所谓的前山。断崖陡峰都在后山这一片区域中，既然山洪能冲垮公路，估计后山的情况更严重。

马丁恭维老蔡说话有道理，但他也相信后山这么多山峰，总能在崎岖中找到一条下山的通道，希望老蔡能帮忙。众人也连声附和，一齐央求他。

老蔡长叹，其实他并不是担心自己，是为这些男娃女娃的安全着想，既然他们不怕，自己就一定想办法带领他们找到下山的路。

激动的许佳一把抱住老蔡，高呼蔡大叔万岁！

4

毕竟老蔡在后山巡视了三十多年，对山里的情况非常熟悉，他很快就从一条小溪边找到路径带领他们翻过一个山头。

可偏偏下山时遇见了阻拦，一堆岩石从山头滚落又轧断了几棵碗口粗的树，岩石和错落的树干叠在一处，形成了屏障。

老蔡让他们在原地等着，自己攀爬上树干和岩石堆，六十多岁的老人身手异常矫健，让汤米、夏文涛等年轻人自愧不如。众人抬头仰望老蔡在乱石堆中攀缘，终于站到了最高处。令人绝望的是，老蔡看到的是山谷里淹成了泽国，山洪已经将这一片淹没了。看来只能退回山峰后，试着从另一座山峰翻越过去。老蔡又率领众人往回走。

苗青虚弱的身体出着汗，好在出发前，老蔡拿了一件厚实的胶皮雨衣给她穿上，又挡风又挡雨，她咬牙坚持着一直都没有倒下。

村主任陪着丁飞进山追赶那群试图离开桃花洞的人。他实在有些不理解，丁飞为什么偏要亲自去把那几个外乡人追回来？其实他们走了反而更好，省得给村里添乱。

丁飞解释说，那些人不能在这种时候离开桃花洞，尤其是汤米和夏文涛。目前还有许多疑问未解，与他们俩或多或少有牵扯；他们有些行为，已经明确触犯了法律；更重要的是，在这种恶劣天气、恶劣环境下，如果这群人再出意外，他丁飞有三头六臂也招架不住了，所以，无论如何也要追他们回来。

村主任猜想这伙人很有可能会在山上遇见老蔡，而热心肠的老蔡一定会帮助他们寻找下山通道。果然山耗子告诉他们，老蔡带汤米等人往山里去了，走了快一个小时了。

若不是因为苗青和小霜拖后腿，老蔡他们还能再走快一些。

后山深处都是人迹罕至的地方，除了猎人和采药者很少有人会到这里来，所以这儿根本没有所谓的下山通道，加上山路泥泞行走艰难，老蔡一行人好容易才从不见天日的森林中走上一条通道。这也许是数百年前的一条驿道，由一些石块铺垫而成。由于当年有马队行走，所以路幅虽不宽但还算平整，即使经历百年以上的岁月侵蚀和野草灌木的覆盖，还是能循石块找到路径，比泥土路好走一些。

不料，在下坡的急转弯处，众人又遇见了一棵大树横在前方。参天大树倒下的态势甚为惊人——它的根茎从泥土中被生生撬出，像一个巨大的建筑体被烧毁后剩余的框架，在空中依然纵横盘错，方圆百十米的地块像拱起的土丘，演绎着什么叫连根拔起。

老蔡再次像小伙子一样身手敏捷地攀缘上那棵钢筋铁骨般的古树，想看看树后的情况，不料脚下一滑，人向树下栽去。他大叫着

"不好"，双手勾住树干，人挂在空中。

夏文涛和汤米七手八脚地爬到高处伸手去拉老蔡，这才发现，老蔡身下是深达数十米的悬崖。两个人吓得手脚发软，一边抱住树杈，一边伸手去抓住老蔡的雨衣。所幸老蔡身上的胶质雨衣异常皮实，在他们拉住雨衣之后，老蔡奋力地攀爬上树干，扒在树杈上喘着粗气。

这里原来是好端端的路，一定是在山洪的冲击下，岩石断裂被形成了现在的悬崖。老蔡怔怔地看着脚下的深渊，深深地苦恼着，他再也想不起还有什么路径可以通往山下了。

丁飞和村主任找到老蔡一行人时，他们正沮丧地往回走。恰巧又一轮暴雨袭来，丁飞吩咐所有人都立即去旅馆休息，包括老蔡。旅馆里熬了姜汤给他们暖暖身子祛除风寒。

老蔡一路冲锋在前，虽然雨衣厚实，但身上依然湿透了。一进旅馆，他立即脱下贴在身上的外套，只穿着一件汗背心，用热水擦身子。他不肯脱去背心，说太不雅观，看他身上那件印着"生产标兵"字样的背心，穿了至少二十年，已经有了大大小小好几个破洞。

丁飞严肃地批评着汤米和夏文涛。早就跟他们警告过了，不要到处乱走，更不能离开桃花涧，所有问题等到雨过天晴以后再解决，这是紧急状态下一个警察可以拥有的威信力，他们必须服从。

两个人无奈地表示服从，便各自回屋洗澡换衣服去了。

丁飞叫小雪找来外套给老蔡穿上，然后委婉地告诉他，虽然他是好心，但这种时机上山实在太危险了，以后千万不要随便答应他们不合理的要求。

老蔡连连点头表示愿意接受批评。

这时，已经换完衣服的马丁来到门厅，替老蔡说话，都是因为大家苦苦央求，老蔡却不过情面才同意带大家冒险的。

丁飞看着马丁，决定要把黑子留下的几张地形图拿出来试探他。

因为马丁是村里的常客，又是知名学者，丁飞虽然对他有一定的戒心，但难以相信这个学者真的会做出违法乱纪的事情，所以以前一直没有细致地审问过他。而现在，在调查工作受阻的情况下，自己不得不将视野扩大一些，毕竟马丁，还有那个更为有名的赵长生教授有不少令人怀疑的举动。他们似乎并不完全是清白的，但他们和盗墓甚至和杀人案有无联系还需要进一步调查。所以，丁飞决定先试一试马丁。

见到那几页山形图，马丁明显被震撼了，但他随即收敛神态，若无其事地问："这是什么东西？画得乱七八糟的。"

周围人都好奇地围过来看。

许佳一眼就认出这像是一幅山形图。

马丁神态的微妙变化并没有逃过丁飞的眼睛，他索性告诉大家，这就是桃花涧一带的山形图。

老蔡这才恍然大悟，说有点像。

丁飞观察着马丁，说："我想请马老师这样的专家从古代堪舆学的角度来看看，这里面有什么名堂？这是一个盗墓贼画的。"

马丁的反应显得有些夸张，他装模作样地看了半天，口中敷衍着丁飞，心里却在飞速地阅读着那些异常潦草的公式和注解文字。

丁飞不动声色地看着他，并不急于阻止他贪婪的审视。

小霜在楼上看见这一幕，大吃一惊。她连忙告诉夏文涛，丁飞正在把黑子的图纸给马丁看。

夏文涛一下就急了,马丁是个行家啊,万一他帮助丁飞破解了墓葬之谜,自己可能会因此受到警方的调查,更严重的是如果警方掌握了杜家宝藏的真相,那便彻底地断绝了他发财的念想。再说,就算马丁对丁飞留了一手,没和警方合作,但这样一个行家破译黑子手稿的可能性很大,自己岂不给他人作嫁衣了。

他有点急了,让小霜立即下楼,无论如何要从丁飞手上把图纸要回来。

第十六章————荒山踪迹

1

夏文涛的担心完全是多余的。正当马丁贪婪地阅读、默背图上的公式和标记时，丁飞及时地阻止了他。

马丁犹自装傻，他说："这几张图，我实在看不懂，如果说这是按照我了解的所谓古代堪舆学逻辑所画的图纸，那就太业余了，连最基本的常识都不具备。假如不是，我也不太明白这套图纸是干什么用的。要不然，您把图纸给我看几天，好好研究研究？"

丁飞笑着收起图纸，说："不行啊，这可是私人物品，我也无权借给你啊。"

这时，小霜赶来有点恼火地质问丁飞，凭什么扣留那几张草图，这是导演拍摄的工作台本，丁飞必须无条件归还。

丁飞见她一副不依不饶的样子，明白她和夏文涛在怕什么，好在自己已经大概临摹了一份在笔记本上，便把草图还给小霜，并让她转告夏文涛，千万别自作聪明轻举妄动。

马丁瞟了小霜一眼，这才警惕起来，这帮草台班子里竟然有绝顶的高手，实在出乎意料。

雨终于停了！

老蔡立即起身，他不放心山耗子一个人在山上，要赶回山中小屋。

丁飞劝他把衣服穿回去，老蔡谢绝了，他披着那件还没烤干的外套匆匆出门去了。丁飞也连忙同村主任会合，安排人想办法下山，和相关部门或者警方取得联系。

马丁见他们纷纷出门，立即上楼来到夏文涛的房间。

马丁的来访让夏文涛一愣，随即他便明白什么叫无事不登三宝殿，看来这幅草图的诱惑力确实不小。

果然，马丁开门见山地说这套草图绝不可能是夏文涛画的，他很想会会这个高人。而当他听说那个画图的摄像师已经摔死了，更是明确表达了想和夏文涛合作的意愿。他断定凭夏文涛自己的能力是解不开图中谜团的。

夏文涛冷笑，他否认自己在从事非法勾当，劝马丁别想歪了。

马丁哈哈大笑，他说虽然大家的目标都是杜家墓葬的陪葬品，但他本人的兴趣在于学术研究，就是说一旦成功，包括价值连城的金头在内所有宝藏均归夏文涛所有，他只占有关于此墓葬的学术成果，这是一名学者终生的理想和追求。

夏文涛坚称这只是他们拍摄纪录片时的机位图，和寻找宝藏毫无关系，如果马老师对杜家宝藏有兴趣，最好的合作对象应该是杜家人，只要他们愿意提供历史资料。

小霜看着马丁气呼呼地出门，也有些不解，她不明白为什么夏文涛就是不肯和马丁合作，毕竟马丁是专家，有可能解开图上一些令人费解的隐藏信息。

夏文涛冷笑起来，正因为他是专家才更不能合作，因为他如果想戏耍自己简直易如反掌，比如说他破解了全部的秘密就是不肯说,该怎么办?

小霜恍然大悟,自己差点上了他的当,没想到著名学者也这么有城府。

夏文涛感慨这个年头,学者没有几个是单纯的。不过,马丁甘愿自我暴露来骗取这套图纸至少证明一点,黑子所画的图纸可能正是破解金头之谜的关键,就看现在能不能参悟其中的密钥。

小霜说趁雨停了,要不再上后山转转,黑子标注的点,才挖了一处,还有二十七处都没去找过呢。

夏文涛觉得有道理,反正现在村里乱作一团,没有人注意他们,上山转转也好。他走过去拉开门。猛然看见汤米凑在门口偷听!

汤米见门突然打开,有些尴尬,他称自己正打算来叫夏文涛,此刻正是上后山琢磨事情的好时机。

汤米对旅馆里的动静一直高度关注着。他已经知道夏文涛手中有一张非常有价值的,引发了丁飞、马丁等人高度重视的图纸,以及马丁悄悄溜进过夏文涛房间又沮丧离去等情况。他真后悔早一会儿没有去丁飞的身边看一眼,哪怕看一眼这是什么宝贝图纸也好,毕竟他在大洋彼岸对于古代建筑学、民俗学、堪舆学,以及桃花涧的历史都下过不少的功夫。他悄悄来到夏文涛的门口偷听,却被撞个正着。

一直对合作采取排斥态度的汤米居然主动邀请自己上山,又一次证明这张地形图有多么宝贵。夏文涛按捺住心头的狂喜,冷冷地回答汤米,要上山,你一个人去,但友情忠告一句,别让丁飞看见,否则会有大麻烦。

马丁从夏文涛的房里出来根本顾不得在心里诅咒，他也看见了汤米在屋门口窥视而没心思跟他计较，急急忙忙回到自己的客房中拿出纸笔飞速地画起来。

好在他来过桃花洞多次，对后山地形还是有一些了解的。黑子留下的地图不仅看起来非常专业，而且至少有几个标注的下葬点和自己的推测非常接近，如果有机会挖掘就可以证实这些判断。可惜上了岁数的人记忆力会出现偏差，明明自己觉得至少可以恢复那套图纸的大部分内容，但画着画着就不自信起来，他实在不敢肯定自己是不是记清楚了。那个该死的传说只是告诉后人，杜义雄采取了二十八处同时下葬的方式，但没有人知道那二十八个地点究竟在后山哪里。几十年过去了，真相只会越来越模糊。

马丁在屋里来回踱步，心中有一团火气。他一气丁飞不给他更多的时间来强记，二恨夏文涛不肯和自己合作。破解如此艰难的桃花洞谜团，他马丁一个人的能力实在有限，迫不得已之下，他又想起了赵长生。这个在民俗学上有相当成就的著名学者，自己拿这样一个纯学术课题和他探讨，他有拒绝的理由吗？也许他还巴不得和自己合作呢。

杜鹃看到马丁有些鬼鬼祟祟地穿过大屋的巷道，但她无心管闲事，因为她的母亲韩月芳不见了。

昨天，在杜鹃的强迫下，韩月芳去杜天成家住了一夜，可早上起来她连声称住不惯，不但一夜没睡好，早晚功课也没有做，一个虔诚的佛教徒每天不做功课会很不适应的。她坚决要住回自己的房间去，众人也拦不住。

午饭做好后，杜鹃给母亲送饭去，发现她根本不在屋内，等了一会儿也不见她回来，杜鹃就有点着急了。因为一上午都在组织人抢险，忽略了母亲的事。早上她究竟有没有回屋，什么时候回去的，这些情况她都不知道。母亲已有二十年没怎么离开过自己的小屋，今天她会去哪里呢？

杜鹃四处寻找，也没有在附近发现母亲的行踪，不由得提心吊胆。她找到正在议事厅里的杜天成问情况。

杜天成也不知道母亲的事，他马上叫人去几处关系亲近的亲戚家看看。平日里有几个叔伯婶子会去她的小佛堂坐坐，或许她去别人家串门了，反正她不可能走出大屋，挨家挨户总能找到。但杜天成说话明显没有底气，听得出来他心里也在打鼓。

一阵阵急雨又兜头泼下，山村又笼罩在烟雾之中，杜鹃找到从村口回来的丁飞。

本来，趁着雨小了，丁飞和村主任带着两家挑选的几十名壮劳力拉了些原木，在塌方的地方搭木栈桥。以前村里人与外界的通道都是自己动手修的路和搭的栈桥，这门手艺对他们而言并不陌生。据村主任判断，只要一天的工夫，他们就可以搭一条完整的栈桥越过塌方的山体，也许很快就能与外界联系上了，可惜雨一来，他们必须撤回来以防再塌方。

丁飞正安慰有些急躁的村主任，却遇见了更加急躁的杜鹃。

杜鹃的急躁让人一眼就看出来了，这么大的雨，她连雨衣都没有穿就冲出了大屋，湿透的衣服贴在身体上，显出圆润的肩头，而脸颊上的发梢则像瀑布一样往下滚着雨水。丁飞连忙把雨衣披到她身上，扶她走进了村公所。

丁飞一边用干毛巾擦她的头发，一边柔声地安慰她，大屋里都有杜家子弟巡查，大白天里母亲肯定不会有事的，下这么大的雨她绝不可能离开大屋。其实，丁飞心里也紧张起来，一直忙着四处抢险，他忽略了一个重要的问题，村里还潜伏着杀人凶手，数目不详，身份不详，目的不详，如此恶劣的环境下凶手会干什么也不详。他试图站在对方的立场去想象，其合理的行动逻辑是什么。可这个题目太大了，他根本没有时间做这样的功课，他唯一希望的是所有人都听从他的指挥，不要轻举妄动。此刻他担心的倒不是韩月芳，而是旅店里的客人们，一上午他们都老老实实地待在旅馆吗？

2

丁飞心中深深的不安来源于山村与世隔绝的状态，对于全市或者说更广阔的世界而言，桃花涧是一个容易让人忽略的地方。不仅在于这地方太小太偏，更在于它几乎是交通的盲区、通信的盲区、现代生活的盲区，很难想象平时谁还记得有这么一个山村——下雨天它是否会受山洪的危害？下雪天它是否会被暴雪掩埋？在如此暴雨下，山村外的世界里，谁还会惦记着这里有一个正在经受灾害的孤岛呢？但丁飞还是多虑了。

一大早，赵胖就召集了所有能动用的人手，火速增援丁飞。他以一个职业警察的直觉感受到丁飞也许遇到了巨大的麻烦。但是，山体塌方把他们堵在山脚下，肆虐的暴雨没有妥协的意思，斜坡上不时有泥石滚落，声势骇人。

这种情况下，即使是特警队的直升机，也很难进入山势复杂的山坳中去。为了保障众人的安全，市政府也征调了应急管理部门和警方一起行动。

赵胖果断地将手下的兄弟分成两组，一组由自己带队去调查目前滞留在桃花涧中所有外乡人的背景和社会关系，这份名单上有汤米、夏文涛、马丁、赵长生、许佳、苗青以及几位自驾游进山的本市居民,所幸现在不是双休日,没有外市的游客进出,否则查证难度更大;另外一组由教导员老葛负责带队,目标是尽可能找到已经移居出山、不在村内居住的所有杜家和丁家人以及他们的亲戚,并据此整理出其中重要的社会关系。据唐虎交代,桃花涧的许多矛盾从根本上讲是源于七十多年前那桩公案,现在只有彻底地解决这些历史遗留问题,才能找到破解今天迷局的钥匙。

赵胖叹气说,既然一时进不了村,兄弟们就在外围帮丁飞解决查证工作,有多大力就出多大力吧。

丁飞口中说不紧张,但心中的弦始终绷着。等小雪把旅店客人一个个叫到餐厅来,他才一点点地放松下来,可他发现少了一个人——马丁。

小霜冷笑着揭发,马丁上午一直在到处打听有关杜义雄墓葬的事,然后人就不见了,肯定是干偷鸡摸狗的事去了。

丁飞不想引起他们的猜忌,解释说召集大家只是例行公事,希望大家能够配合村里的抢险工作,不要到处跑,随时都有山体塌方的危险,大家待在旅馆里会更安全。

杜鹃见丁飞一副冷峻的样子,心开始揪起来。她悄悄问丁飞为什么如此严肃,妈妈究竟有没有危险。

丁飞依然笑着否认他有哪怕一丝的紧张,直到杜家小伙子们找遍了大屋每个角落,也不见韩月芳的踪影,他依然不相信老太太会遇到什么危险。难道还有人敢在大屋内公然将她劫持出去?怎么会没有人看见?一定是大家寻找得不仔细。

杜鹃再也忍耐不住了,丁飞的宽慰对她已经失去了安抚作用,她要求叔伯兄弟们走出大屋去寻找母亲。自己带着两名堂弟去后山，一路走一路喊，雨中的山谷连回声都吞噬了。

丁飞陪着杜鹃向后山去，口中还是说着劝慰的话，但眼神却十分留意泥泞路上一个个凌乱的足印。

一名浑身沾着烂泥的后生从山上几乎滚下来，他惊呼："不好了，有人死了！"

丁飞的心一下沉到底，头部感觉肿胀了起来，但他必须控制自己，连忙问："什么死人？讲清楚一点。"

"我不敢看，血……一地的血。"那名后生一脸的泥和着一脸的惊恐几乎让人不辨其本来面目。

"我跟你去看看。"丁飞一把拉住后生的手，又对杜鹃等人说："你们等着，我去去就来。"

丁飞的举动反而让杜鹃瞬间崩溃了，她突然尖叫起来："不，我要去，我要去看看，你们别拦着我。"

杜鹃凄厉地叫着，猛地向山上跑，像一头中了箭的野兽。

丁飞连忙大叫着追上去："杜鹃，你别胡思乱想，等等我，你会破坏现场的。"

杜鹃冲到一个土坡前，远远地看见一具尸体，周围一大片的血迹。一瞬间，她像被恐惧拴住了脚步，僵在了当场。

丁飞赶来伸手挡住她的眼睛，叫她别看，她居然听话地转过身去。

杜鹃的身体在雨中被拍打得瑟瑟发抖，雨水顺着头发下滑，眼睛都睁不开。

丁飞走上前去观察那具侧卧的尸体。

马丁！

躺在一片殷红泥水里的尸体居然是马丁！

土坡旁有一个挖掘的土坑，土坑边有一把沾着鲜血的铁锹，看来马丁是被这把铁锹砸死的。

丁飞一边观察现场，一边不忘冲着杜鹃喊："杜鹃，你别过来，是马丁出事了。"

这是一个信号，等于告诉杜鹃，韩月芳没事。杜鹃身体一软，一屁股坐到地上。这短短的十几分钟，她的身心经历了煎熬，犹如炼狱里重生一般。

丁飞见杜鹃没事，松了一口气，但愁云又起，真是怕什么来什么，在如此险恶的环境下居然又发生了命案。虽然，这证明了丁飞的判断十分精准，村里果真潜伏着杀人恶魔，但凶手根本没受环境影响，还在继续动手杀人，现在根本无法判断这种杀戮何时停止。在这种情况下，即便丁飞能力出众，也很难在短时间内查清真相，找出真凶。

丁飞毕竟身经百战，他立即将前几起凶案中的所有疑问暂时搁置，一切工作围绕着马丁被杀的现场展开。从时间上判断，马丁被杀是一小时内的事，现在对村里重点人物进行甄别容易让凶手现形；从现场看，这是一处似乎被人盗掘过的土丘，马丁冒雨上山来到此处，说明他对杜家的墓葬起了歹念。此外土丘旁的灌木丛中还藏着几把铁锹和土镐，看起来和劈死马丁的那把铁锹差不多。

丁飞推断了当时的情景——也许马丁找到这处疑似穴址，打算掘开墓室，却被凶手劈死。这几把铁锹看样子早就藏在此处，由于暴雨冲刷露了出来，正好被凶手拿来使用。至于尸体旁挖开的土坑，绝对不是马丁挖的，可能是凶手打算掩埋尸体所挖，但因为丁飞、杜鹃以及杜家子弟上山寻找韩月芳，这才受到惊动，留下现场逃了。

村主任听丁飞描述现场如同身临其境，心里异常佩服，但他也不知道下一步该做什么。

丁飞让他马上回村里，一户户排摸谁家丢了农具，从凶器入手，自己则去走访一些可疑的人，追查一下他们的行踪。杜鹃帮不上什么忙，还是回大屋去，再找找韩月芳的下落。

3

事情的转机来得出乎意料。当丁飞路过一户开着农具店的村民家，心脏像被重重捶了一下，农具店里果然有现场发现的两种农具。

根据店主人描述，前天在此购买农具的人中有一个是高国栋。

丁飞推开汤米的房间，开门见山地问他，他和高国栋买的铁锹放在哪里了？

汤米见实在抵赖不过，只好承认他和高国栋买了两把铁锹和铁镐上了山，在一处土丘前发现了正在挖掘的夏文涛和小霜。

夏文涛和小霜也承认了他们到桃花涧的目的是杜家的地下宝藏。但丁飞已经没有精力去深究这件事。他证实近两小时内这几个人确实没有作案时间后便立即离开桃花涧旅馆，冒雨赶往老蔡的小屋。

杜天成听说马丁被杀心中十分震惊。马丁死在疑似盗墓现场，不仅仅对杜家的祖坟是个威胁，而且这起命案也许会牵扯到杜家子弟，他心里实在有些害怕。早一会儿，叔叔杜泽山满脸杀气地召集年轻后生们秘密开会，听说是为了发电站的安全和杜家大屋的戒备。自己因为找不到母亲了，有些恍惚，并没有多问，现在要赶快找到杜泽山，探听一下口风。说心里话，他一直怕这个固执的叔叔在暗中干些自己根本不知道的事情。

杜鹃几乎没有察觉杜天成内心的波澜，她只是担心母亲究竟去了哪里，既然杀手能残忍地杀死马丁，那么任何一个村里人都可能会成为下一个猎物。杜鹃急得快哭鼻子了，这会儿，她心里最依赖的人是丁飞。但她又明白，作为警察，此刻的丁飞正在面对一起骇人的凶杀案，自己不能分他的心。

杜天成一边开导妹妹，一边耐心地分析母亲有可能去了哪里，这时他才发现，杜鹃可能犯了一个幼稚的错误。因为她久敲母亲的门而未开，也无人应门，所以就断定母亲不在屋内，开始四处寻找她的下落，于是就变成母亲韩月芳失踪了。杜天成责怪杜鹃简直是胡闹，当时就应该想办法开门进去看看，如果母亲病倒了，或者上了岁数的人发生什么意外，杜鹃岂不是把时间给耽误了？

杜鹃这下被吓住了，她连忙拉着杜天成去母亲的房间。

果然，韩月芳好端端地在屋内，坐在蒲团上诵经。

杜鹃吓得几乎腿软，她埋怨母亲为什么不应她的门。杜天成却埋怨杜鹃大惊小怪把大伙儿吓得半死。

韩月芳袒护女儿，她说她确实出了趟门。听说不少人被困在山上，人人自危，她心里头堵得慌，就在巷道里走了走，去祖堂向祖宗作了祷告，也许就在这时候杜鹃来找过她，所以这也怨不得女儿。倒是杜天成作为一族之长，一点也沉不住气，听风就是雨，一个六十多岁的老太太，下这么大的雨，难道还能走出大屋不成？

杜天成苦笑，老太太反正是偏袒女儿，不管怎么样，虚惊一场，这个结果最好不过了。

丁飞走入老蔡家的时候，堂屋里并没有人，门背后的墙上挂着一件湿漉漉的雨衣，顺着衣角往下滴着水。"蔡叔，在家吗？"既然雨衣新湿，人也一定在家。

果然，老蔡从里屋出来，他很诧异丁飞为什么冒着大雨上山。

"找你了解点事情。"丁飞解释，"刚回来啊？"

"我早回来了。"老蔡有点莫名其妙，"正忙着做午饭呢，柴打湿了，真耽误事。"

这下轮到丁飞奇怪了，他问："你刚才没出门？"

老蔡摇头说："没有啊，从旅店回来，我一直待在屋里啊。"

丁飞有些不解，那件滴着水的雨衣，难道是别人用过的？

老蔡将丁飞让进屋里，收拾着桌上的茶壶和两只茶杯，口中还埋怨说："这个山耗子，叫他喝完茶把杯子收好，一点记性都没有。"

丁飞奇怪地问："有客人来？"他在猜，这个客人有没有可能是马丁呢？

老蔡摇头："平时就没有人来，更别说这种天气了，上山的路多难走啊。"

这一点，丁飞倒是深有体会。经过暴雨的冲刷，原本就不好走的山路变得泥泞不堪，但恰恰像马丁这种别有用心的人，才会花力气冒雨上后山。

老蔡否认见过马丁，而且他非常认真地告诉丁飞，从旅店回来后，他就一直待在屋里，这种恶劣的天气，根本没有巡山的必要。如果真的有什么异常的情况，凭他耿直的个性肯定会向丁飞汇报，不会替任何人隐瞒，或者等山耗子回来再问问他有没有看见什么异常的情况。

丁飞看了看手表，决定先下山去，有什么情况让山耗子下山来找自己。

小霜匆匆忙忙回到旅店时，小雪正在把马丁的行李从房间里转移出来，锁进旅店的保险柜中。通过这一系列的事件，小雪对住店的汤米、夏文涛等人也提高了警惕，她怕马丁留下的行李成为他们的目标。

早一会儿，夏文涛就在猜测丁飞追查农具下落的原因是什么，他为什么在这种情况下上山找出匿藏的农具并对此死抓不放。自己和汤米被逼到绝处不得不承认他们企图盗墓的动机和行为，以免被卷入凶杀案中。但究竟是不是真的发生凶杀案了，谁被杀害了，这些情况丁飞并没有透露。夏文涛对丁飞一直心存畏惧，因为这个神探，实在有些深不可测。他让小霜出门打听究竟出了什么事，毕竟小霜是本村人，打听消息并不困难。

小霜带回来的消息令人胆寒，马丁被人残忍地杀害了。上午还和他们并肩作战打算逃出村去的马丁被人活活砍死了，而且是死在一处杜义雄疑冢旁，或许是黑子留下的那套图纸送了他的命。

夏文涛把那几张图纸仔细折叠好，放进小霜一直随身携带的小坤包里，叮嘱她千万要随身带好，绝不能给别人弄走。

4

丁飞走出老蔡的小屋没多久又折回去了。

他突然紧张起来，因为许多疑问逼得他不得不正视老蔡——他的话语中破绽实在太多了。长期住在后山，论作案的时间和便利，老蔡都是第一嫌疑人,他必须对老蔡进行正面地询问。

老蔡十分谨慎,他一口咬定自己根本没有出过门,至于那件湿漉漉的雨衣,他不解释,也不知如何解释。

丁飞语重心长地劝他把知道的都说出来,包括桌上的两个茶杯,究竟是谁喝的。山耗子不在,老蔡难道一个人喝两杯茶?

老蔡非常坚决地告诉丁飞,他根本没见过任何人,包括马丁。

丁飞打量着老蔡沧桑而坚毅的脸庞,心里头并不相信老蔡是作案凶手,但疑点让他不得不重新审视这个熟悉又陌生的老蔡。他和杜家的渊源太深,今天他究竟接待了什么神秘人物?在雨中后山商议了什么?而马丁又在此时被杀,如果说和此事没有关系,连一个普通人恐怕都不会相信。

丁飞叹了一口气,告诉老蔡,如果他不肯告知详情,只好把他带下山到村公所,对他进行正式的讯问了。

老蔡沉默片刻,起身拿雨衣。他愿意随丁飞下山。

村主任见老蔡倔强的样子,心里也很着急,一再劝他好好回答警察的问话。老蔡始终沉默不语,一副舍生取义的样子。

丁飞只好进一步敲打他,说:"我老实告诉你,马丁不久前被人杀害了,就在离你家不远的山坡上。除了你,还有谁会冒雨上后山呢?"

老蔡果然受到震动,他抬头看看丁飞和村主任,又低下头沉默不语。

丁飞又一次问,马丁是否去过小屋,干什么去了,还有什么人上过后山,如果老蔡不回答这些问题,警方只好认定杀害马丁的嫌疑人就是老蔡。

村主任催着老蔡立即和警方配合,千万不能再糊涂下去了,这可是人命关天的大事啊。

老蔡缓缓抬起头告诉丁飞，该说的我都说了，其他的我什么都不知道。

杜天成听说丁飞传讯并扣押老蔡，心里非常不高兴，正要去找丁飞理论，没想到丁飞却找上门来了。他约杜天成去韩月芳住处见面，想彻底地了解老蔡的情况。

韩月芳回忆，老蔡是1975年夏天来到桃花涧的，当时，杜天成只有两岁。从那个时候起，他就成了桃花涧村的护林员，住在后山，村里人并不常见他。

杜天成非常关心丁飞为什么要调查老蔡，在桃花涧成为一座人人自危的孤岛情况下，老蔡究竟干了什么事，让村里唯一的警察对他如此关注。

丁飞只好承认，杀害马丁的事，老蔡嫌疑最大。

杜天成几乎跳起来，他说这绝对不可能，老蔡为人厚道，一辈子老老实实，虽然他和村民打交道不多，但不管是什么人，只要有求于他，他都会热心帮忙，包括对丁家人也是一样。正因为有了老蔡，几十年来，桃花涧这一带的山区几乎没出现过一次重大事故，这对于山林密布的湘川山区而言不能不说是个奇迹。根据地方志记载，千百年来，这里的地方管理者都有一项重要的考评指标，一年中打火的次数是多少。打火者，救火灭火是也，几乎每一任当政者都把打火工作当作生命线。就冲这一条，老蔡所做的工作，对当地算是贡献不凡。

但警察办案只重证据，老蔡几十年为桃花涧做的贡献，并不能证明今天他没有杀人嫌疑或参与作案。丁飞无奈地告诉韩月芳母子，老蔡身上有无法排除的疑点，他又拒绝配合，目前，本案最大的嫌疑人只能是他。

不但丁飞意外，连杜天成和杜鹃兄妹都大为吃惊的是，韩月芳突然起身为老蔡做证了。

韩月芳说，上午去老蔡家的客人是她，不是马丁！

第十七章————追捕之憾

1

韩月芳知道作伪证是要受到法律制裁的，但她讲的是事实。因为她早在四十多年前就认识老蔡了，她当时只有十七岁。

韩月芳是大山北面的韩家村人。韩家村距桃花涧不过二三十里路，却隔着好几座山头。杜天成还小的时候，她曾经带他回过娘家见他的外公外婆，二老去世后，她几乎就没回过老家。

老蔡则是城里人，当年是一名青年教师，响应中央号召下乡支援农村建设，他积极要求到这一带山区支援落后的农村教育。韩家村有一所村办小学，于是他便落户到了那里。韩月芳早已初中毕业，在村里算得上是个有文化的人，有时帮学校代代课，虽然很渴望那份教师职业，但始终没有途径让梦想成真。老蔡来了以后，在他的帮助下，韩月芳终于通过了县里招收民办教师的考试，两人正式成为同事。

接下来的一切都顺理成章，但韩月芳还是强调，自老蔡一进村，她就暗暗喜欢上他。她之所以那么用功一定要成为一名光荣的人民教师，除了可以改变命运，更主要的是想和他在一起。当他们成为同事之后，她就越发佩服他。老蔡文雅的气质和渊博的知识，让一个情窦初开的少女陷入情网无法自拔。恋爱中的女孩最大的苦恼是未来的命运，因为支教的生活是随时可能结束的，老蔡总要回到城里去。韩月芳的下一个目标就是考到城里的学校，她要追随他而去。

令人意外的是老蔡并不想回到城里去，他不喜欢城里的生活，感谢老天让他来到这里，让他遇到了韩月芳，他愿意留在这个美丽的地方，快快乐乐的，什么都不用想，重要的是他愿意为韩月芳留在山里。

韩月芳欣喜若狂。文雅的老蔡不会甜言蜜语，也不会豪言壮语，但他的行动是真诚的。一个城里的知识分子愿意为她终老山里，还有什么山盟海誓堪与之匹敌？世界上所有的浪漫也不过如此。

但韩月芳的父母不满意了。她在家中是独生女，相貌出众，还读到了初中毕业，在当时无论如何也算有改变命运的资本了，父母正在托亲戚朋友物色姑爷，希望在鲜花最灿烂的季节收获到应得的阳光，他们希望女儿能嫁到城里的干部人家。老蔡的出现让他们看到了希望，但他想留在山里的荒唐念头，让他们觉得不可思议。

没多久，山南面桃花涧杜家的时任族长杜泽岳，托人前来提亲。杜家是方圆一带有名的望族，能嫁给杜家族长比留在村里强了太多，所以，他们就应了这门亲事。韩月芳坚决不从，和父母大闹，宁死也要嫁给老蔡。

有时候，人不能不相信造化弄人，不能不屈从命运。很快城里来了一拨民兵，他们是来抓老蔡的。这个叫蔡根生的青年教师在乡村支教，早就超过了期限，他迟迟不归，被怀疑是不是做了什么见不得人的事情。

那时候，韩月芳才理解老蔡眼中的忧郁，才理解他在赞叹山清水秀人和物美的山居环境，表示学陶渊明归去来式隐居生活的同时，口吻中流露出的沉重。原来他的忧虑是有根有据，并非无病呻吟，他希望在无争无求的山居守着韩月芳，过隐居生活，以逃避他心中的痛苦。

在那个年代，一个青年知识分子不知如何应对，只能消极地逃避。在韩月芳的印象中，老蔡的形象就定格在车尘滚滚的山间路上，他忧郁的眼神像漫过的洪水，将她覆盖。

此后，人武部还来调查过几次，尤其是调查韩月芳，因为韩月芳阻止民兵们抓老蔡时流露出和他不寻常的神情，他们被认定为是一对搞不正当关系的男女流氓。由于压力太大，加之老蔡一去下落不明、生死不知，所以，韩月芳只能屈从父母，嫁到桃花涧成为杜氏族长杜泽岳的妻子。

虽然韩月芳嫁到桃花涧是迫于无奈，但婚后生活还是不错的。杜泽岳性情耿直、待人宽厚，对媳妇疼爱有加，韩月芳总算得到慰藉，婚后第二年就有了大儿子杜天成。韩月芳作为大家族族长的妻子，又为族中添丁，得到族中上下的厚爱，可爱的儿子又让她十分可心。那段日子，韩月芳过得最为惬意，她在这个世外桃源享受着水光山色、夫婿呵护、亲友敬重和娇儿陪伴，想家时，有族中壮丁护送回韩家村，大包小包的礼物让爹娘乐得眉开眼笑，在村中引来羡慕和夸赞。这几年，她已经忘了绝尘山道上的忧郁眼神，她的身心都沐浴在快乐中。

直到有一天，老蔡像空中坠石一样突然出现在她面前，才令她恍惚忆起前尘往事，那段刻骨铭心的情感经历又刺痛了她。

当时，她正在大屋内向长辈学习织布，村里有不少台木制织布机，一半以上村民的衣服是自己纺布制作的。对韩月芳而言，学习织布并非迫于生计，而是作为族长妻子应当掌握的技艺，就像皇后要通读四书，才能母仪天下。这时，一个小伙子飞奔来报，说两岁的杜天成在村口玩耍，不小心掉进了池塘。

织布机的梭尖刺破了韩月芳的手，但她的心被扎疼了。好在小伙子连忙说，小天成没事，正巧有个流浪汉路过村口，救了落水的孩子。真是神佑天成，杜家人就是命硬。

韩月芳赶到村头，一眼认出衣衫褴褛、胡子拉碴的流浪汉正是老蔡。看得出，一定是他重获自由之后又来山里找韩月芳。可惜她已嫁作人妇，无法面对了。当时，韩月芳搂住孩子回避众人，和所有受了惊吓的年轻妈妈一样逃离了村口。

她也不知道杜泽岳及族人是如何感谢及招待老蔡的，后来听说村里人苦苦劝说收留了他。也许，他心灰意冷还打算离开桃花涧，但那时候，一个流浪的人能去哪里呢？于是，他自己提出去后山给村里守护山林，他说不能白受村里的恩惠，但韩月芳明白，他是想躲开她。一开始，韩月芳有些紧张，她怕老蔡对自己旧情忘不了，偷偷找自己，这让她整天提心吊胆。可这么些年过去了，她越发相信老蔡是个恪守道德的君子，几十年来他几乎没进过一次大屋。韩月芳还有一层担心是怕年轻气盛的老蔡因心里不平衡会找机会报复杜家，尤其是杜泽岳之子。但至今，他没做过一件对不起杜家的事，相反，还极力维护着杜家和村上的利益。

几十年来，他看守桃花涧的山林，不拿村里一分钱补贴，全靠自己打猎种地为生，山上多次出现火情，都因他奋不顾身扑救才换来长久的平安。杜家对他有夺爱之恨，他却默默地为杜家守护了几乎一辈子。独守山林几十年，一个文化青年硬是熬成了迟钝的山林老汉,这样的人可能是杀人犯吗?

2

丁飞脑中不断闪现着关于老蔡的回忆。从小到大,虽然接触的机会不多,但村里这么一个特立独行的人给他的印象不可谓不深刻。随着韩月芳的描述,这个老汉的形象开始立体了,许多怪异行为都有了令人信服的解释,甚至让他感慨、心生唏嘘:四十几年独守山林,他靠什么坚持?仅仅是一份对韩月芳的爱吗?还是有意孤立麻痹封闭自己,直到达成与自然共生、物我两忘的境界?这样的心灵到底经历了什么样的痛苦磨难?丁飞感动之余并没有忘记作为刑警的职责,他有个问题犹豫着不敢问出来,因为他面对的韩月芳是杜鹃的母亲,而且,杜天成和杜鹃就坐在一旁听着这个故事,屋内气氛沉重,让他不知如何开口。

"妈,我只想知道,这么多年过去了,您为什么今天要上山去找他?"杜天成说到老蔡时神情变得十分古怪,他口中称呼"他"也非常别扭,尽管这个问题正是丁飞想问的,但他听起来竟然有些刺耳。

杜天成的心理也经历着极大的考验。他听说母亲和老蔡曾经是一对情侣,母亲嫁到桃花涧心里也一直装着老蔡,这对他是个不小的打击。

尽管他并不是顽固地坚守着封建思想,对母亲有高度的节烈要求,但他对母亲的认知被这个故事彻底颠覆了。尤其是那个占据母亲心灵几十年的人居然是老蔡——那个熟得不能再熟的人,那个杜家上下非常尊敬的人,那个自己心目中早已当成亲人甚至比亲人还多了一份敬重的老实木讷的老汉——他心中居然藏着对自己母亲极深厚浓烈的感情。族人包括自己被他欺骗了几十年，这还叫老实忠厚吗？好在母亲承认她和父亲的感情不错，她内心深处从没有背叛父亲背叛杜家的念头。但谁知道老蔡心中怎么想？真是太可怕了，几十年的交往中，杜家一直像个傻瓜似的被蒙在鼓里。

杜天成的思绪随着母亲的娓娓道来起伏不定，时而惊涛骇浪，时而如临深渊，但他并没有忘记那个最令人牵挂的问题——既然两个恪守道德的老人一生克制着自己的感情让彼此形同陌路，那是什么原因，让母亲冒着如此暴雨艰难地上山密会老蔡？

谁都听出来杜天成这一问有多少种含义，对于母亲抱有如此疑问其实是一种不恭，连杜鹃都忍不住瞪了杜天成一眼，觉得他的问话太过分了。丁飞看在眼里，暗自叹息，这份责备是杜天成替自己扛下了，只不过他和杜天成狭隘的感情不同，他不得不关注韩月芳意外的举动和含义。

韩月芳显得很淡定，她让儿女放心，她和老蔡清清白白，几十年来，她连句话都没和老蔡说过。当下洪水困阻桃花涧，村里又出现不祥之兆，有人蓄意谋杀，也许是本村劫数已到，究竟能不能逃过还未知，韩月芳对此颇为悲观。于是，她开始清算这一辈子的人生账目，往事历历在目不堪回首。所以，她只是趁着腿脚还能动，亲自上山对老蔡道声谢。当年，他救了杜天成一条命，她始终欠他一声感谢，拖欠人家几十年的人情债始终在折磨着她。

杜天成默默地点头，他明白，这场风波源于自己，或者说这笔孽账也源于自己。如果不是自己落水还有后来的故事吗？他相信母亲上山的理由，因为他了解她，自从父亲死后，母亲便隐居大屋一隅，终日诵经参佛，不见任何外人，看来老蔡才是根本原因。

丁飞依然保持着高度清醒，他还是坚持要问完他心中的问题——

韩月芳认真地告诉他,自己上山后在老蔡屋内坐了约莫半个小时,喝了两杯茶,然后老蔡送她下了山。韩月芳并不想他送,怕别人看见引来误会,但老蔡担心雨天路滑,她独自下山不安全,坚持跟在她后面下山,一直送她到大屋门口才回去。

丁飞这才释然,从时间上算,老蔡回到家生火做饭,然后接待韩月芳,送她下山后再回来,这样时间上就能解释得通,那件雨衣的潮湿程度以及两个茶杯的疑点似乎迎刃而解了。

丁飞很客气地告诉老蔡事情结束了,一切都是误会。

老蔡反而迷惘起来,转而又有点明白了,脸上变色,问丁飞,是不是都知道了?

丁飞笑着拍老蔡,告诉他,这又不是丢人的事,有什么必要隐瞒呢?

老蔡神情很复杂,有些羞恼地斥责丁飞说,你懂什么,你不明白的事多呢。

丁飞笑着转告他,韩月芳向他道歉,说又让他受委屈了。

老蔡长叹一声,神情落寞地走了,眼中竟然有泪光闪动。

丁飞看着莫名其妙的村主任,告诉他,老蔡的嫌疑已经排除了,因为他没有作案时间。

但是杜天成并不想就此放过老蔡。他提出老蔡不能再待在桃花涧了,虽然老蔡救过自己的命,把一辈子都交给了杜家,可这不能说明什么。他几十年的守候,说到底根本不是为了杜家,他并不在乎与杜家的交情,不过是爱屋及乌而已。

韩月芳震惊了,她这才明白儿子打发了所有人,单独和自己谈话就为了说这个。这是她万万不能答应的。就算老蔡苦守桃花涧为的是自己，为的是那一份感情，可人家仅是守望而已。从渊源上讲，杜家自己人中谁能够守护杜家几十年无怨无悔？现在人家风烛残年，不中用了，难道杜家要一脚把人踢开？不要说这个人是老蔡，任何一个人，杜家都不能这么对他，即使杜泽岳重生，即使他知道了这段过去，相信他也不会如此残酷地对待已经老去的老蔡。

杜天成执意让老蔡去别的地方养老，说山耗子可以照顾他，所有的费用都由杜家出。他不想把老蔡的故事留在村里，成为杜家的耻辱。

韩月芳大怒，她从未发过这样的火。她抹着眼泪痛斥儿子要把老蔡往死里逼，如果儿子不想让杜家丢人，就应该连自己也一起赶出去，反正她欠了老蔡一辈子，索性陪他一块儿死算了。

骂走了杜天成，韩月芳伏案痛哭，这一哭把几十年的委屈都发泄了出来。

丁飞突然发现了自己有一个致命的疏忽。一瞬间，他经历了冰火两重天的悲喜。

小雪将马丁所有的行李放在他面前，他将袋中物品一一取出，衣物、书籍、剃须刀、笔记本、茶叶罐、香烟……丁飞拿起一本书翻看，一张名片飘落在地。

"西北大学教授、民俗学家——赵长生"。

丁飞捡起名片，头顶像被戳了个窟窿，真该死，怎么把他给忘了？

村主任毕竟路熟，他带着丁飞在大屋里转了几个弯，就找到了赵长生借宿的人家。主人说赵教授一大早就离开住处，整个上午都没见人，午饭也没回来吃，两个小时前马丁还来找过他。

丁飞变色。他让村主任立即组织十几个年轻的后生到村里找赵长生，活要见人，死要见尸。

村主任吓了一跳，难道赵长生也会遇到危险？

丁飞也不知会发生什么，但他明白，马丁刚死，赵长生却失踪了，这绝对不是好消息。现在，一时判断不出赵长生到底扮演了什么角色，但他很可能是个关键人物，而且是唯一一个长期游离在丁飞视线之外的人。

村主任很快就带来了消息，有个杜家人一早在上后山的路口遇见过赵长生。当时他披着雨衣，一瘸一拐地走上山路。更要命的是这个杜家人午饭前又遇见马丁询问赵长生的去向，这个人把赵长生上山的方向告诉了他，马丁沿着这条路上了山。根据时间推算出马丁上山后不久即遭毒手。

丁飞闻言十分紧张，立即沿山道去找老蔡，看来老蔡非常危险。

3

赵长生失踪的消息很快就传到了旅店。

小霜在餐厅里喝下午茶，闻听这个消息吓得差点把杯子摔破了。

汤米不怀好意地笑，他说这个旅店里的人越来越少了，不知道下一个会轮到谁倒霉。

小霜啐了汤米一口，骂他是乌鸦嘴。

夏文涛提醒汤米别幸灾乐祸，小心日后丁飞会找麻烦。毕竟他们都已经承认了企图盗墓的不法行为，等丁飞腾出手来不会不算这笔账。同时，夏文涛也提醒小霜别再去挑衅汤米，千万要看好坤包里藏的地图。

丁飞匆匆到了后山，越接近老蔡的小屋，心里越紧张。直到闻到从小屋里飘出来的菜香，这才松了一口气，心里也不禁有点好笑，折腾到现在老蔡恐怕连午饭都还没来得及吃呢。

正在烧饭的老蔡见到一身雨水的丁飞也大吃一惊，他不明白丁飞怎么又上山来了。直到丁飞问赵长生的情况，他才解开围裙，仔细回忆。这几天赵长生倒是来找过他几次，但今天确实没见过。一大早是马丁和汤米等人因为想逃出村子来求助他，再后来就是丁飞都知道的了。如果说马丁再次上山是因为找赵长生，而赵长生一大早就躲进后山，这样就问题严重了，赵长生很有可能是杀害马丁的凶手。难怪他每次上山都缠着老蔡问东问西，要是早点对他提高警惕也不至于让他在这里杀人犯罪。

丁飞严肃地提出，等山耗子回来，请他们父子俩随自己下山，确保安全。

老蔡坚决不肯，他说看守山林几十年还没见过如此残忍的犯罪嫌疑人，自己不能轻饶了他；再说，他也没脸下山，现在恐怕大家都觉得他是个多余的人，活了这么大岁数，没什么舍不得的。

丁飞看着老蔡的神情中流露出无比的寂寞和孤独，连忙安慰他没有人认为他多余；而且追击犯罪嫌疑人是警察的事，他绝对不能轻举妄动。见老蔡坚决不肯下山，而且流露出一股子狠劲儿，丁飞有点不放心，他再三叮嘱老蔡无论如何别出门，自己立即调集人手上山布控，因为赵长生很可能对老蔡有兴趣，利用这一点就会成功抓住赵长生。

老蔡的态度看起来有点坚决，丁飞只好飞快下山找村主任调集人手保护老蔡。但他心中有个疑团无法解开：西北大学著名的教授为什么一眨眼就成了穷凶极恶的杀人凶手？然而丁飞根本没有精力去解开这个谜团。

丁飞并不知道这个谜团早就被赵胖解开了，只是他苦于无法与村里联系。

早一会儿，西北大学方面正式回复市局刑警队，西北大学赵长生教授目前正在欧洲讲学，根本不在国内，而且他也不是跛足。换句话讲，村里这个赵长生根本就是个冒牌货。至于马丁，他确实是省内知名的民俗学家，看来是马丁招来了这个假教授。

一个假教授再加上一个假导演夏文涛，甚至汤米也成了假老板，桃花涧几乎称得上是杀机四伏、危险重重。

赵胖担心着丁飞的安全。他不知道马丁已经被杀，赵长生已成为丁飞眼中最大的嫌疑人。

今天丁飞已经几次冒雨上山，累得筋疲力尽，但他依然决定亲自带人上山布控，因为他从老蔡的眼神中看到了一种冲动。或许，韩月芳说出了真相后，老蔡动了慷慨赴死的念头，也许只有他才能阻止老蔡的过激行为。他叮嘱村主任做好村里的防范工作，以防赵长生窜回村里。

丁飞率人匆匆上山，却听到山耗子飞奔下山一路跑一路高喊丁飞的声音。原来，这回老蔡还真听了丁飞的话，他发现了赵长生的行踪后，立即让山耗子下山来通知丁飞，他自己拎着一条棍子尾随赵长生而去。丁飞虽然双腿已经沉重得迈不开步，但仍然冲在前面。他见过马丁被砍死的现场，明白凶手有多残暴，他想尽力争取时间给老蔡多一分安全。

这一片山地起起伏伏，对人的体力是个极大的考验。丁飞一直保持着很快的速度和山耗子走在队伍最前列，翻过一个山坡后，他们突然看见前方的悬崖边，有两个人影扭打在一起，依稀可见是老蔡和赵长生。

山耗子大惊，厉声叫了声"爹"，便飞速冲下坡去，再攀下一个坡。

丁飞也紧随其后，当他们冲下山坡时，却听得前方老蔡惨叫一声之后，连连发出暴怒的吼声。丁飞心中一紧，生怕这一下让赵长生得了手，脚下拼命发力爬上又一道山梁，就见到悬崖边扭打在一起的老蔡和赵长生。

老蔡猛地抡转身体，发出狮吼一般的暴喝，赵长生的身影好像翻下了悬崖。

丁飞失声大叫"老蔡，小心"，人已经从山耗子身边穿过赶到他前头去。悬崖边的搏斗往往会导致玉石俱焚，他只希望老蔡能多坚持一下，等自己赶到，就不怕他赵长生飞上天去。

好在悬崖边的一块巨石挡住了老蔡，虽然锋利的岩石划伤了老蔡的胳膊，但终究阻挡了他和赵长生一起摔下悬崖。

丁飞站在悬崖边往下望去，崖下雾气蒙蒙深不见底，深度至少有百米，摔下这样的深谷，赵长生估计不会有生还的机会了。据老蔡讲，当时赵长生正打算用绳索拉着下到谷底，看样子是想逃出村。

好在大雨有了短暂的间歇，丁飞可以为老蔡紧急处理一下伤口。

老蔡疼得龇牙咧嘴，但他还是忍住没叫出来。包扎后，他指着地上撕扯得几乎破碎的衣服告诉丁飞，这是赵长生的外套。当时赵长生在扭打中一脚踏空，自己并不想他摔死，便拼命地拉他，可惜没拉住。除了赵长生这件外套，留在悬崖边的还有原本属于马丁的笔记本，笔记本上画着一些地形草图，正是马丁在看过黑子的地形图之后凭印象画的。老蔡实在遗憾没有亲口问问赵长生，为什么对马丁下毒手。

丁飞长叹一声，说正是这个笔记本要了马丁的命。

老蔡犹豫了片刻，告诉丁飞，在跟踪赵长生的途中，他有个惊讶的发现，他发现赵长生好像挖开了属于杜家祖上的墓葬。一处不起眼的土丘旁被挖开一个很深的土坑，坑内有已经腐烂的棺材木板，还散落着几件破碎的瓷器和布匹。半辈子看守后山的老蔡这才真的被激怒了，他拎着木棍追上去寻找赵长生，这种赤裸裸的盗墓行为在他看来是一种挑衅。

4

丁飞来到老蔡说的那处墓穴，一眼就认出散落的布匹和杜天宝发现的一模一样，就是说这里也是当年杜义雄二十八处下葬地之一，目前已经有好几处被人挖开了。

老蔡垂头丧气地告诉丁飞，他怀疑这里就是杜义雄真正的墓穴，因为赵长生背着的那个包非常沉重，他怀疑赵长生已经盗得金头，如果是这样，杜家的风水龙脉就被人挖断了，他老蔡再也无脸见杜家人，尤其是在他和韩月芳的关系被人知晓以后。

丁飞一面安慰老蔡，一面猜测事情的真相，按理说这个地点不应该是杜义雄的真正墓葬点，至少从墓穴的规模上看不像，这个问题要等雨过天晴，法医进山以后才会有准确答案。但他又有些相信老蔡的判断，赵长生有所收获才会杀人逃亡。在检查了赵长生的住处后，丁飞更加相信这个判断，因为赵长生的行李袋都是空的。难道他真的挖到了价值连城的金头？

小霜在旅店内看到一群人下山来了，丁飞的身后跟着老蔡，老蔡还由山耗子搀扶着，身上还染着血迹。小霜吓了一跳，难道又出事了？

小雪拿来镇痛药和外敷的止血药。这些草药还是老蔡采制的，止血消炎、促进伤口愈合效果非常好。小雪一边给老蔡施药，一边感叹，万万没想到赵长生居然丧心病狂到杀人的程度。

老蔡也长叹，早知如此，自己就该提高警惕不让他得手。

丁飞冷静地听着他们对话，心中在盘算，村里潜伏的杀人恶魔真的是赵长生？他杀了马丁，再往前呢？十三爷的死与他有关吗？根据旅店客人回忆，十三爷在死前确实和赵长生发生过冲突，而十三爷遇害时，赵长生确实消失在众人面前。那么黑子的死有可能是赵长生干的吗？如果赵长生真的先于马丁之前就进了村子，而且他进村的确切日期无从知晓，那么他极有可能潜伏村内很久，在实施犯罪行为时遇上了同样心怀不轨的黑子，于是黑子就和马丁一样死于赵长生之手。如果这个假设成立的话，装神弄鬼吓疯杜天宝的极有可能也是他，他不但有动机，而且还有手段，因为他了解金头的传说，甚至能制造出以假乱真的金头面具，那么金头面具目前在什么地方呢？

老蔡也猜出了十三爷遇害的真相，一定是十三爷发现了赵长生有问题，跟踪他走进大屋才遭到毒手的。问题是一个堂堂的大学教授居然是个盗墓者，太不可思议了。

丁飞笑起来，一旦他想明白了，总会露出自信的微笑。他分析说赵长生是西北大学教授，大家都是听马丁介绍的，而从马丁行李中找到赵长生的崭新的名片看，他们根本不熟，也许才认识不久，也就是说马丁并不能肯定这个赵长生究竟是不是西北大学教授，或者西北大学教授赵长生究竟是不是这个"赵长生"，但他竟然能骗过民俗学家马丁，说明他对桃花涧的研究非常深入，这个人值得深入调查以揭开他的真面目。

老蔡悠悠地叹气说，这个家伙居然把所有人都骗过去了，真不简单。

杜鹃来到旅店，她惊讶地发现老蔡受伤了，而行凶伤人的居然是赵长生教授。令她更惊讶的是赵长生不但可能杀害了马丁和黑子，而且还可能盗走了金头。

丁飞一下拎起心来，他连忙打断老蔡讲话，神情凝重地叮嘱大家，千万别把这个未经证实的情况四下传播，这对于杜家人来说是个致命的消息，万一村里情况失控，后果将不堪设想。

虽然杜鹃在感情上也接受不了这个事实，但她还是答应暂时保守这个秘密。

可是，他们在旅店门厅的对话还是断断续续地传到了旅客耳中。夏文涛根本就不相信赵长生能找到金头。黑子是这个行业里一等一的高手，下了大功夫也没能找到真正的墓葬点，他赵长生凭什么？除非黑子画的图纸上的秘密，真被马丁破译了，赵长生杀了马丁得到了图纸。想到这里，夏文涛心里不踏实起来，他让小霜带上黑子画的那几张图纸下楼找老蔡聊一会儿，探探口风，却发现汤米正凑过去和老蔡套近乎。小霜恨恨地骂，这个汤米简直是个屎头苍蝇，闻着臭味四处飞。

老蔡和山耗子吃了几个包子总算是把今天的午饭给补上了，然后他就想回山上去，说是在村里待着让他非常别扭。虽然丁飞、杜鹃他们已经去村里组织人手往村外修栈道，但老蔡总是浑身不自在。小雪并不了解他的心病，好说歹说也不让他走，因为他胳膊上的伤口不能再用力气，也不能淋雨。老蔡无奈地叫山耗子回住处给他拿几味中草药来。

山耗子刚离开，夏文涛和小霜就来和老蔡闲扯。老蔡闭口不谈赵长生的事，可夏文涛说他已经知道了，他还展开地形图请老蔡指点，赵长生挖掘的地点究竟在哪里。他强调说反正赵长生已经把金头挖走了，墓址的所在已经不算什么秘密了，倒是赵长生能找到后山的风水龙脉在学术上是一件了不起的事情，拍纪录片就是要拍出当地的民俗民风才有价值，所以他很想把这个地点记录下来。

老蔡盯着他们俩看了片刻，这才认真地看那份地形图。他对这份画得乱糟糟的地图不甚了解，看了半天也看不出名堂，在小霜的指点下，他才找到赵长生挖墓的那个点。

夏文涛解释这是他们拍摄用的专业地图，图上标注的都是拍摄地点。

老蔡不太相信地说，赵长生挖墓的点已经被他们标注过了，是不是已经拍过了？反正他不管，丁飞叮嘱此事不能让杜家人知道，他们要拍也不能现在拍。

夏文涛忙不迭点头答应，拉着小霜离开，心中窃喜。因为赵长生开挖的那个点，早已经被黑子断定是一处疑冢，根本不可能埋藏金头。

5

雨确实小了，只是断断续续地飘些雨星子。丁飞和村主任动员了村里大多数壮劳力开始用树木搭栈道，争取在天黑前，能有人出山向城里求援。

丁飞并不知道在进山的路上，市局也调动了七百多警力奋战在抢修公路的现场，刑警队、特警队还有消防大队，他们用的办法也和村里一样，架设临时栈道，以确保救援人员能进入桃花涧。

早一会儿，张海从省城通报了一个消息，他们在那里找到了一个老前辈，据说他的祖父当年在本地军阀板爷手下做事，充当高级幕僚。这位高老先生完全了解杜、丁、骆三家的历史恩怨，为了弄清历史真相，以防有可能发生的冲突，年过八旬的高老先生正随着张海从省城赶来。市局局长和政委给赵胖下了死命令，天黑以前，救援人员必须进入桃花涧，绝不能让村里再次发生血腥的杀戮。

偏偏这时候村公所又失火了。

丁飞无奈之下，只好从修栈道的人手中抽调了几人迅速赶往浓烟滚滚的村公所。

旅店里的众人也在小雪的动员下，赶来救火。老蔡也想随众人前往，被小雪死活劝住。当众人七手八脚地向村公所泼水施救时，汤米却趁乱溜回旅店去了。

溪水对岸，杜泽山和杜天成一脸沉重地看着村公所上方冒出的浓烟，杜天成不仅沮丧甚至有些恐惧。他任族长本来就充满争议，当年他还不到二十岁，村里老辈人都力挺为人精明强硬的杜泽山接任兄长的位子，并称杜天成命不硬，杜家会毁在这一代手上，而杜泽山偏不信邪，他力保杜天成当上了新一任族长。但桃花涧内越来越多的怪事，让人不能不害怕，难道杜家真的气数已尽了？

"除非我死了。"杜泽山冷漠得像块铁。他的口吻让杜天成感到彻骨的凉意。他知道叔叔杜泽山为了协助自己坐稳族长的位子，同时也为了杜家的利益，这些年来一直默默地做了大量的工作，好多事连自己都瞒着，族中许多人认为杜泽山才是杜家真正的当家人不是没有道理的。但杜天成也担心叔叔的偏激会给家族带来麻烦，尤其是今天上午，杜泽山带着几个后生神神秘秘地不知道在干什么，早一会儿遇见他时，他也没说。

杜泽山冷笑一声，叮嘱杜天成务必守好大屋，他知道有人正在对杜家利益进行侵犯，自己豁出命去也要和他较量。

杜泽山很快就发现他的判断十分准确。

和杜天成分手后，他带着几个子侄去守卫发电站，路过一处墙拐角，冷不丁差点撞上飞奔而来的山耗子。

对于山耗子，杜泽山又爱又恨，他是老蔡的养子，凭交情也该关照这个孩子，可这小子实在有点顽劣，更主要的是和自己儿子杜天宝臭味相投。杜天宝现在还躺在脑科医院里治病，很难说山耗子没有一点责任。"你小子，又跑下山来鬼混？"自杜天宝出事后，杜泽山没有训斥过山耗子一次。

山耗子哭丧着脸对他说："泽山叔，不好了，桃花涧完了，杜家完了。"

杜泽山大怒，这混账小子口中真没个遮拦，自己心头正紧张，他居然就往最痛的地方捅。

接下来山耗子的话让他如遭晴天霹雳，坏消息比他的预感还要坏十倍、百倍、千倍。山耗子说，杜家的龙脉被人挖断了，金头被偷走了！

还没等杜泽山有反应，山耗子一溜烟向山上狂奔而去。

第十八章————悬而未决

1

在救火现场没有人注意到汤米悄悄离开。他发现所有人都赶来救火，旅馆内眼下一个人都没有，他惦记着小霜手上那张神秘的图纸，于是他直接奔回旅馆。

但他没想到旅馆里还有人，一个是被小雪留下来的老蔡，一个是身体虚弱正在养病的苗青。当时，老蔡正和苗青打招呼，他说他还是想回山上的小屋，让小雪别担心。汤米躲过老蔡，径直上楼拧开夏文涛的房门，在橱柜里翻找起来。这么重要的图纸，夏文涛一定会藏在极其隐秘的地方。

汤米没想到，他刚翻过抽屉还没来得及翻找衣橱，就听到有人上楼的声音。从脚步声听得出来，是小霜回来了。汤米眼见无处可躲便钻进床底下。

汤米屏住气息。小霜开门进屋直奔床头，一双长腿就挡在汤米的眼前。汤米凝神听着动静，听出她打开床头柜，从里面拿东西。汤米大着胆子伸头往外看，见小霜从床头柜里拿出一个小坤包，又打开坤包拿出几张图纸检查一下，然后拎着包匆匆出门。汤米几乎背过气去。

他万万没有想到这么重要的东西居然就在小霜的坤包里，这个该死的夏文涛又让自己错过一次好机会。

小霜是经夏文涛提醒才匆匆赶回来拿图纸的。

当时大家正在扑火，丁飞突然叫大家停止泼水，因为他发现事有蹊跷。而此时，夏文涛发现小霜没有随身携带她的坤包，一下紧张起来，小霜这才悄悄回去。

丁飞叫停众人，叮嘱大家别进去破坏现场，然后，他小心翼翼地进门察看。

村主任的卧室内一片狼藉，床铺被烧焦，屋内过火又被水扑灭，焦痕水迹凌乱不堪，看上去像是油灯烧着了床铺引发了大火。

但村主任坚称不可能，他一直都有安全意识，从不在床铺旁点油灯，而且如果出门他一定会将油灯熄灭。看起来这把火一定有人做了手脚，但赵长生不是已经死了吗？

就算有人破坏，为什么要烧村公所呢？闻讯赶来的杜鹃大感不解。她听说丁飞率人救火便匆匆赶来，看到丁飞安然无恙后才松了一口气。

丁飞此刻顾不上除了赵长生为什么村里还有人蓄意破坏这个问题，他头脑中的弦一下紧绷起来，首先头脑中响起警铃的是发电站，如果刚才失火的是发电站，问题就大了。

到底是神探，丁飞的直觉异常准确，发电站还真出事了！

当丁飞和杜鹃带人赶往发电站时，看守此处的杜家弟子仅仅让村主任和杜鹃进去，把包括丁飞在内的丁家子弟全挡在门外。绰号叫虎子的杜氏子弟手持铁棍，凶狠地挡在门外，不肯放丁飞进屋，任杜鹃如何讲就是不松口，因为杜泽山下了死命令，人在电站在，人亡电站亡。

村主任惊慌失措地跑出来，锁在里屋的十几桶柴油不见了。

丁飞像被击中一样，有些恍惚，但他极力冷静下来，严厉地追问虎子那些柴油的下落。虎子马上承认，杜泽山领人运走了十几桶柴油，而且运去了大屋。

对于桃花涧而言，这批柴油相当于核武器，连杜鹃都恐慌不已，她不明白泽山叔究竟想干什么。

丁飞头脑冷静的速度也极快，杜泽山没有在发电站把这些柴油点燃，至少表明他没想把事情做绝。他要求杜鹃马上找到杜天成并发动杜家所有人，无论如何要找到杜泽山和那批柴油，然后派专人看守绝不能大意。

接下来就有一个疑问，村公所那把火难道是杜泽山放的？是为了调虎离山偷运柴油？

夏文涛在心里惦记着小霜的图纸，眼见她一直没回村公所，等丁飞赶去发电站时，他便匆匆回到旅馆。

小霜不在屋内。

夏文涛回到自己的屋内，大吃一惊。橱柜里到处是被人翻动的痕迹，床头柜中小霜的坤包也不在了，究竟发生了什么事？是谁又来行窃？夏文涛越想越不安，便去敲汤米的门。但汤米也不在屋内。

小雪见夏文涛急着找小霜和汤米，有些奇怪。早一会儿，大家不是都在村公所救火的吗？谁也没在意小霜什么时候离开的，汤米离开也没人看见。

夏文涛心中一沉，他最害怕小霜投入汤米的怀抱，这样，自己和整个家族的多年心血就白白便宜别人了。

一个丁家的小伙子像撞见鬼一样，跌跌撞撞地跑来。他看着丁飞和村主任，上气不接下气，一句完整的话都讲不出来。

听了半天才明白，又有人死了！

在田野里，有一个死人！但他没看清楚是谁。

丁飞真的冒冷汗了，职业生涯中再危险再困难的场面都见过了，但像现在如坠黑暗之中，不知危险来自何方的束手无策，他真是从未经历过。又有人死了！是谋杀吗？死者会是谁？难道除了赵长生村里还有凶手？难道赵长生根本就不是杀人犯？村公所失火和这件事情有联系吗？有生以来丁飞第一次觉得自己的智力跟不上这一系列案件的发展速度，如果他是和一个犯罪嫌疑人在搏斗，不能不说他的对手实在是太高明了，自己有被人玩弄于股掌之中的感觉。

来到发现尸体的地方，田地里空无一人。丁飞的心像失重的摩托车，一下着不了陆，他宁愿相信这个小伙子看花了眼、产生了幻觉。

他虽然跑得气喘吁吁，却依然指着一片空地说就在这里有死尸。

丁飞不等他调整气息讲出囫囵话来，便蹲在地上观察周围有无异常的痕迹。果然，就在他的左前方的稻茬上沾了几滴血迹，他的心一紧，顺着向前搜寻，又有几滴血，血红的印迹刺痛着他的神经。此时他顾不得旁人，自己顺着血迹向前慢慢找去。

转过一处稻草垛，割断茎秆的稻田中站着一头水牛，牛背上依稀伏着一个人，准确讲是一具尸体。

此时天边现出晚霞，淡淡的，有些光彩，泛着红晕，夕阳下的田野显得有些凄凉的美。

牛背上的尸身沾着比晚霞亮艳的血红色，手腕上挂着的坤包往下滴着血。

是小霜！丁飞吃了一惊。

鲜血淋漓的小霜俯趴在牛背上，在夕阳映照下一动不动，只有若无其事的老水牛，埋头啃着稻秸，向前挪动脚步。

丁飞上前轻轻地抹去小霜脸上的血污，将她惊恐的眼睛抚平合上。小霜的腹部中了两刀，又准又狠，看来是有预谋的杀人，只是杀人动机尚不清楚。

村主任并不是第一次看凶案现场，但如此沉静凄婉的现场还是将他震住了，他猛地抽着香烟平复自己的情绪。

丁飞明白，此时胡乱猜测凶手是谁，显得太盲目。他叮嘱村主任叫人把小霜的尸体暂时抬到村公所，自己顺着牛蹄印查找第一现场。

小霜的尸体还没有抬到村公所，小雪就赶来了。她一下子扑过来，伏在小霜身体上放声大哭，任谁都拦不住。

虽然小雪一直不喜欢这个伤风败俗的姐姐，尤其是她伴着一个二溜子导演明目张胆地在一个房间里鬼混，小雪心里就对她充满了鄙视，但她毕竟是自己的亲姐姐啊。小霜被人残忍杀害令她这个妹妹涌动起血缘间特有的情感，一下哭得天昏地暗风云变色。

夏文涛也赶来了，他第一件事就是检查坤包里的图纸还在不在。不出所料，那份图纸果然不见了。

丁飞很快就赶来了，只有他才能劝得住号啕痛哭的小雪并搀扶她回旅店休息。

凶杀案的现场并不难找，就在附近的打谷场。看来凶手是在打谷场上遇上小霜，将其杀害然后驮上牛背，企图把尸体移走，延缓被发现的时间。这是一个极冷静和残酷的凶手,会是赵长生的同党吗?

2

女大学生苗青听闻小霜被杀,吓得在床上瑟瑟发抖,她听到隐约传来的小雪的哭泣像听到地狱的召唤,这个虔诚信仰耶稣的小姑娘实在有点惊吓过度了。旅店里短时间内已经死了好几个人,剩下的人还没有死去的多,不能不使她感到恐慌。

夏文涛则匆匆回屋四处翻找,根本就没有那套图纸的踪影。他开始相信小霜是死于不祥的图纸。

丁飞安抚好小雪后仔细梳理事件发生的前后。村公所救火时,小霜还在,那么她或是在救火后回旅店途中遇害,或是回到旅店之后出来遭遇毒手。所以,当务之急是先要弄清楚这段时间究竟谁在旅店里。

很快,相关情况都查明了——小雪等人全体出动救火时,旅店里只剩下老蔡和苗青,但很快老蔡就向苗青打招呼说他回山上去了。不久,苗青看见小霜神色匆匆地跑回旅店的房间,几分钟后又出了门,这次很明显她手中提着一只挎包。也许这是最后一次有人见到她。

剩下的住店客人只有夏文涛和汤米了。在村公所救火后,小雪、许佳和夏文涛是前后脚回到旅店的,只有汤米的行踪没有人在意。

丁飞决定上楼找汤米。

汤米根本不在房中,他的床上放着一件西装。一进屋,夏文涛就想起刚才救火时，汤米正是穿着这身衣服，这说明他中途回过旅店换衣服。

丁飞拿起西服仔细察看，西装肩部被撕开个大口子，看样子是被什么利器钩划过了，所以汤米才会换上别的外套。如果汤米回过旅店，苗青又没看见他，说明汤米回来是别有用心、有意隐藏自己的行踪。他究竟想干什么呢？

夏文涛面如土色，拉着丁飞叫起来，他说他知道汤米想干什么，而且他还肯定杀害小霜的凶手就是汤米。他不但有作案的时间，也有杀人的动机，他要求丁飞查看他的房间，屋内被人翻动的痕迹都在，汤米回到旅店正是到自己房间里偷东西，盗窃不成便抢，于是便杀了小霜。

其实丁飞已经猜到夏文涛想要说什么，但他必须让夏文涛亲口说出汤米偷盗的目标以证实自己的判断，并让他自己承认违法犯罪的事实。

面对丁飞的一再追问，夏文涛不得不承认黑子留下的那一套地形图是他们准备实施盗墓犯罪的行动图，是黑子在夏文涛家族潜心研究多年的成果加上他亲自实地勘测得出的设想，可惜未经证实，黑子就死了。但不管怎样，这是一份极有价值的资料。当夏文涛意识到其珍贵之后便一直让小霜放在随身携带的坤包内。

当天午饭后，他们听说了关于赵长生的事，已经盗取金头的赵长生失足摔下悬崖。他们心有不甘，但碍于丁飞等许多人在身边，不便上前打听。直到所有人离去，夏文涛才拿着白纸对着黑子的图纸照葫芦画瓢地画了个示意图，然后找老蔡打听赵长生挖掘的地点。问完后为保险起见，夏文涛连自己的草图都烧了。当时，小霜把坤包放进床头柜并没带到楼下，等到救火现场，夏文涛这才意识到自己的疏忽，立即叫小霜回旅店去拿包，没想到这一去便送了她的命。而且，他发现小霜离开的时候，汤米已经不在救火现场了，凶手肯定就是他。

但丁飞觉得这个判断可疑。因为如果是汤米在屋中发现图纸和小霜发生了冲突，为什么他要到打谷场去下手杀人，而不在旅店里就动手？还有，苗青明明只看见小霜独自离开旅店，那这时候汤米在哪里？

村主任实在跟不上丁飞的思维速度，他只知道马上组织人手去村里找汤米。丁飞表示用不着，如果凶手是汤米，这时他肯定已经逃上了山；如果不是汤米，一会儿他自然会回来，到时候再问他也不迟。

夏文涛见村主任不慌不忙地下楼等汤米，有些着急，他坚信汤米是杀人犯，而且他根本就不是什么美国老板，不过是一个盗墓贼而已。

丁飞笑起来。听夏文涛的口气好像他自己多高尚一样，可惜他也同样触犯了法律，如果他能向自己主动坦白一切真相，将来在法庭上可能会被考虑从轻判罪。

夏文涛变得哀怨起来。他强调杜家人，包括现在的丁家人都不能明白作为丁家旁支——夏文涛一家所受的痛苦和耻辱。当年，太祖母梅姑帮所有丁家人顶了罪，死于两姓之手。夏文涛幼年就发誓要从桃花涧尤其是杜家人那里讨回公道，一定要挖出属于所有桃花涧人的宝藏。在电视台工作的那个阶段，他就琢磨以一个最佳方式进村，实施家人一直酝酿着的计划。后来，他向联合国教科文组织某基金申报拍摄古民居的项目，东奔西跑，付出了巨大的代价，甚至被台里开除了。后来，他通过别的途径拿到了联合国赞助的项目,他知道机会成熟了。

据夏文涛了解,黑子是个绝对顶尖的高手。这些年,他走南闯北,拍过不少民俗方面的专题片,结交了不少奇人异士,他就是看准了黑子身手不凡才花重金雇佣,并许诺两人在盗宝后进行分赃,这才请动了这个高人。后来在风月场所意外结识了桃花涧出来的小霜,更是让夏文涛喜出望外。于是,他以最快速度给黑子办了假身份证、假驾驶证,租了车子和摄像机等设备,对外号称摄制组便开进了村子。村主任见了省电视台的介绍信,还请他们吃了一顿饭呢。

丁飞一直静静地听,他非常想弄清楚,这个黑子的水平有多高,也许这还是破案的关键点。

夏文涛说,黑子绝对是个高手,进村几天便把周围的山形图画出来,当年杜义雄下葬的二十八处疑冢,大部分地点他已经可以确认,据说再过几天,他就有把握将金头挖出来,这是许多人穷尽几十年心血都没办到的。

丁飞有些震惊,黑子当真有这么厉害吗?如果这样的话,那份地图又能提供什么样的线索呢?

而这时,汤米回来了。

3

汤米悄悄潜进屋,刚坐下,门就被推开。

丁飞和夏文涛等人进了屋。

夏文涛气势汹汹地怒骂汤米,看得出他对小霜还是有感情的。

汤米一脸无辜地问,是不是小霜真出事了?这话气得夏文涛恨不能上前揍他。

丁飞则拿起他那件撕扯坏的西服问他是怎么回事，救火时他究竟去了哪里。

汤米解释说救火时不小心摔脏了衣服，所以回旅店换了一件。

丁飞笑起来，这个汤米撒谎的水平退步了，西服上的灰尘根本不是地上摔倒沾上的，而像是在哪里蹭的。他对夏文涛的房间已经进行过勘查，不但到处是汤米的指纹，床下也有汤米的脚印，衣服上撕裂的口子正是被床下铁钉钩住撕扯坏的，铁钉上还有一绺属于西服上的丝线。指纹已经取了样，很快便可以比对出来，如果汤米不说出自己去夏文涛房里干什么，那么他的犯罪嫌疑是明摆着的。

汤米盯着丁飞看了片刻，只好承认他去夏文涛的屋内正是去找图纸，但他对天发誓真的没拿到。他亲眼看见图纸在小霜的坤包里，而她出了旅馆不知上哪儿去了。

这个证词倒颇为可信，和苗青所说的可以互相印证，看来凶手杀人的目标正是图纸。但丁飞并不放心，追问他这段时间去了哪里，谁人可以做证，是谁告诉他小霜死了。

汤米哭丧着脸，他不想让夏文涛等人怀疑，便独自去村中转了一圈，真没有人替他证明。小霜的死讯是一个杜家子弟告诉他的，当时他路过涧溪，看见脸色阴沉的杜泽山站在水边。他本打算上前套近乎，被老头瞪了一眼。杜家子弟悄悄告诉他，小霜被人杀了。

杜泽山！

丁飞一激灵，他立即叮嘱村主任去找杜鹃，无论如何也要把杜泽山请到旅店来。

夏文涛不依不饶地追问汤米，究竟有没有拿走他那套图纸，如果他没办法证明他的行踪，说明他就是杀害小霜的凶手。

丁飞见夏文涛把汤米逼到无话可说、几乎崩溃的边缘，这才打断夏文涛的纠缠，让他离开。

这时，汤米反而对丁飞倍感亲切，心理防线已经全面瓦解。爱国投资客、海外富商的包装统统丢去，在丁飞的引导下，汤米彻底显露了一个投机客、盗墓贼和美式小混混的真实面目。

海外骆氏企业还是相当成功的，正是这一点让杜鹃以及市政府招商部门的人相信了汤米。眼看着堂兄弟们一个个成了千万富豪亿万富翁，汤米又羡慕又忌恨。在一个同样心存不轨的舅舅煽动下，他把脑筋动到了桃花涧。在心理上，他们有一个很好的理由，就是历史上骆家也是桃花涧资产的拥有者，被杜氏家族害得家破人亡后，家产也被霸占。今天，汤米的所作所为不过是把祖上的东西夺回来，天经地义。

丁飞淡淡一笑，告诉汤米，如果他有勇气，应该当着杜鹃的面，把这些话重复一遍。

"我已经听到了。"杜鹃的声音从门外传来。

早一会儿，村主任找到杜鹃，本是想说杜泽山的事，没想到杜鹃一听汤米果真是个骗子，便急急忙忙赶来问个究竟，正好听到汤米的坦白。

汤米面色如土地向杜鹃保证，他真的不是存心骗她，等他回美国后，一定会说服家族中的叔伯兄弟，到桃花涧来投资。

丁飞讽刺地笑说："你还是想想怎么才能离开中国吧。"他不想和汤米再纠缠，把杜鹃叫出门去。

杜鹃明白他的担心。事实上她已经找到了杜泽山，知道了杜泽山把柴油运到大屋并没有恶意，相反是怕有人针对发电站搞破坏才实施了釜底抽薪的策略。

丁飞摇头说，那也不能把柴油运到大屋去，实在太危险了。

正说着，村里发出了巨大的爆炸声。

丁飞的脑袋嗡地炸响，一瞬间，他体会到什么叫绝望。杜鹃脸色苍白得几乎站不稳。

脚下的大地在震动，好在预想中的连续爆炸暂未出现。

丁飞定了定神，判断爆炸的方向来自发电站。

发电站果然被人炸了！

4

当年建发电站的时候，因为考虑到安全和噪声便把四面墙建得非常厚。此时，这座四方形状的笨重建筑已经被炸塌了一角，烟熏火燎地冒着黑烟。仅仅是发电机里的柴油就炸出这么大的动静，如果加上那十几桶柴油，后果不堪设想。

丁飞等人赶到时，杜家的几名子弟正围着看热闹，有人还蠢蠢欲动想进入爆炸现场，丁飞大声喝止了。他害怕还会有持续的爆炸。他阻止杜鹃和村主任靠近，自己则探身向烟雾中走过去。

有人高声叫起来，透过烟雾可以看见屋内好像躺着一个人。

丁飞又一次大声喝止周围人的轻举妄动。他用一块布遮住嘴鼻，一下子冲进冒着黑烟的发电站。

杜鹃失声尖叫起来，她的心提到了嗓子眼。这是她第一次亲眼看见丁飞在现场如何玩命。这可不是小说中描写的场景，只要爆炸声再起，他们俩将阴阳相隔。在这种情况下，丁飞有可能躲开吗？绝对不可能。杜鹃的眼睛湿润了，她的手攥着拳，屏住呼吸，等着丁飞安全出来的身影。

终于出来了，丁飞抱着一个人从阵阵黑烟中钻出来。

杜鹃的心放下了，闻讯而来的杜天成也放了心。

丁飞把怀中抱的人放下，只见此人衣衫褴褛，被绳索捆住，一头一脸的黑灰，口中还塞着一卷布。

杜天成伸手取出他嘴里的布，不禁大吃一惊。

杜泽山！这个昏死过去的人居然是杜泽山！

丁飞判断杜泽山是被巨大的爆炸震昏过去了，应该没有生命危险。一名杜家子弟立即背着他找中医去了。

杜天成暴跳如雷，他发誓要找到是谁炸了发电站。丁飞劝他先冷静下来，看看这个爆炸现场就明白那些柴油可怕的威力，他叮嘱杜天成一定要亲自带人守护那些柴油，一旦被坏人得逞，桃花涧将玉石俱焚。杜天成神色凝重地带人赶往大屋。

丁飞看着发电站上方冒着的黑烟，他很想弄清楚杜泽山为什么会出现在发电站，杜家其他的子弟去了哪里。

按照值班安排，这会儿守卫发电站的小组长叫三虎子，他很快被带到丁飞的面前。据三虎子讲，就在不久前，杜泽山脸色阴沉地来到发电站，让值班的几个小伙子都回去，说他亲自把守。三虎子追问原因，被杜泽山骂了一通，所以几个人只好离去。没想到十几分钟后，发电站便爆炸了。

究竟是谁把杜泽山捆起来并炸了发电站呢？再往远处想，是谁放火烧了村公所又杀了小霜呢？难道是赵长生复活了？但是不止一个人亲眼看见赵长生被摔下了山谷。除了赵长生还有可能是谁呢？原本丁飞一直没有放弃对杜泽山的怀疑，现在杜泽山被炸晕过去了，如果他在演苦肉计，又有什么好处呢？

杜鹃见丁飞在发呆，便明白他又陷入苦思。她不明白，这一切乱象看起来杂乱无章，不要说去推理，连事件之间的联系她都看不出来，这个号称神探的丁飞难道真的能在这种状态下发现真相？

忽然，丁飞冲她笑了起来。杜鹃不禁一阵悸动，她熟悉这种笑容，往往在丁飞想明白某个道理之后才会有这种顽童式的笑容。他随即说了一句莫名其妙的话——

我们去找你母亲，我想见见她老人家。

丁飞的神情绝对不像开玩笑。

韩月芳非常客气地招呼丁飞坐下，并给他倒水。

杜天成和村主任都搞不清楚丁飞在卖什么关子，尤其杜天成是丁飞特意派人叫来的，这阵仗倒像丁飞来向未来的岳母提亲。

丁飞一本正经地向韩月芳汇报村里的情况，杀害马丁的凶手查出来了，就是赵长生，而且他已经挖断了杜家的龙脉，盗走了金头。

韩月芳和杜天成齐齐变色，连杜鹃和村主任也吓了一跳。这个丁飞，不是说好了这个秘密必须瞒住杜家的当家人吗？为什么他主动去激怒杜家？

没等杜天成跳起来，丁飞紧接着又告诉韩月芳，在追捕过程中，赵长生摔下了悬崖。

韩月芳身体一晃，一下晕了过去。

杜天成和杜鹃大惊，连忙过去扶住母亲，一边给她掐人中，一边找来熏香在她鼻下点燃。韩月芳慢慢地醒转。

杜鹃惊愕地看着丁飞，她不明白他为什么和母亲讲这些。

丁飞长叹一声，不理会杜鹃的质疑继续问韩月芳——其实她早就认识赵长生，而且就是预感到要出事，才特意提醒他，可惜却被他骗了。

韩月芳伤心长叹，说真没想到他会做出这种事情来。

杜天成和杜鹃完全被弄糊涂了,母亲怎么会认识赵长生并且和他有深交呢?

　　丁飞此刻已经完全解开了心中疑惑,证实了自己的判断。于是他笑眯眯地问:"伯母,您是什么时候发现赵长生其实就是老蔡的?"

第十九章————真相大白

1

这句话简直就是石破天惊！杜鹃、杜天成还有村主任都惊呆了。

赵长生就是老蔡！

韩月芳长叹一声，告诉众人，她第一次见到赵长生是在自己的卧室。当时她正在做功课，赵长生推门进来以一个游客的身份和韩月芳搭讪，打听有关杜家的家族故事，韩月芳礼貌地回绝他，当时她就觉得这个人非常熟悉。在闹鬼之后，她在祖堂又一次见过赵长生。当时，赵长生在祖堂里瞻仰杜家历代先祖的遗像，并夸奖杜家辉煌的历史。韩月芳觉得这个人身上有着说不上来的异样，她好心提醒，多事之秋，请他不要引起别人的误会，赵长生当时还保证次日雨一停就离开桃花涧。回到屋里，韩月芳一直被一种不祥的气氛笼罩，她一直在想为什么，她对陌生的赵长生有如此熟悉的感觉。蒙眬间，她突然意识到赵长生可能就是老蔡，她自己被吓醒了。其实对于老蔡她应该是刻骨铭心的，但由于这几十年不见面，加上开始根本没往他身上想，所以这个问题困扰了她好多天，等真想明白了，又把自己吓得一夜没合眼。今天上午，她趁着雨小了一些，才敢上山找他，其实她就是想问一声老蔡，如此乔装打扮下山，究竟想干什么？

杜天成实在憋不住怒火，冲出门去，他想找老蔡算账。

丁飞苦笑一下，这会儿，老蔡肯定已经逃进山里去了。他更关心老蔡的详细情况，如此狡猾的对手，他平生还是第一次见到，而且这个人身上带着太多的谜团。

韩月芳来到老蔡的小屋时，她惊呆了。老蔡已经装扮好了，此时，他已经变成了赵长生。

而老蔡也呆住了——一是几十年来，他第一次看到韩月芳出现在他的房门口；二是韩月芳发现了他易容下山的秘密。

老蔡默默地给韩月芳泡茶倒水，他的手在颤抖。

韩月芳感慨万千，都老了，人的这一生这么容易就打发过去了，快得令人心灰意冷。可她不明白为什么老蔡还这么想不开，其实守着回忆挺美好的，他这么做真的太荒唐、太不值得了。

老蔡几乎要落泪，他告诉韩月芳，越是到了垂暮之年，他越是被回忆笼罩着，心里越发放不下。他一直想关心韩月芳生活的情况，自从杜泽岳去世后，她足不出大屋，他又极少下山，连远远地看她一眼都做不到。他装扮下山，其实，只是想进大屋走一走，知道她的近况，就算死，他也心安了、知足了，他觉得很值得。

韩月芳老泪纵横，她心里特别理解老蔡。他们共住一座山坳，虽然不能相见，但还是实现了在山中共度一生的愿望。这几十年来，她和老蔡的感情是高尚的、纯洁的，没有人知道更没有人懂，这一辈子保持清誉是多么不容易啊！所以，千万别把它毁了。她上山的目的就是希望老蔡以后别再下山看她了。

丁飞看着泪光莹莹的韩月芳以及被感动抽泣的杜鹃，叹了口气，但还是忍不住要扫她们的兴。他明确地告诉韩月芳，她被老蔡骗了。老蔡假扮赵长生绝不是为了下山看一眼初恋情人这么简单，否则，他为什么要杀马丁、杀十三爷、杀小霜？

韩月芳异常震惊。她不相信老蔡会杀人，更不相信他会杀这么多人。

丁飞可以肯定老蔡的目的和其他不法之徒一样，正是杜家的地下财富，才使他变得如此丧心病狂。丁飞还怀疑韩月芳和老蔡在会面时，马丁曾来过老蔡的小屋，发现了老蔡的秘密，这才引来杀身之祸。这一点韩月芳倒可以证实，因为在她和老蔡谈话时，似乎窗外有人，她担心被人发现，所以才匆匆下山。当时，老蔡要送她下山，韩月芳执意不肯。后来，丁飞去调查马丁被杀案时，韩月芳怕老蔡受冤枉，故意替他做了伪证，说他送自己下山。而这段时间正好让老蔡除掉马丁。

丁飞苦笑，如果不是因为韩月芳，也许老蔡早就露出破绽了。

村主任和杜鹃非常好奇，这么复杂的局面，丁飞居然在瞬间找到关键并解开了死局，他是如何发现赵长生就是老蔡的？

丁飞长叹一声，其实老蔡早就暴露了，只不过村里连续出事，让他疲于应付，根本没来得及推敲。比如说，上午在后山，老蔡说赵长生想杀他并想用一根绳索滑下山谷，这分明是撒谎，因为如果赵长生背着一个金头，那么重的分量无论如何也不可能用一根绳索下山的。而且赵长生背着那么沉重的背包跑了十几里山路，瘸着一条腿和老蔡搏斗，这简直就是个笑话。种种可疑只能说明有关赵长生的事情，老蔡在撒谎。至于他为什么要这样，经过前前后后一梳理，丁飞异常震惊地发现——

从来没有人看见老蔡和赵长生同时出现过！

杜鹃和村主任想想果然是这样。

比如在十三爷遇害后，村主任和丁飞上山找老蔡调查，等他们告别时，老蔡把一本属于赵长生的笔记本托丁飞转交。老蔡说十三爷遇害时，赵长生一直在他的小屋里做客，问了许多村里的往事，他非常聪明地给自己及"赵长生"排除作案嫌疑，"他们"互相证明，不得不说老蔡前所未见的狡猾。

这时，村主任也想起来，"赵长生"刚进村的时候，马丁说他有点像山上的老蔡，"赵长生"执意要去会一会这个山村老汉。村主任等人上山时，山耗子却告诉他们，老蔡刚刚出门。看来山耗子绝对知道内情，也许是老蔡的帮凶。

这时，韩月芳激动地站起来，她要上山去找老蔡。她不明白老蔡为什么如此仇恨杜家，按理讲，他恨的人应该是她，是她背叛了他们之间美好的感情，自己可以在老蔡面前自杀谢罪。

杜鹃大惊，一把抱住母亲。丁飞也劝韩月芳说，老蔡这样的人根本不值得她再动任何感情，因为他是个非常冷血、计划周密的杀人恶魔，他的犯罪行为绝对不是为了感情。他让韩月芳先别着急，此刻他一定躲在山里，在没得到金头前，他是不会轻易逃走的。

村主任很奇怪，金头不是已经被赵长生或者叫老蔡的人挖走了吗？

丁飞摇头，如果老蔡挖到了金头早就消失了，他为什么又要杀小霜呢？给小霜惹来杀身之祸的正是那份据说可以找到金头的图纸。

这时，杜泽山醒了。

2

杜泽山已经知道不顾生命危险把他从发电站里救出来的人是丁飞。所以，丁飞等人一进门，他便挣扎着从床上坐起来，要拜谢丁飞。

丁飞连忙上前劝阻。村主任说丁飞是杜家的乘龙快婿，算起来还是杜泽山的晚辈，这一拜他哪里受得起呢，还是把当时的情况尽快告诉丁飞以便于尽快地抓住凶手。

杜泽山长叹，万万没想到是这个结局。当小霜出事后，听说有人拿走了杜家的藏宝图，杜泽山认为这毫无疑问是杜家的仇人干的，而且他也听说了，骆家的后代、丁家梅姑的后裔都偷偷潜回来了，他就想既然人家已经如此丧心病狂地杀人，看来是志在必得，七十多年前的恩怨到了该了断的时候了。尽管他猜不出凶手是谁，但他可以肯定此人必然会打发电站的主意，如果杜家子弟有所戒备，此人肯定不来，他想痛快地了断这个恩怨，哪怕和他同归于尽也在所不惜，总好过不停地有人死于非命。所以，他遣散了守卫的后生们，一个人静静地等候仇人的出现，但他万万没想到进门来的人是老蔡。

老蔡进门见到屋内的人是杜泽山也颇为意外。

杜泽山一点也没有防备，放下手中的棍棒和老蔡说话。没想到，老蔡夺过棍棒将他打晕，动作极其敏捷。杜泽山也想不通，老蔡如此仇恨杜家，难道就是为了当年和韩月芳的那段感情？可这也怨不得杜家啊！难道其中还有什么隐情？

目前，还有一个人知道不少事情的真相，就是山耗子。以目前的情况来看，至少山耗子帮老蔡打了不少掩护，而且老蔡对他宠爱有加，在得到小霜手上的藏宝图之后，老蔡已经不需要他帮忙，也不愿他陷得太深，所以老蔡一定是独自上后山寻找金头，让山耗子藏起来伺机逃出桃花涧。

没有人能真正理解丁飞的案情分析，大家只是一个劲地点头。丁飞对匆匆赶来的杜天成说，我们去杜天宝的小屋找找。

山耗子果然躲在杜天宝的小屋内。这下连杜天成都对丁飞有了近乎崇拜的佩服。

他们冲进去时，山耗子正在蒙头大睡。这个曾经的小卖部自从杜天宝出事后就一直关着，里面吃的喝的品种丰富一应俱全，绝对是藏身的理想场所。

山耗子虽然很浑，但他心里还是怕警察的，所以没费什么事，他就交代了他知道的所有事情。

一开始，他并不了解真相，包括老蔡让他对村主任和马丁等人撒谎，他不明白为什么。直到发现老蔡装扮成赵长生，他才听到干爹解释自己的行为。

老蔡说，山下来了许多坏蛋，他们的目的就是盗走杜家藏在后山的财宝，为了护宝他付出了四十多年的努力，一世英名不能让别人毁了。但那些人都是老奸巨猾的江湖高人，让人防不胜防，所以他才出此下策，混入他们当中，严密监视他们的行为，可一旦身份暴露，就会招致别人的毒手，因此为了老蔡的安全，山耗子必须严守秘密。

而现在，也许到了老蔡最需要山耗子出手帮忙的时刻。今天上午，他正式地告诉山耗子，其实他和杜家是不共戴天的仇人，在后山待了一辈子就是为了复仇，杜家的金头是属于他的，谁染指都得死。所以，他杀了马丁并且让山耗子配合他的行动。

上午在旅店里，小雪见老蔡受伤，不肯放他出旅馆，他就让山耗子去给他拿药，实际上他是叫山耗子放火把村公所给烧了，吸引众人的注意力。后来在遇见杜泽山时，山耗子泄露金头被盗的消息，也是老蔡布置的。

杜天成暴跳如雷，他不明白老蔡对杜家有什么深仇大恨，居然不惜对杜泽山下毒手，想炸发电站，毁掉整个桃花涧，简直是疯了。

丁飞认为他不但没有疯，而且比所有人都清醒。他的行为极有条理，这些看似疯狂的举动，无非是他制造混乱为盗墓行为赢得机会而故意为之。他的内心冷酷似铁、缜密如织，完全与一个独守山林几十年的老汉不符。究竟是什么力量让老蔡成为这样一个隐形杀人魔？

丁飞看着目光游离的山耗子，非常严肃地问他，老蔡究竟是什么人？他和杜家究竟有什么样的血仇？

山耗子气馁地说，老蔡确实讲过他和杜家不共戴天，因为他祖父当年是名满天下的第一金匠，外号金手指，正是他一手打造了传说中栩栩如生的金头。

杜天成大吃一惊，这怎么可能？金手指的后人怎么会对杜家有如此深的仇恨，做出如此丧心病狂的举动？

但据老蔡讲，金手指在帮杜家造好金头之后，全家就在桃花涧被杜氏秘密杀害了，老蔡不满周岁就成了孤儿。

杜泽山认为这绝对不可能。他不但从未听说如此离奇的事情，而且从道理上根本讲不通。金手指打造了一具完美无缺的金头，保证了杜义雄完尸入葬并福荫后人，杜家感激都来不及，为什么要对金匠一家下毒手？这一定是老蔡觊觎杜家地下宝藏而找的说辞。

但丁飞凭直觉认为，这倒能解释老蔡的疯狂举动，只有在仇恨里浸泡这么多年，才会如此心智失常，但这一切都需要证据说话。

丁飞他们来到老蔡小屋时，天色已晚，据周围布控的人讲，根本没看见他的身影。

把老蔡卧室的橱子撬开后，丁飞果然发现了他想要的物证。

一盒名片，正是"西北大学赵长生教授"，加上一个属于"赵长生"的笔记本，扉页上还煞有介事地写着赵长生的签名和手机号码。看来老蔡真是煞费苦心。

杜天成在橱子底部找到一只小小的锦盒，打开来，所有人都感到非常震惊。

这是一枚纯金打造的指套，呈黄金叶形状，镂空工艺十分精湛，指尖处有一只拉丝工艺制成的蝙蝠，美妙绝伦，内环刻了一个小小的篆字——蔡。这分明是金手指的遗物。

尽管已经有了心理准备，但众人还是被老蔡的身份给震惊了。

杜天成长叹说，这样一个危险人物潜伏在身边长达几十年，竟然没有一个人察觉。

村主任却有一个疑问，如果确定赵长生是老蔡伪装的，那么如何解释"赵长生"和老蔡搏斗摔下山崖的事？

丁飞苦笑，这一招自己真的输给了老蔡。他们首先是听山耗子说老蔡发现了赵长生的行踪，这就等于接受了一个心理提示，当他们见到与老蔡扭打在一起的人，想当然地认为那就是赵长生。其实他们见到二人扭打时相隔很远，根本看不清楚老蔡与之扭打的对手，所以那极有可能是类似警校用来训练的人形沙袋之类的东西，穿上了"赵长生"的衣服；加上老蔡一边搏斗一边大叫，仿佛形成了老蔡大战"赵长生"的场景,但实际上现场没有一个人听到赵长生的叫声,而这一点也被丁飞忽略了。当他们冲上一道山梁能近距离见到搏斗场景时,老蔡已经把"赵长生"摔下了山,这时就死无对证了。当面骗过了职业警察,实在太高明了。

眼见天色一点点黑了下去。现在的问题是,老蔡究竟去了哪里呢?

3

山外的栈道在加紧修建,市局吴局长亲自督阵并指挥挑灯夜战,长长的栈桥在塌方地带延伸。

一辆警车急速驶来停在公路断裂处。张海扶着一个精神矍铄的老人下车,赵胖连忙上前迎接。

这就是从省城接来的高元伟老先生,其祖父曾是桃花涧血案的亲历者。多年前,老人还和杜家有联系。但后来随着年纪大了,他就被儿女接去省城颐养天年,这才与桃花涧断了联系。

高元伟听说村里发生了多起命案,连连摇头,大呼冤孽。

这时,对讲机传来令人兴奋的讯息,前面抢搭栈桥的消防队员已经遇见了从村里往外修栈桥的村民。这样,终于能够和丁飞他们接头了。

赵胖立即让人用木板临时制成一副类似滑竿式的轿子,令人将高元伟老人抬上山。

丁飞非常后悔将图纸还给小霜时,自己只是在笔记本上记了个大概,虽然马丁笔记本上也有凭着记忆画下的草图,但也不完整。所以他请夏文涛来看看草图,夏文涛对黑子画的图纸比较熟悉,说不定能指出遗漏了些什么。

夏文涛犹豫了一下,从自己口袋里掏出几页纸。原来他怕图纸丢失,或者小霜起了异心,便按原样临摹了一份,贴身带着,上面有黑子标注的主要下葬点,共有二十八处。

丁飞大喜,立即在杜泽山的病房里点起油灯请他判断这幅图的真伪,如果他能发现真正的下葬地点,就利于抓捕老蔡。

杜泽山仔细地看了这几张图纸后长叹道,看来天下没有守得住的秘密。当年杜家花了那么大的心思效仿传说中曹操七十二疑冢和朱元璋三十三城门发丧,但二十八处墓穴还是让人找到了,这些点和传说中几乎一致。可惜祖上没有图文记载真正的墓葬地点,只是想像传说中成吉思汗的尸体埋在蒙古大草原上那样,彻底不留一点线索。杜家人不仅怕被盗,更是忌惮有人因此挖断风水龙脉,绝了杜氏一门几百年的香火。

丁飞不禁苦笑,到了这种时候,杜泽山没有任何必要再欺骗自己,毕竟,现在抓住老蔡才是头等大事。

杜泽山疑惑地问,老蔡难道有本事从二十八处疑冢中找出真正的墓葬?现在经证实被人开掘过的不是才两三处吗?难道他一夜可以挖遍后山?

丁飞长叹说,既然有人称黑子是顶尖高手,已经破解墓葬之谜,也许老蔡能读懂他留下的图纸也说不定。

说话间,电灯亮了。众人一阵惊异。

张海领着几个警察走进来,一见丁飞便冲上来拥抱。

丁飞的眼泪几乎都掉下来了。这一刻,他虽然只等了两天,却像等了大半辈子一样漫长。

张海等人在进村的路上就听说两天来村里发生了惊心动魄的变

故，以及丁飞独自在村中应付着复杂多变的局面。他居然能在重重假象背后准确地找出藏身村中几十年的恶魔，张海觉得简直不可思议。要不是村中危机未除，张海真要拉着丁飞，好好和他聊聊这次破案的心得。这一回，他不得不叹服丁飞的能力。

赵胖领着吴局长也赶来了。

丁飞这才彻底松了一口气，既然数百名警力已经进山，自己终于可以把神经放松一下，想想下一步怎么办。抓捕行动是不分白天黑夜的，但唯一的问题是后山面积太大，老蔡对地形太熟，抓到他的概率太低了。

赵胖和吴局长都冲着他笑，等着他的布置——丁飞俨然成了这次办案的总指挥。他也顾不上客气，提出一个防守的方案，即由熟悉后山地形的杜家后生各自带领几名警察守候在二十八处疑冢旁，等待明天白天实施抓捕。

吴局长点头赞同这个计划，然后告诉丁飞召集两大家族的当家人，有位叫高元伟的老人要跟他们见见面。

丁飞苦笑起来，正式向局长汇报，目前，丁家家族所谓的族长正是他本人。

4

杜泽山听说高元伟亲自进村来，吃了一惊。按辈分，自己都晚他一辈，不知这个老爷子在久违十多年后冒险进村，究竟想说什么。

杜天成听说还要请丁家重要的当家人到议事厅来，便看了杜泽山一眼，见杜泽山并不接茬，便吩咐子弟们接待，并强调说是警察请他们来，杜家人又拦不住。

高元伟见到迎接他的杜鹃非常开心，他称没想到杜泽岳的闺女都长这么大了,还在相关部门任职;杜天成以前还是个拖着鼻涕的小游神,现在都成了杜家的族长。高元伟称,原来以为几十年前的事,桃花涧人已经忘怀了,没想到时至今日两家仍水火不容。当今世界,谁还总记着旧恨宿怨,除了他们这些半隐的老派家族。早知如此,他应该早些替两家化解仇怨。

听说还来了骆家和丁氏梅姑的后人,高元伟不禁唏嘘,前尘往事涌上心头。他坚持把汤米、夏文涛等人都请来,听他解开历史的疑团,停止仇恨和杀戮。小小的桃花涧,冤魂实在太多了。

当年,桃花涧贩私盐及买军火的幕后主使,确实是杜义雄,他不但是杜家的族长,也是全村的主心骨。东窗事发后,板爷要求村里交出主谋领死,他曾想到去县城里领罪,是二弟丁翰臣劝阻了他。

在三个族长中,最有心计最有野心的人其实是丁翰臣,他早就想好了出卖骆青松去顶罪。当时,他劝阻说,杜义雄是全村的主心骨,万万不可出事,否则,一村三姓几千口老小就断了生路,实在不行,就由他丁翰臣去领罪。其实,他算准了以杜义雄豪放的性格是绝对不会同意他出面顶罪的,村里的事一向由杜义雄决策,骆青松跑腿,怎么也轮不到丁翰臣来顶罪。果然,杜义雄死活不允,于是丁翰臣提出由骆青松顶罪,而且理由充分。

骆青松当时很年轻,且性格鲁莽,头脑简单,丁翰臣认为就算这次不出意外,他迟早也会坏了全村的大事,连累各家人。所以,反正这次要有人去顶罪送死,如果杜义雄不同意让骆青松去,只好由他丁翰臣赴死。在丁翰臣的刺激下,杜义雄犹豫了,其实他也想保住自己的性命,可让三弟去送死的话总归不好开口。这时,丁翰臣又送上一剂心理良药,即抽签定生死,在签上做手脚。每支签都做成死签，只要骆青松先抽，死神就会降临在他身上，这个粗人绝不会疑心两位兄长联手欺骗他。这下，杜义雄勉强答应，保全了表面上的江湖义气。

但是，骆青松抽完签回去准备身后事时，丁翰臣却随后而至。他向骆青松出示了自己手中的那支"死"签，告诉骆青松，这一切都是杜义雄的阴谋，他也是敢怒不敢言。没想到骆青松反倒理解杜义雄，说大哥也许有苦衷，本来他骆青松也愿意替全村扛下这件事。丁翰臣进一步挑拨，骆家在村中本就是人少力薄，如果骆青松这个顶梁柱一倒，只怕杜义雄更要对骆家下毒手，这样骆青松岂不是白死了？丁翰臣原本想逼走骆青松再来栽赃，没想到骆青松真是一条汉子，他既然抽取生死签，就不想逃跑连累杜义雄和丁翰臣，但他打算推迟一两天进城，先把骆氏家族的几百口人迁出桃花涧，同时将资产赠予丁家人。

谁知道丁翰臣又向杜义雄去告密，说骆青松背信弃义，将率领全族人逃跑，只怕会连累丁、杜两族的人。在丁翰臣的唆使下，杜义雄一面向板爷通报情况，一面派人拦截骆家人，阻止骆青松逃亡。没想到板爷恼怒之下，大开杀戒，差点导致骆家灭门。公平地讲，三家人中，骆家人最无辜。

再后来，板爷知道了真相，诛杀杜义雄，也是丁翰臣告的密。若不是高元伟的祖父高仲勋等幕僚的苦劝，板爷当时就打算发兵桃花涧，血洗杜氏家族。

一切屠戮都源自丁翰臣这个真正的小人。他早就图谋三家的共同财产，只是碍于杜家势力太大，无法得手。购买军火东窗事发，给他提供了一个契机，铲除了另外两姓人家，独占下桃花涧这个美丽的世外桃源。

后来杜家为了疏通关系，一直派人在板爷的身边打点，正是这个原因结交了高仲勋，才由此得知丁翰臣的卑劣行径，杜家人这才恍然大悟。丁翰臣为了脱罪，甚至不惜牺牲自己最心爱的女人梅姑。当丁翰臣抬尸上门向杜家请罪之时，高仲勋正好在杜家做客，为免引起两家又一轮的杀戮，他只好违心地替丁翰臣做了伪证，杜家人这才放下屠刀，只是把丁氏一门撵出大屋，以泄怨愤。

在高元伟的叙述中，丁飞和几名丁家长辈一直非常尴尬。像这样阴险狡诈的坏蛋，以前只是在电影里或评书中听说过，没想到竟出现在自己的祖上，真让人抬不起头来。屋内，几个家族的人随着事实真相的披露各自感叹。

丁飞没听完高元伟的讲述便被叫出门。赵胖说蒋市长来视察工作了，现就在旅店里。丁飞吃了一惊，市府一把手蒋市长连夜进山到案发第一线，可见本案引起多么大的反响。

蒋市长得知情况后，非常重视桃花涧这一系列刑事案件的侦破工作，立即放下手头的事情，爬了近三个小时的山路进了村子。同时，学政法出身的他听说丁飞在短时间内居然把案子给破了，不由引发了浓厚的好奇心，于是，决定暂留在村里，要亲眼看看丁飞如何温酒斩华雄。

丁飞明白这有多困难。说白了，现在杀人元凶已经知晓了，但要在茫茫后山找到老蔡，这个海口实在不敢夸，何况现在从二十八个蹲守点传来的消息里根本没有老蔡的踪迹。

吴局长瞪了丁飞一眼，说丁飞是市公安局的一块金字招牌，在市长面前必须给全局弟兄长脸。

丁飞无奈地点点头，答应一定尽快找到老蔡。

第二十章————金头之谜

1

丁飞心里发愁,愁得一点倦意都没有。他坐在旅店的门厅,一动不动,苦苦思索老蔡能去哪里。

小雪有些心疼,她怕他饿着,便去厨房给他煮了一碗馄饨。

丁飞发现,都快黎明了,小雪居然还没睡。他有些担心。不料小雪淡淡一笑,让丁飞放心,经过这么多事情,想不坚强都难,自己会调整好的。丁飞在她的表情中看到了从未有过的坚毅,心中犹如解开了一个死结,心情竟然好了许多,于是一边吃着馄饨,一边研究着黑子画的那二十八处地理位置。如果黑子画错了,等于警方布错了点,抓老蔡就成了笑话。

于是,他开始慢慢梳理这两天以来如飞旋的万花筒一样转过的无数念头,究竟哪些才是本案的关键。现在他可以有时间回放这些过程,他开始断定,有一个直觉可能正是本案的侦破关键,即黑子究竟属于哪一类的高手。

他清清楚楚地记得夏文涛讲过黑子是一等一的高手,赵胖刚刚又带来了信息,根据四川省公安厅协查的情况,这个外号叫黑子的盗墓贼被道上尊称为"西北第一铲"。能在西北地区被尊为第一,几乎可以称得上是全国最厉害的角色了。夏文涛非常清楚地记得黑子曾经夸口说很快就能找到杜义雄的金头，他又凭什么呢？丁飞靠在沙发上无助地看着这几份草图，耳边响起布谷鸟的早鸣声。

天快亮了，可他还没有任何进展，二十八个图标像蒲公英一样在眼前飘浮起来。忽然，一个闪念把他从半梦半醒中惊回神来，他用铅笔把二十八个标志点连线画了出来，居然是一幅星象图，是二十八宿的方位图。

可惜，黑子摔死的鹰嘴崖并不在二十八宿的墓区之内，为什么黑子要去根本不是墓区的地方？既然墓葬与星象有关，是不是就应在这上面考虑？二十八宿相对应的北斗七星应该在后山地形的什么位置呢？

丁飞一下子坐起来了！

北斗七星的中枢正是鹰嘴崖！二十八处墓葬点居然都是假的。

门外汉丁飞算是个天才，连老蔡都不得不承认这一点。

当丁飞率人赶到鹰嘴崖时，太阳已经露了头。

崖边有个人影，虽然逆着晨曦，但仍可认出正是大家"朝思暮想"的老蔡。老蔡听见丁飞的叫声回过头来，众人只觉眼前划过一道金灿灿的光芒，晃得人睁不开眼。

老蔡的脸上戴着一只工艺精湛的金色面具，等他摘下面具后，众人见到的是一个面容冷峻、神情骄傲的老蔡。他看着打算率人靠近悬崖边的丁飞，把手伸入挎包内，扬言他们胆敢再靠近一步，他便引爆身上的炸药，把整个山头炸平。

丁飞只好暂时放弃向上攀爬，他不知道老蔡的底线在哪里，不敢轻举妄动。好在上山的道路都被封锁了，自己离老蔡也不过几步之遥,不怕他插翅飞走了。

2

老蔡打量着脚下的丁飞,居然夸赞他说:"小子,你比我想象的要厉害得多。"

"你也是。"丁飞说这句话还真不算恭维,老蔡是他刑警生涯中遇到的最狡诈凶恶的对手,不过他也提醒,"你已经逃不掉了,别费力气了。"

老蔡摇头说:"如果你晚来半小时,金头就归我了。小子,你赢了,不过我也没输,我们算打平了。"

老蔡警惕地发现丁飞借机向上走了好几步,便喝令他退下去,然后才告诉他,杜义雄下葬的真正位置并不在鹰嘴崖上,而是在悬崖下面的一个小土坡。那里有一株桃树,年年开得花朵缤纷。当年,杜义雄下葬时正是日出时分,第一缕阳光照射到鹰嘴崖下正落在这片地方,印证了紫气东来的传说。可惜,丁飞来得太快了,否则他已经到悬崖下挖断了杜家的风水龙脉。

老蔡亲口证实,他就是金手指的亲孙子,就是当年杜家人用一把草药治好疟疾的那个婴孩。如果不是他生病,金手指不会答应为杜家铸造金头。杜家用草药救了他,却导致他一家人惨遭灭门,这实在是一个残酷的笑话。他的一家之所以被灭门,是因为杜家怕金手指泄露出墓葬真正的位置。所幸当时他还未满周岁,跟着身体不好的奶奶留在老家,但他的父母以及爷爷,一去桃花涧就没再回来。一颗仇恨的种子,早在他幼年时期,便在他的骨子里生根发芽了。从小他就知道,人生的唯一意义在于向杜家复仇,盗取金头,挖断杜家的风水龙脉。

1969年，老蔡从师范学校毕业分在省城里当老师后，还是一直惦记着这个"伟大"的梦想。桃花涧像一个阴魂，挥之不散，又不可企及。

很快，教育系统发起支农运动。老蔡知道机会来了，他积极报名主动要求到这一带山区来，目标当然是桃花涧，但阴差阳错地被分到了韩家村小学当起了乡村教师，就这样遇到了韩月芳。

讲到韩月芳，老蔡冷峻的面容浮现出惆怅，看得出这个女人在他心中的分量。只是与仇恨相比，不知谁更重一些。

老蔡长叹一声说，韩月芳差点改变了他的一生，可惜人终究抗不过命运。

从小到大被复仇意识控制着的老蔡，从未体会过真正的快乐。遇上韩月芳后，他的仇恨逐渐瓦解，就像阳光下消融的冰块。他怨恨自己为何生在这种家庭，负担如此沉重的责任，他甚至不想再回城里，他怕重拾那种可怕的信念。所以，他愿意在乡下守着韩月芳过一辈子。支教的两年，是他在理性和情感间煎熬的两年。后来，他知道杜家向韩家下了聘礼，而韩月芳宁死不从，就在心里想，只要此生与韩月芳结成夫妻，自己和杜家的恩怨就一笔勾销，从此过上正常人的生活。可惜天不遂人愿。

当年老蔡逃出农场，成了个流浪乞讨的黑人黑户。但就算如此他也毫不在意，他惦着和韩月芳的山盟海誓，一次次被抓到收容站，一次次又跑了出来。等他重新回到韩家村才知道，韩月芳真的嫁到了桃花涧。

当他再见韩月芳时，杜天成都已经两岁了。

他到了桃花涧村头，正好看见一个孩子落水了，等他救上来后才知道这个两岁的孩子正是韩月芳的儿子。杜家族长杜泽岳为儿子的救命恩人安排了一场盛大的宴会以表感激，老蔡清楚地记得韩月芳只露了一面便躲进了大屋。

虽然杜家人给了他前所未有的礼遇，但在老蔡看来，他从来没有受过杜家任何恩惠。从他记事起他所有的欢乐悲伤，都来源于宽恕和复仇之间无尽的残忍斗争，他的灵魂就是这两个敌人交锋的场所。等他真正进入后山，这一切都已经尘埃落定，只剩下复仇的信念，不但为了报灭门之仇，还有夺爱之恨。原来，上天给他生命就是为了向不义之徒讨还公道，他必须承应天命。

一开始，老蔡就钻研古代的堪舆学，利用看守山林的便利去寻找杜义雄的真墓葬点。几十年来，他经常秘密下山学习多样知识，研究各类民俗学的成果。外人眼中鲁钝的看山林老汉，其实是个非常精通天文历法、星象及堪舆学问的杂家，轻易地就蒙骗了像马丁这样的真学者。虽然几十年来他未得真相，但杜义雄二十八疑冢其实大部分已经被他找到并秘密地挖掘了。

3

丁飞看着这个思维敏捷、谈风甚健的老蔡，不由苦笑，这家伙骗人超过四十年，难怪自己看走了眼。他想让老蔡印证自己的几个问题，没想到老蔡爽快地答应帮他解惑。老蔡说，这就像艺术家的杰作总是希望有人欣赏一样，他很愿意把真相告诉值得尊敬的对手。

唐虎杀马汉时，他远远地看见了全过程。因为他已经发现马汉可能是个盗墓贼，一直在盯他的梢，没有想到唐虎替他干掉了马汉。老蔡觉得唐虎在村里搅局可以成为自己的掩护，所以，他并没有告发唐虎。当他发现黑子也是一个盗墓的高手后，不仅感到震撼，同时也有一些兴奋。这个黑子进村时间不长，居然把自己花了四十年才找到的那些疑冢大部分都找到了，自己悄悄跟在后面也许能玩个螳螂捕蝉的游戏。所以，那几天里他一直悄悄跟踪黑子。黑子摔死鹰嘴崖真不算他杀的，当时他绝不舍得杀黑子，那只能说是一次意外，因为不出意外的话，金头早就见到天日了。

那天夜里，老蔡尾随黑子攀上鹰嘴崖，却被黑子发现了。黑子仗着年轻力壮想杀人灭口，但老蔡毕竟熟悉地形，他将黑子引入崖边的草坡，导致黑子失足摔死。

同时，黑子的出现让老蔡感到强烈的危机，他害怕村里来了更多像黑子一样的高手，自己将防不胜防，于是他想出一个险招，即捏造了一个新身份——赵长生，不但印了名片，还买了一部手机。这部手机居然把丁飞给蒙蔽了。

他知道马丁近期进村，又知道马丁很敬佩赵长生教授，但无缘识荆，于是便大胆冒充赵长生与马丁结伴而来。进村以后，他一直借居在村民家就是为了掩护身份，但他算计再精也难免千虑一失，他没想到第一个怀疑他身份的人居然是十三爷。

因为山耗子调戏女大学生被十三爷教训了一番，彻底打乱了老蔡的安排。他不得不匆匆下山并把外套脱给山耗子穿，当时他里面穿着一件印有"生产标兵"字样的旧背心，这几乎是老蔡的标志性衣服。等他送山耗子回去装扮成赵长生再下山时，匆匆之下忘了换这件标志性衣服，结果被十三爷看出破绽。

当时，十三爷大发雷霆怒斥"赵长生"。为了平息十三爷的怒火，他替老人家捡起摔在地上的杯子，估计敞开的领口正好露出了"生产标兵"字样，十三爷匪夷所思地盯住他看，"赵长生"心虚地离开。他转身躲在暗处观察十三爷，发现十三爷并没有向别人讲这件事,而是叫唐虎找丁飞来,这时他决定杀十三爷灭口。

他故意让十三爷看到他的行踪,跟在自己身后进了大屋。进大屋不久果然听见十三爷在背后叫他:"老蔡,你搞什么鬼?"于是,"赵长生"推倒了一处危墙掩埋了十三爷。

至于装神弄鬼还真是杜家人搞的。那天晚上,"赵长生"走在大屋内被一个"鬼"追逐,他装作吓坏了,在巷街里大喊大叫。其实他当时就明白,这是杜家人干的,他们想赶走别有用心的人。但这恰好符合自己的利益,于是他决定大闹祖堂,顺便找一找与金头相关的线索。

马丁等人想逃出村子,老蔡倒是真心想帮他们。他希望这帮捣乱的家伙早走早好,只是没想到在旅馆里,他有了意外发现。

当时,因为丁飞想试探马丁,便拿出黑子画的地形图让马丁看,没想到老蔡在一旁被图纸震撼了。他清清楚楚地知道图上的二十八个黑点绝对是二十八处疑冢,其中有几处连自己都没找到,而且他还知道这东西落在了小霜手里,这就让他动了杀心。

丁飞当时不仅仅为了试探,也想向马丁讨教一下有关所谓风水的知识,谁知马丁装模作样心怀鬼胎的样子,让丁飞打消了念头。但丁飞万万没有想到当时坐在一旁喝姜汤的老蔡居然是本案的主凶。

老蔡见到那张图纸后匆匆忙忙离开旅店是为了避嫌,他打算让"赵长生"出场完成所有的罪恶行动。可惜当他刚变成"赵长生"时,韩月芳就上了山,不仅如此,他们之间的对话还让马丁听见了。

马丁一眼就看出老蔡变身"赵长生"的目的正是金头,他胁迫老蔡与他合作盗取金头,老蔡只好将他杀害。原本他想将马丁掩埋,但丁飞和杜鹃带人在山上找韩月芳,让"赵长生"不得不弃尸离去；而且，摔死"赵长生"的计划其实也是被丁飞逼出来的。

本来，马丁死了，老蔡让"赵长生"畏罪潜逃下落不明也就是了。可惜，丁飞认为"赵长生"十分凶残，老蔡会有危险，便派人上山在老蔡家周围布控，这等于把老蔡给看起来了。为了给自己脱身，老蔡不但把自己砍伤，还演了一出悬崖边肉搏的好戏。其实，扔下去的不过是一些破麻袋而已。

后来，山耗子放火是为了引开众人，好让老蔡有机会去偷小霜的图纸。几分钟后，他就在打谷场将小霜杀害。为了给丁飞增加更大的麻烦，为自己找墓葬点赢得更多的时间，他还把发电站炸了。几十年来，他对山外的世界也了如指掌，包括在市里号称神探的丁飞。所以，他并没有小看这个后生。

丁飞总算把所有案情与自己的推测都对上了。他冷笑着告诉老蔡，虽然他非常高明，但如果不是韩月芳为他撒了谎，自己早就抓到他了。所以，他没资格再得意下去，趁早认罪。

老蔡大怒，叫丁飞闪开一条道路让自己下山，否则就引爆身上的炸药。

这时，赵胖和张海等人把高元伟搀扶到鹰嘴崖。当众人向老蔡介绍高元伟的身份，并说老人家将告诉他历史事件的真相时，老蔡居然紧张起来。他不明白这个老态龙钟的老者要告诉他一个什么样的真相。

高元伟长叹一声，指着老蔡说，可惜了，一代宗师金手指留下了这么一场悲剧。当年，杜家杀金手指，其实是有原因的。

军阀板爷下了死命令，不许杜义雄全尸下葬，所以才有铸金头这件事。金头铸造好以后就由金手指亲自护送到县城，因为杜义雄的无头尸由高元伟的祖父高仲勋看管，杜家要将金头安放在尸身上然后运回桃花涧。这让高仲勋有机会见到了这尊被奉为神品的金头像，当时他便震惊了，如此一件神物埋在土里岂不可惜！于是他便找杜义雄的儿子密议，自己想尽办法将杜义雄的脑袋弄回来，因为板爷杀人泄愤后留着杜义雄的首级也没什么用处，而事成之后，自己希望能得到这一尊金头。

杜家人大喜过望，便允诺，如果义雄公能完尸下葬，愿用金头酬谢高仲勋，并答应将知道这事的所有人都杀了灭口。高仲勋贪图这件稀世珍宝，便真的冒险将杜义雄的首级偷梁换柱给弄了出来。杜家人杀金手指和故布疑阵的下葬其实都是怕消息外泄连累杜家上千人的性命。

4

老蔡疯了，他疯狂地大骂高元伟是个骗子，他根本不相信这个骗子所说的一切。

丁飞的心像被重重地撞了一下，凶残的老蔡居然被命运开了这么大一个玩笑，一生的疯狂竟是在追逐一个根本不存在的幻梦。这个满脑犯罪计划的老头能否平复情绪，会不会失控引爆炸药呢？他想上前劝阻高元伟不要再去刺激他。

可惜高元伟说出了更残酷的事实。

杜义雄下葬不久后，解放战争变局之快超出了所有人的预料。兵荒马乱之中，高家为了维持大家族的生活，熔化了金头，变卖了宝石，后来，又历经了种种变故，如今仅剩下三根金条了。

老蔡暴怒地骂高元伟，叫他下地狱。他在悬崖边挥动双手，像一头绝望的野兽。

"蔡根生！"丁飞大声呵斥，试图让他冷静下来，"今天杀人犯罪的人是你，如果你还有勇气，就应当走下山来勇敢地面对审判。"

"这是一场审判，但不是你们来审判我；而是我，是我用死来审判你们！"老蔡突然冷静下来，更令人不寒而栗。他告诉所有人，不管有没有金头，这并不是重点，他的目标是挖了杜义雄的墓，断了杜家的风水，这样他就可以瞑目了。所以，他警告众人，不想陪葬的立即下山，他要引爆炸药了。

这时，韩月芳在杜鹃的陪同下来到悬崖边。

老蔡见到韩月芳，眼中竟然流出了泪水。他请韩月芳上前讲几句话，保证绝不伤害她。

虽然杜鹃坚决不肯，但韩月芳还是独自爬上岩石来到老蔡身边。

老蔡几乎带着哭腔问她："当年我被抓走的时候，我叫你等我，你听见了没？"

"听见了！"韩月芳大声地说，"今天当着这么多外人和晚辈的面，我承认，是我对不起你，辜负了你，我答应下辈子，我一定还给你。"

老蔡居然呜呜地哭出声。他说有她这句话，自己知足了。他柔情地问韩月芳是否还记得当年他们一起捉蝴蝶的日子，韩月芳最喜欢五彩缤纷的蝴蝶，而老蔡几乎每天都为她采集标本。这些美丽的收藏早已被踩得粉身碎骨，但韩月芳一直在心头保留着，这是她一生中弥足珍贵的财富。

韩月芳诚恳地劝说："根生，既然你杀了这么多人，肯定是罪责难逃啊，就向警方自首吧，把炸药交给我，不要和小辈们为难，好不好？"

"我根本不想为难他们，但我还有事没做完。"老蔡环视岩石下的众人,"我是为仇恨而生的人,就该为仇恨而死;下辈子,我会为爱而生,为你而死。"

韩月芳流出泪来,说:"你把炸药给我,我不想看你死。"

老蔡将旁边一株野花拔下,插在韩月芳的发梢,然后将挎包除下,背在韩月芳肩上。

杜鹃大惊,一把抓住丁飞的胳膊。丁飞正迟疑间,却听到老蔡轻声对韩月芳说:"你下去吧,我们来世再见。"

丁飞脸色一变,大叫——"老蔡,等一下!"便向上爬去。

"今天,我要用鲜血毁坏杜家的风水,苍天大地日月做证!"老蔡大叫着,纵身跳下了悬崖。

悬崖下,那株桃花树旁,老蔡的鲜血渗进了土地,殷红殷红,站在鹰嘴崖上可以看得很清楚。

丁飞心中暗暗骂自己,真笨,难怪他说我们打了个平手,自己居然没听懂。

韩月芳打开挎包,里面根本就没有什么炸药,只有一个个五彩斑斓的蝴蝶标本。

……

5

后来,杜家同意把老蔡葬在他摔死的地方,就是杜义雄墓的附近。这是丁飞的提议。

丁飞认为历史总归要过去,桃花涧人的历史功过是一部说不清的恩怨史。老蔡已经死去,归入了那桩历史公案,虽然是以一个屈辱的犯罪嫌疑人的身份,但毕竟他也算是桃花涧的人了,就当满足他一个临终的愿望吧。丁飞以为杜家人一定会坚决反对,他打算请杜鹃出面做做工作，没想到杜家人一口就答应了。

杜家人认为老蔡的命硬，可以护续他们家族的运势。

赶回城里开会的蒋市长在轿车前跟丁飞简单地聊了几句。他赞同丁飞的看法，桃花涧是个交通的盲区、通信的盲区、现代生活的盲区，但蒋市长强调，更重要的是这里是思想的盲区。改造头脑中根深蒂固的观念、抛弃历史上的恩怨和愚昧的思想糟粕，不是一朝一夕能够完成的，这份工作，还要靠他们新一代的子弟，在未来的时间里好好努力。

看着蒋市长的车颠簸着开向山下，丁飞和杜鹃对视一眼，这些日子，他们仿佛经历了一个世纪。

以后的春天，经常去桃花涧的人们发现，那里的桃花一年比一年更艳丽，尤其在破晓的朝阳下，花瓣中似乎有鲜血迸溅，霞色氤氲。

游客都羡慕桃花涧的好山好水，人们在落英缤纷的桃花树下排队、合影，衣着光鲜，笑容灿烂，心中许下各种愿望。

据说当地文旅部门已经请人撰写了一部以当地为背景的爱情小说，名字就叫《遇见你时桃花如血》……

完稿于 2019 年